슈퍼맨이었던 사나이

A Man Who was Superman

유일한 지음

청어

슈퍼맨이었던 사나이

유일한 지음

발행처 · 도서출판 **청어**
발행인 · 이영철
기　획 · 손영국 | 김홍순
영　업 · 이동호
편　집 · 김영신 | 김인현
디자인 · 오주연
인　쇄 · 두리터

등　록 · 1999년 5월 3일(제22-1541호)

1판 1쇄 인쇄 · 2008년　1월 10일
1판 1쇄 발행 · 2008년　1월 20일

주소 · 서울시 서초구 서초동 1588-1 신성빌딩 A동 412호
대표전화 · 586-0477
팩시밀리 · 586-0478

블로그 · http://blog.naver.com/ppi20
E-mail · ppi20@hanmail.net
ISBN · 978-89-92554-49-9 (03810)

A Man Who was Superman

| 서문 |

그동안 썼던 작품들 중에서 나름 따뜻한 느낌이 나는 글들을 모아봤습니다.
부끄럽고 부족한 글들이지만 재미있게 읽어주시기 바랍니다.
이 한 권의 책을 내면서 예전과는 달리 고마운 분들이 많이 떠오릅니다.
보잘것없는 이 이야기를 아직도 기억해주시는 독자 분들…
좋은 영화로 만들어준 감독, 배우, 스텝들 그리고 CJ엔터테인먼트 임직원 여러분들…
흔쾌하게 책으로 엮어주신 청어출판사 분들…
부모님, 가족들, 언제나 제 삶에 희망을 주는 찬경, 주영, 진영이…
그리고 묵묵히 자기를 희생하면서 남을 도와주는 우리 사회의 수많은 '슈퍼맨'들에게 진심으로 감사드립니다.

유일한

A Man Who was Superman

contents

마라토너 • 9

슈퍼맨이었던 사나이 • 44

죽음이 우리를 갈라놓더라도 • 66

그녀의 허락 • 89

다 볼 수 있는 아이 • 107

산타를 믿으십니까? • 150

1분간의 사랑 • 168

투사의 죽음 • 198

10년의 약속 • 248

편지 • 255

A Man Who was Superman

마라토너

흔히들 마라톤을 인간에게 무한한 인내를 요구하는
가장 아름다운 스포츠라고 말한다. 하지만 알고 있을까?
마라톤은 그 기원부터 인간의 생명을 담보로 했다는 것을……

상구는 여느 때와 다름없이 새벽 6시에 일어났다. 옆자리에선 상아가 가느다란 숨소리를 내면서 잠들어 있었다. 상구는 잠든 여동생 상아의 얼굴을 들여다보았다. 상아는 하루가 다르게 야위어 가고 있었다. 불과 한 달 전만 해도 먼저 일어나서 비록 찬은 없지만 아침밥을 차려 준다며 법석을 떨었는데.

오천만 원, 오천만 원이면……

상구는 하나뿐인 여동생을 살리기 위해서라면 뭐든지 할 수 있을 것 같았다. 솔직히 그동안 은행 강도 같은 것도 생각해 보지 않은 것은 아니었다. 입에 풀칠하기도 빠듯한 형편에 목돈이 나올 곳은 아무 데도 없었다. 하지만 아무리 생각해 봐도 강도질을 하고서는 상아의 얼굴을 볼 수 없을 것 같았다. 상구는 행여 상아가 일어날까 조심스레 출근 준비를 했다. 세수를 하고 방에 들어와 조심스레 옷을 갈아입는데 상아가 뒤척이다 눈을 떴다.

"오빠, 벌써 일어났네. 오늘은 내가 먼저 일어나서 아침 차려 주려고 했는데. 오빠, 미안해."

상아가 졸음이 가시지 않은 음성으로 중얼거렸다. 하루하루 초췌해져만 가는 상아의 얼굴을 보니 상구는 가슴 한 자락이 찌르르 울려왔다.

"자식, 걱정은. 너나 몸조리 잘해. 밥 거르지 말고. 오늘 오빠가 퇴근할 때 너 좋아하는 파인애플 사올 테니까."

"애들처럼 파인애플은. 오빠, 오늘도 뛸 생각이야?"

"그럼! 뛰는 게 얼마나 좋은 건데."

"누가 좋은 걸 모르나. 잘 먹지도 못하면서 뛰니까 그러지. 그러다 쓰러지면 어떡해?"

"상아야, 나는 걱정 마. 원래 오빠는 통뼈잖아. 너 귀찮더라도 꼭 점심 찾아먹어라. 약도 꼬박꼬박 챙겨먹고."

"알았어. 무슨 일 생기면 주인아줌마에게 부탁하고, 연탄가스 조심하고, 낯선 사람은 집에 들어오지 못하게 할게."

"짜식이 내가 할 말을 지가 다하네."

상구는 마루에 앉아 운동화 끈을 단단히 동여맸다. 가을이라 그런지 벌써 아침 날씨가 제법 쌀쌀했다. 상구는 점퍼의 지퍼를 올리고 빨간 녹이 슬어 바삭거리는 철 대문을 열고 나섰다.

"오빠, 잘 다녀와요!"

상아가 마루로 상체를 내밀고 나뭇가지처럼 야윈 손을 흔들었다. 상구는 억지로 웃으며 마주보곤 손을 흔들지만 마음은 손처럼 가볍지 않았다.

'이제 고작 열여덟인데…… 전교에서 10등 안에 들었다고 그렇게 좋아하더니. 조금만 더 하면 오빠 고생시키지 않고 장학금 받으며 대학갈 수 있다고…….'

지린내와 오물 냄새가 나는 좁고 꼬불꼬불한 골목길을 빠져 나가며 상구는 코끝이 찡해 왔다. 매일 아침마다 느끼는 감정이지만 오늘은 유난히 발걸음이 떨어지지 않았다. 골목을 빠져 나와 큰길로 나온 상구는 숨을 고르며 시계를 보았다. 마을버스를 기다리는 사람들이 잔뜩 움츠린 채 정류장에 서 있었다. 지하철역까지는 걸어가면 대략 40분 정도 걸렸다. 하지만 상구는 그 거리를 늘 뛰어서 다녔다.

어제 기록은 7분 32초였다.

상구는 오늘은 7분 30초 안에 도착하리라 마음먹고 뛰기 시작했다. 내리막을 뛰어가는 것은 오르막을 뛰는 것만큼이나 체력 소모가 컸다. 차를 피해야 하는 데다 커브가 심하고, 증가하는 가속도를 조정해야 하니 평지에서 달리는 것보다 두 배는 더 힘들었다.

아침을 안 먹은 빈속이어서 속은 조금 허하지만 기분은 더없이 상쾌했다. 뛰다 보니 어느새 지하철역이 보였다. 상구는 구멍가게 앞에서 걸음을 멈추고 가빠지려는 숨을 몰아쉬었다. 기록을 체크해 보니 7분 28초였다. 지금까지 잰 기록 중에서 제일 좋은 기록이었다.

"아침 날씨가 선선하지."

가게 주인아줌마가 먼저 인사를 건네 왔다. 상구는 싱긋 웃으며 냉장고에서 그날 들어온 신선한 우유를 하나 꺼내 마셨다. 상구에게는 그 우유가 어떤 보약보다도 값진 아침식사였다. 처음에는 우유 사 먹는 돈도 아까워 그냥 걸렀으나 너무 무리하는 것 같아서 보름 전부터 사 먹기 시작한 것이다.

지하철은 이른 시간인데도 불구하고 많은 사람들로 가득 찼다. 갈아탄 전철에서도 상황은 마찬가지였다. 상구는 지하철 안에서 선 채로 눈을 감고 휴식을 취했다. 전철이 안산역에 멈추자 수많은 사람들이 일제히 내렸다. 대부분 공장으로 출근하는 인파였다.

상구는 지하도를 나와 분주한 걸음으로 버스 정류장으로 걸어가다 김 계장과 마주쳤다. 술고래로 유명한 김 계장은 어제도 한 잔 했는지 얼굴이 푸석푸석했다.

"오늘도 뛰어서 가려고? 오늘은 피곤한 것 같은데 같이 버스 타고 가지 그래?"

"피곤하기는요, 전 괜찮습니다. 저는 뛰는 게 좋은데요, 뭐."

상구는 꾸벅 인사를 하곤 뛰기 시작했다. 역에서 상구가 일하고 있는 공장까지는 버스로 약 25분 정도 걸리는 거리였다. 버스가 돌아가는 거리를 감안한다 하더라도 7, 8km는 족히 되리라.

상구는 그 거리를 매일 뛰어서 출근한다. 공장 동료들은 처음엔 상구를 약간 이상한 놈 취급했지만 그는 개의치 않았다. 상구로선 버스비도 절약할 수 있고, 운동도 할 수 있는 좋은 기회인 것이다. 상구는 달리면서 가끔 버스 안을 들여다보았다. 만원버스에 시달리는 사람들의 표정을, 꾸벅꾸벅 조는 사람들의 힘겨운 고개짓을. 공장 사람들 중에선 상구가 아침마다 느끼는 기분을 아는 사람이 아무도 없을 것이다. 얼굴에 부딪히는 상쾌한 바람, 떨어지는 가로수 잎이 밟힐 때의 그 감촉, 이마 위로 드리워진 차가운 하늘, 발아래 밟히는 단단한 아침을. 달리면 비록 숨은 찼지만, 이 아침에 깨어 있다는 자부심이 가슴을 뿌듯하게 했다. 상구가 빠르게 달려가는 동작에 따라 그가 살아온 날들도 그의 어깨를 가볍게 때리며 스쳐 지나갔다.

상구는 길가의 감나무를 보았다.

허공을 가르는 나뭇가지에 매달려 있는 빨간 감들. 아버지의 닭들이 전염병에 걸려 맥없이 쓰러져갈 때에도, 농협 빚에 시달리던 아버지가 농약을 마시고 피를 토하던 그날 밤에도, 저수지에 뛰어들어 퉁퉁 불은 어머니를 이불에 싸 가지고 집안으로 들이던 그날에도 감나무는 하늘에 그렇게 작은 불꽃처럼 매달려 있었다. 구슬프게 통곡하던 상아 앞에서 약한 오빠의 모습을 보이기 싫어 상구는 매번 감나무에 매달린 빨간 감만 넋 놓고 바라보았었다.

아버지에 이어 어머니마저 야산에 묻던 가을, 상구는 고등학교 이학년이었고, 상아는 중학교 이학년이었다. 농업고등학교를 졸업하고 대한민국에서 가장 예쁜 야생화를 재배해 수출할 꿈을 꾸던 상구는, 그 꿈을 고스란히 기약 없는 미래의 일로 미뤄두어야만 했다.

상구는 상아와 함께 무작정 서울로 왔다.

사글세방을 얻어 놓고 상구는 공장에 다녔고, 상아는 학교에 다녔다. 상아는 오빠의 마음을 아는지 공부를 잘 해주었고, 상구는 대학생이 될 상아를 상상하며 주야를 가리지 않고 닥치는 대로 일해 돈을 모았다. 통장 잔고는 불어갔고, 상아는 가을 하늘처럼 티 없이 자라났다. 상구에겐 더없이 행복한 날들이었다.

하지만 행복은 오래 가지 못했다. 지난 여름부터 상아는 자주 두통을 호소하며 시름시름 앓기 시작했다. 상구는 상아를 데리고 병원을 전전했다. 여러 개의 병원을 돌아다닌 결과 상아의 병명이 밝혀졌다. 상구로서는 생전 들어본 적이 없는 희귀한 병이었다. 의사는 흔치 않은 병이라 국내에서는 수술이 불가능하다고 했다. 미국에 건너가서 전문가에게 가족의 골수를 이식하는 수술을 받는다고 해도 살아남을 확률은 반 정도밖에 되지 않는다는 것이었다.

상아가 살 수 있는 확률은 50%. 상구로서는 당장이라도 미국으로 건너가고 싶었다. 하지만 문제는 돈이었다. 수술비를 포함해 제반 경비가 오천만 원가량 든다는 말을 듣는 순간, 상구는 눈앞이 깜깜해지는 것을 느꼈다. 상구에게는 오백만 원도 엄청나게 큰돈이었다. 그런데 오천만 원이라니. 상구는 파랗던 세상이 일순간에 시커멓게 변하는 것을 느꼈다. 어디를 둘러봐도 희망은 보이지 않았다. 절망, 한치 앞도 분별하기 힘든 짙은 절망뿐이었다.

매일 밤 상아가 잠들고 난 뒤 상구는 신에게 기도했다. 상아를 살려주시고 나에게 그 병을 내려달라고. 밤새 몸부림치며 기도를 했지만 신은 아무런 응답도 내려 주지 않았다. 처음에는 상아에게 병을 비밀로 했지만, 눈치 빠른 상아는 이내 모든 것을 알아차렸다. 좌절하리라 생각했던 상아는 밝게 웃으며 오빠를 놔두고 결코 혼자 가지 않을 테니까 아무 걱정 말라며 오히려 상구를 위로했다. 상아의 미소는 상구에게 용기를 주었다. 최선을 다해서 살다 보면 어딘가에 분명히 또 다른 탈출구가 있을 것 같았다.

저만치 공장이 보였다.

상구는 어느새 눈가에 맺힌 눈물을 손등으로 훔쳐내며 길게 한숨을 내쉬었다. 공장 정문으로 들어서며 시계를 보니 24분 48초. 잡념에 시달리면서 뛰어왔기 때문인지 기록이 저조했다. 공장 안으로 들어서니 8시 32분이었다. 작업 시간보다 18분 일찍 온 것이다. 상구는 세수를 하고 작업복으로 갈아입은 뒤 다리 근육을 풀었다.

8시 50분이 되자 스피커에서 음악소리가 요란하게 울리기 시작했다. 동시에 메인 스위치가 켜지고 기계 돌아가는 소리가 작업장을 가득 메웠다. 상구는 자신의 라인으로 갔다. 특별한 기술이 없는 상구가 하는 일은 박스를 포장하고 나르는 단순노동이었다.

조장이 라인 식구들을 모아 놓고 새로 들어온 아르바이트 대학생을 소개시켜 주었다. 박 조장은 일을 가르쳐 주라며 상구에게 그 대학생을 배당해 주었다. 상구가 머쓱해 있는데 대학생이 먼저 와서 싹싹하게 인사를 했다. 한눈에 보기에도 제법 부유해 보이는 집안의 자제 같았다. 상구는 잠시 상아가 넉넉한 집안에서 태어났으면 좋았을 텐데, 하는 생각을 했다. 박 조장이 작업 개시를 알렸다. 상구는 대학생에게 공장에서 만들어진 전자제품을 포장하는 방법과 이동 중에 주의할 점을 대략 알려 주었다. 그리곤 묵묵히 자기 일을 했다.

상구는 자기도 모르게 대학생에게 반감을 느끼는 자신을 깨달았다. 나이는 비슷하지만 신분이 다른 데서 오는, 이쪽은 생계를 위해서 일하는데 저쪽은 심심풀이로 일을 한다는 생각에서 오는 일종의 적대감이었다. 상구는 일을 하다 말고 슬쩍슬쩍 훔쳐보았다. 대학생은 서툴지만 열심히 일하려고 했다. 아줌마들이 대학생에게 간간이 말을 붙였다. 나이는 예상했던 대로 상구와 동갑이었다. 그는 해외여행 경비에 보태기 위해서 일주일가량 일을 하기로 했다는 것이었다.

해외여행이라. 예전에는 부유층만 다녔으나 지금은 많이 일반화되어 있다는 것을 상구 역시 잘 알고 있었다. 텔레비전에서도 툭하면 보여 주는 것이 해외 풍경이니까. 그것은 그만큼 우리가 잘 살게 되었다는 건지도 모른다. 웬만한 사람들은 한 번씩 다녀왔다는 해외여행, 언론에서는 한 해 동안 엄청나게 많은 사람이 공항을 빠져 나갔고 외국에서 얼마씩 쓰고 왔다고 떠들어대지만, 상구에게는 그런 것들이 먼 나라 이야기처럼 들렸다. 상구의 주변 사람들 중에서 아직 해외여행을 갔다온 사람은 단 한 명도 없으니까.

하지만 상구가 그 대학생을 멀리하는 것은 해외여행을 가기 위해 일을 한다는 것 때문만은 아니었다. 호화롭거나 사치스럽지 않은 배낭여행이라면 나라의 장래를 위해서도 많이 나갔다 오는 게 좋다는 것쯤은 상구 역시 잘 알았다. 그럼에도 불구하고 대학생이 묻는 말 이외에는 단 한 마디도 먼저 붙이지 않는 것은 상아 때문이었다. 여동생은 돈이 없어 죽어가고 있는데 여행 간다는 대학생을 붙잡고 웃고 떠들고 싶은 마음은 추호도 없었다.

그런 보이지 않는 적대감이 상구와 상구의 동료들로 하여금 그 대학생을 멀리하게 했다. 그래서 그는 쉬는 시간에 혼자서 담배를 피우고, 그들의 얘기에도 끼지 못했다. 하지만 일할 시간이 되면 묵묵히, 열심히 일했다.

보다 못한 상구가 쉬는 시간에 가서 말을 걸었다. 한데 막상 말을 해보니, 대학생은 좋은 사람 같았다. 대학생이라고 자랑하는 빛도 안 보이고, 오히려 상구가 선배라고, 선배 대접까지 하는 것이었다. 예상대로 나이는 동갑이고, 아까 멀리서 들은 대로 집안 사정 때문에 일을 하는 것이 아니라, 여행 자금을 벌기 위해 한 일주일 정도 일한다는 것이었다. 상구는 그 부분에서 그의 경제적 여유에 대해 질투를 느꼈지만, 잠시뿐이었다. 대학생은 상구보다 더욱 성실하게 일했다. 덕분에 상구도 더 열심히 일해야 했다. 생긴 것과는 달리 서글서글한 성격에 상구는 그와 금세 친해졌다.

저녁 6시가 되자 조장이 잔업 의향을 물어 왔다. 상구는 망설이지 않고 손을 들었다. 밤 아홉 시까지 일하면 칠천 원을 더 벌 수 있었다. 한 달 내내 쉬지 않고 잔업과 특근을 하면 그 돈만 해도 자그마치 삼십만 원가량 되었다. 상구와 함께 일하던 대학생은 먼저 약속이 있다며 정시에 퇴근을 했다. 상구는 옷을 갈아입고 퇴근하는 대학생의 뒷모습을 부러운 눈으로 바라보았다.

다음 생이 주어진다면, 그때는 정말로 저 대학생처럼 돈 몇 푼에 구애받지 않고 하고 싶은 대로 하면서 살아 보고 싶었다. 대학생이 빠져나가서 그런지 매일 하는 잔업인데도 시간이 유난히 더디게 가는 것처럼 느껴졌다. 어차피 일주일 동안은 매일 느껴야 할 기분이었다. 그에게는 훌쩍 떠날 자유가 있으나 상구에게는 자유가 없었다. 오늘따라 상구의 눈에 비친 공장 천장이 유난히 높아 보였다.

마침내 시끄러운 음악이 멈추고 웅웅거리는 기계음도 멎었다.

상구는 세면대에서 세수를 한 뒤 옷을 갈아입었다. 공장 안에서 부품을 조립하던 어린 아가씨들이 길게 기지개를 켜면서 나왔다. 상구는 그들 틈에 섞여 공장 문을 나섰다. 상구는 늘어지려는 몸을 추스려 다시 역을 향해 뛰기 시작했다. 일과에 지친 긴 그림자를 끌고 드문드문 켜 있는 가로등을 벗 삼아 달렸다. 상아의 얼굴을 빨리 보고 싶은 조바심에 속력을 높였지만 역은 좀처럼 나타나지 않았다. 동네에 접어들자 상구는 발밑을 살피며 달렸다. 산동네로 이어진 소방도로는 콘크리트가 군데군데 패어 있어 발밑을 조심하며 달려야만 했다. 자칫하다가는 발을 접질릴 수도 있었다. 발이라도 삐는 날에는 모든 게 물거품이 되기 때문에 매우 조심해야만 했다.

상구는 가슴속 깊은 곳에 목표가 하나 있었다.

그것은 바로 한 달 뒤에 열리는 마라톤 대회의 우승이었다. 사실 상구는 그동안 한 번도 마라톤 코스를 완주해 본 적이 없었다. 학교 다닐 때 마라톤 선수도 아니었다. 그럼에도 불구하고 상구가 이런 생각을 하게 된 것은 오로지 상금 때문이었다.

우승 상금은 미화로 칠만 불이었다. 대충 어림해 봐도 팔천만 원이 넘는 액수였다. 그 돈이면 상아의 수술비로 충분했다. 의사가 확률은 50%라고 했지만, 상구 생각에는 수술만 하면 곧바로 나을 것 같았다. 아니, 반드시 나을 거라고 믿었다. 상구는 전문적인 선수는 아니었지만 달리기라면 자신 있었다. 어릴 적에도 10리가 넘는 등교 길은 뛰어다니곤 했었다.

아니, 달리기에 자신이 있고 없고를 떠나서 당시의 상구에게 선택은 오로지 하나밖에 없었다. 무슨 일이 있어도 마라톤 대회에서 우승해서 상금을 타야만 했다. 상구는 그것이 자신에게 주어진 사명이자 운명이라고 믿었다. 꾸불꾸불 이어진 골목 앞에서 상구는 숨을 돌렸다. 이제 마침내 고단한 하루가 끝난 것이었다. 상구는 물먹은 솜처럼 늘어지는 육신을 끌고 골목 안으로 걸음을 옮겼다.

상아는 집에서 책을 읽고 있었다. 환한 얼굴로 반기며 상구를 맞은 상아가 부엌에서 상을 차리는 동안 상구는 윗도리를 벗고 몸을 씻었다. 하루하루 말라가는 상아의 몸, 하지만 아픈 내색조차 하지 않고 멋쩍게 웃는 상아의 미소가 세숫대야에 아른거렸다.

'상아야, 조금만 기다려! 오빠가 너의 건강을 되찾아줄 테니까.'

일주일은 금방 지나갔다.

그동안 상구는 아르바이트 대학생과 친해졌다. 상구의 입장에선 처음으로 만나보는 자기 또래의 대학생이었다. 상구는 대학생인 여자 친구 혜민과 만나는 동안 그 아르바이트 대학생의 도움을 많이 받았다. 이제는 혜민도 상구의 정체에 대해서 알게 되었지만, 처음에는 그 대학생의 도움으로 상구 역시 짧았지만, 엘리트 대학생 노릇을 할 수 있었다. 혜민이 생각만 하면 가슴이 아프지만, 상구로서는 살아오면서 너무 많은 것들을 포기해왔기 때문에, 혜민이 역시 포기해야겠다고 생각하고 있었다.

그 일한이라는 대학생이 술사겠다는 제의에 상구는 그날 하루는 달리기도 포기하고, 어딜 데려갈까라는 일말의 호기심과 기대감도 갖게 되었다. 마지막 날, 그 대학생은 상구에게 자기가 술을 사겠다고 했다. 당연히 거절해야 했지만, 처음이자 마지막일지도 모르는 대학생과의 술자리는 가고 싶었다. 말로만 듣던 대학생들의 음주문화가 궁금하기도 했기 때문이다.

강남에서 만나기로 했다. 사실 상구는 혜민과 만날 때 빼고는 처음으로 강남에 갔다. 사석에서 처음 만난 그 대학생은 공장에서와는 좀 다른 모습이었다. 상구는 괜히 위축이 되는 기분이었다. 대학생이 데리고 간 술집은 상구와의 기대와는 전혀 다른 곳이었다. 허름한 실내 포장마차였다. 상구가 회사 사람들 따라 가끔 갔던 선술집들과 별로 다를 바 없었다. 안주나 가격이나 비슷했다. 저 멀리 있는 것만 같던 그 대학생과 좀더 가까워지는 것 같았다.

술과 안주를 시키고 있는데 그 대학생 친구들이 들어와 합석을 하게 되었다.

서로 인사는 했지만, 서먹서먹한 분위기가 흘렀다. 곧 그들은 자기들끼리 대화를 시작했다. 그들의 대화를 언뜻 들어보니, 많은 고민이 있어 보였다. 술로 그 고민을 해결해보려는 사람들 같았다. 상구는 그들의 사치스러운 고민에 언뜻 괴리감이 느껴졌다. 하지만 알코올 기운이 오름에 따라 생각도 바뀌었다. 사람은 사람 나름대로 고민이 있고, 자기 생각에는 그 고민이 가장 괴롭게 느껴지는 것이라고 말이다. 또 그들은 그들 나름대로 해결책을 찾겠지. 이들은 술에서 그것을 찾고 있지만, 나는 뛴다는 생각이 들었다. 그런 점에서 상구는 그들 대학생에 대해 일말의 우월감까지 느껴졌다. 기분이 좋아지니, 술이 맛있어졌다. 오래간만에 취할 때까지 마셔본 술이었다. 사실 술이 취하니까, 병상에 누워 있는 동생 상아의 얼굴과 티 없이 맑게 웃는 혜민이의 얼굴이

교차되며 떠올랐다. 상구는 고개를 세차게 흔들었다. 지금 상구로서는 올라가지도 못할 나무를 보고 미련을 갖는 것은 사치라고 생각되었다.

헤어질 때 그 대학생들과 연락처 교환을 했지만, 상구는 다시 만날 수 있다는 기대는 버렸다. 술에 취해 집에 돌아오는 길에서 상구는 달린다는 것에 더욱 많은 의미를 부여하게 되었다. 평범한 대학생들과의 만남이 그것을 심화시켰는지도 모른다. 이제까지 그들에게 가졌던 열등감의 해소의 일환일 수도 있었다. 그 대학생들은 좋은 사람 같았다. 상구는 소위 말하는 계층이나 계급은 물질적인 부를 소유한, 서로에게 지니게 되는 고정관념에서 출발할 수도 있다는 생각이 문득 들었다. 그 대학생들도 평소에 자기가 지녔던 이미지와 너무 판이하게 달랐다. 소비적이고 향락적인 대학생이 아니면, 노동자의 권익을 위해 투쟁하는 대학생들……. 그러나 그들은 결코 이 두 부류로 분류 못할 단지 평범한 대학생들이었다. 하지만 상구는 그들과 본질적인 이질감을 느꼈다. 여하튼 이들과의 만남은 상구에게 있어서 달리는 것의 의미를 더 확대시키는 계기였다.

상구는 그 대학생의 빈자리로 인하여 한동안 허전함을 느껴야 했다. 하지만 그것도 잠시였다. 공장 안에 울리는 카세트테이프가 돌아가듯, 근무시간 동안 기계가 자동으로 움직이듯 모든 것들이 함께 예전으로 되돌아갔다.

상구는 쉴 새 없이 달렸다.

돈과 체력을 비축하기 위해 회식 자리도 빠져 가며 오로지 달렸다. 삼삼오오 짝을 지어 영화를 보러 가는 사람들 사이로, 달콤한 말을 속삭이며 사랑을 나누는 연인을 굽어보며, 얼큰하게 술에 취한 취객의 곁을 지나, 오로지 마라톤 우승이라는 단 하나의 목표를 향해 달렸다. 그 사이에도 상아의 병세는 하루가 다르게 악화되어 갔다. 담당 의사는 수술 시기를 미루면 미룰수록 성공 확률 또한 떨어진다며 안타까워했다. 상구는 입안이 바짝바짝 마르는 것을 느꼈다. 하루하루 미라처럼 말라가는 상아의 모습을 보고 있으면 가슴이 미어졌다.

마라톤 대회를 앞둔 보름가량 앞둔 주말, 상구는 모처럼 일요일에 특근을 나가지 않았다. 상아에게는 아무 말도 하지 않은 채 배낭에 물통 하나 달랑 넣고 집을 나섰다. 동네 약수터에 가서 물통에 물을 채우고 잠실에 도착하니 오전 8시 반이었다. 날씨는 바람도 심하게 불지 않고 아주 선선했다. 장거리를 뛰기에는 아주 적합한 날씨였다. 상구는 몸을 천천히 풀었다. 2주 앞으로 다가온 시합을 앞두고 완주를 해 볼 심산이었다. 코스는 한강 고수부지의 자전거 도로로 잡았다. 잠실에서 여의도까지 왕복해 볼 작정이었다. 집을 나서면서 이 정도 코스면 21km는 족히 될 거라고 계산해 놓은 곳이 있었다.

시계를 보고 있다가 정확히 아홉시에 출발했다. 비록 등에 배낭을 멨지만 몸은 한없이 가볍기만 했다. 휴일 아침을 맞아 조깅을 하는 사람들의 모습이 간간이 보였다. 뛰다 보니 강바람이 제법 강하게 불어 왔다. 상구는 시계를 자주 들여다보며 한강을 끼고 일정한 속도로 달렸다. 이번 마라톤 대회에서 우승하려면 늦어도 2시간 7분 안에는 들어와야 했다. 출전 선수들의 기록을 살펴보고 상구가 내린 결론이었다. 42.195km를 2시간 7분 안에 완주하려면 1km를 3분 안에 뛰어야 했다.

　10분쯤 달리다가 상구는 목표를 바꿨다. 일단 기록보다도 완주에 의미를 두는 게 여러모로 좋을 것 같았다. 오늘 완주만 할 수 있다면 여러 명이서 뛰는 시합 때는 좋은 기록을 낼 수 있을 것 같았다. 자전거들이 스쳐 지나가고 차들이 빠른 속도로 지나갔다. 상구는 멀리 보이는 63빌딩을 향해 달렸다. 달리다 간간이 배낭에서 물통을 꺼내 목을 축였다. 반환점인 63빌딩까지 가서 상구는 다시 돌아서서 뛰기 시작했다.

　한 시간을 넘게 뛴 것 같은데도 그리 힘들지는 않았다. 21km 정도는 출퇴근할 때 자주 뛰어 봤던 거리였다. 그래서 처음 한두 시간은 비교적 수월하게 달릴 수 있었다. 하지만 반환점을 돌아 한참 달리다 보니 곧 체력에 한계가 오는 것이 느껴졌다. 물통을 자주 꺼내서 조금씩 마셨지만 체력은 회복될 기미가 보이지 않았다. 출발할 때는 못 느꼈던 배낭의 무게까지 너무나 부담스럽게 느껴졌지만 배낭을 던져 버릴 수는 없는 노릇이었다. 황영조 선수가 이야기했듯이 거기서부터는 정신력이라는 생각이 들었다. 상구는 초라한 방에 누워 있을 상아를 떠올리곤 이를 악물고 앞을 향해 달렸다.

　한참을 뛰다보니 어느 순간 35km는 넘어선 것 같았다. 머릿속은 뛰어야 한다는 느낌뿐 하얗게 비워져 있었다. 상구는 기계적으로 손발을 놀렸다. 강바람이 점점 차갑게 피부에 닿는 것이 느껴졌다. 괴로웠다. 숨을 쉬기조차 힘들었다. 하지만 상구는 계속해서, 계속해서 뛰었다. 어느 정도 힘들 거라고 생각은 했지만 이 정도일 줄은 전혀 몰랐었다. 가장 힘들다는 40km를 넘어섰다는 느낌과 함께 출발 지점이 저만치 보였다. 상구는 이를 악물고 막판 스퍼트를 했다. 관중들의 환호성도 박수도 없는 스타트 라인에 발을 디딘 상구는 잔디밭으로 가서 벌렁 누웠다. 숨이 차서 미칠 것만 같았다. 하지만 완주를 했다는, 마침내 해냈다는 기쁨이 고무풍선처럼 텅 빈 것만 같은 뱃속으로 서서히 들어찼다. 그것은 이내 환희로 바뀌었다.

시합 때도 오늘 정도로만 뛰어 준다면 우승을, 아니 상아를 살릴 수 있을 것 같았다. 상구는 잠시 누워 있다가 벌떡 일어났다. 손상된 체력도 쉽게 회복될 것 같지 않았다. 상구는 일어나서 걸음을 옮겼다. 한 걸음 한 걸음 뗄 때마다 몸이 가루가 되어 부서져 내릴 것처럼 괴로웠지만 부지런히 버스정류장으로 향했다. 한시라도 빨리 상아에게 이 소식을 알리고 싶었다. 2주만 있으면 수술을 받을 수 있으니 괴롭더라도 참으라고, 용기를 잃지 말라고.

집에 도착하니 상아가 깜짝 놀라며 상구를 맞았다. 상구의 꼴은 말이 아니었다. 옷은 땀으로 흠뻑 젖어 있었고 얼굴은 온통 먼지를 뒤집어쓰고 있었다.

"상아야, 내가 오늘 완주했어!"

상구는 목이 메어 더 이상 말을 잇지 못했다.

상아는 오빠의 한 마디를 듣고서 모든 상황을 짐작할 수 있었다. 상아는 상구의 손을 꼭 잡았다. 고깃국 한번 제대로 끓여 주지 못했는데 그 먼 거리를 뛰어준 오빠가 더없이 고마웠다. 상아는 오빠가 마라톤에서 우승하리라고는 믿지 않았다. 다만 희망을 버리지 않는 오빠가, 최선을 다해서 자신을 살리려고 하는 오빠가 더없이 자랑스럽고 고마울 따름이었다. 하지만 상아도 상구도 까맣게 모르고 있었다. 마라톤 코스를 한 번 완주하고 나서 체력을 완전히 회복하려면 적어도 한 달 이상은 쉬어야 한다는 것을.

상구는 시합을 일주일 남겨 놓고 접수를 했다. 그는 접수를 하러 나가면서 조장에게 살짝 이야기를 했을 뿐이었다. 그런데 돌아와 보니 공장 내에 자신의 이야기가 파다하게 퍼져 있었다. 사람들은 상구가 왜 마라톤대회에 나가야 하는지 그 이유까지 정확히 짐작하고 있었다. 공장 사람들은 상구를 마라토너라 불렀다. 그들은 상구에게 격려의 말을 건네기도 했으며 삶은 계란이나 우유 등을 몰래 작업복에 넣어 주며 '파이팅!'을 외치기도 했다. 상구는 사흘 가까이 완주를 한 후유증으로 절뚝거려야 했다.

상구는 몸이 서서히 회복되는 기미가 보이자 다시 훈련에 들어갔다. 같은 라인에 배치된 동료들은 상구는 힘든 일에서 빼 주는 등 배려를 아끼지 않았다. 한 사람이 빠지면 그들이 그만큼 더 힘들다는 걸 잘 알고 있는 상구였기에 처음에는 극구 만류했지만 나중에는 그들의 따뜻한 마음씨를 알기에 그저 훈련에 충실할 수밖에 없었다. 충분하지는 않지만 그렇게 공장에서 그런 대로 휴식을 취하다 보니 몸의 회복 속도도 빨라졌.

시합을 나흘 남겨 놓은 날이었다. 잔업을 끝내고 집에 가려는데 평소에 짠돌이로 소문난 박 조장이 상구를 몰래 불렀다. 조장은 그를 보신탕집으로 데려갔다.

"여동생이 많이 아프다며? 달리 도와줄 건 없고, 이거나 많이 먹어. 그리고 꼭 일등 해, 알았지?"

상구는 눈물이 나오려는 것을 간신히 참았다. 어느 누구보다도 박 조장의 살림살이를 잘 아는 상구였다. 박 조장이 짠돌이로 소문난 것은 원래 성품이 그래서가 아니라 집안 형편이 어려워서였다. 박 조장은 3형제 중 둘째였다. 중풍에 걸려 반신불수가 된 아버지를 모시고 세 자녀를 교육시키려면 단돈 10월도 아껴 써야 하는 처지였다. 먹고 싶은 대로 실컷 먹으라고 했지만 상구는 목이 메어서 제대로 고기를 삼킬 수가 없었다.

시합이 이틀 앞으로 다가왔다. 퇴근하려는 상구 주변으로 같은 라인 사람들이 모여들었다. 나이가 제일 많은 철이 엄마가 선물꾸러미를 내밀었다. 얼떨결에 받아들고는 포장을 풀어 보았다. 운동화였다. 오래 전부터 갖고 싶었지만 감히 비싸서 엄두도 못 냈던 운동화 한 켤레가 가지런히 놓여 있었다. 상구는 고맙다는 말 대신에 운동화를 쓰다듬었다. 어렵지만 서로 도우며 착하게 살아가는 사람들, 그들의 따뜻한 마음 씀이 느껴졌다.

"우승해서 상금 타면 한 턱 내라고!"

눈물을 보이기 싫어 고개를 푹 떨구고 있는데 누군가 등짝을 치면서 말했다. 그 순간, 참고 참았던 눈물이 와락 쏟아졌다. 참으로 고마운 사람들……. '이 은혜는 결코 잊지 않겠습니다.' 상구는 반드시 우승으로 보답하리라고 마음속으로 몇 번이고 되뇌었다.

시합이 드디어 하루 앞으로 다가왔다. 같은 라인 사람들의 배려로 상구는 오전 근무만 한 뒤에 집으로 돌아올 수 있었다. 상아를 깜짝 놀라게 해 주려고 살금살금 대문을 들어섰다. 상아는 방문을 열어 놓고 두 손을 모은 채 기도를 하고 있었다. 처음 보는 상아의 기도하는 모습이었다. 상아는 더없이 경건한 표정을 짓고서 입술을 달싹거렸다. 그날 저녁 상구는 상아와 함께 나란히 잠자리에 누웠다. 잠을 푹 자야 하는데 긴장 때문인지 좀처럼 잠이 오지 않았다. 낮에 본 기도하는 상아의 모습이 아른거렸다.

"상아야, 너 오늘 누구에게 기도했니?"

"오빠 봤구나. 아빠랑 엄마에게. 오빠를 지켜 달라고 기도했어. 오빠, 난 괜찮으니까 내일 무리하지 마, 알았지?"

"상아야, 걱정 마! 오빠는 내일 반드시 우승할 거야. 그래서 네 병을 고쳐줄 거야."

"고마워, 오빠! 난 오빠 맘 알아. 난 몸은 비록 아프지만 이 세상 그 누구보다도 행복해. 오빠, 내일 뛰다가 힘들면 그만둬. 알았지?"

"그래."

"내가 오빠 운동복에 부적 붙여 놨어."

"부적? 네가 어디서 그런 걸 구했어?"

"응, 주인아줌마에게 부탁했어. 용한 무당이 있다길래 오빠가 걱정돼서 한 장 구했어. 오빠를 지켜줄 거야."

"상아야, 내 걱정 마! 뛰다 힘들면 그만 둘 테니까."

상구는 걱정시키고 싶지 않아서 마음에 없는 말을 했다.

"오빠, 그 예쁜 언니 이제는 더 이상 만나지 않아? 지난번에 우리 집에 놀러 온 언니……"

"어, 그 사람…… 만나고 안 만나고 그런 사이 아냐. 그냥 회사에서 일로 만난 동료야. 그 친구도 나보고 우승하라고 전화했더라."

상구는 상아가 혜민이와 끝난 것을 알면 가슴이 아플 것 같아 거짓말을 했다. 하지만, 거짓말을 하고 있는 상구 자신 역시 가슴이 찢어지는 듯했다. 상아는 다행이라는 듯이 한숨을 푹 내쉬면서 한마디 했다.

"다행이다 오빠. 나는 오빠가 그 언니랑 사귀고 있었는데, 혹시라도 이렇게 누워있는 나 땜에 오빠랑 헤어진 줄 알고 얼마나 걱정 많이 했는데……. 오빠 이제 나 신경 쓰지 말고 그 언니랑 연애 좀 해봐. 오빠도 늙기 전에 연애 한번 해 봐야지?"

"임마, 늙기는 누가 늙어. 아직 팔팔한 20대야. 너나 빨리 일어나서 남자친구 좀 데리고 와서 이 오빠랑 술 한 잔 하게 좀 만들어 다오."

상구는 상아와 이런 대화를 할 때마다, 자신들의 처지가 너무나 슬펐다. 하지만, 대회에서 우승만 한다면, 상아의 병도 고칠 수 있고, 영원히 다시 만날 수 없다고 생각했던 혜민과도 만날 수 있을 것 같은 생각마저 들었다.

잡념에 시달리다가 가까스로 잠이 들었는데 어디선가 신음소리가 들렸다. 상구는 깜짝 놀라서 일어났다. 불을 켜 보니 상아의 얼굴이 말이 아니었다. 얼굴이 온통 백짓장처럼 창백했다.

"상아야, 정신 차려! 괜찮니?"

상구는 상아를 흔들어 보았지만 의식이 없는 상태였다. 시계를 보았다. 새벽 2시를 넘어서고 있었다. 상구는 상아를 들쳐 업고 뛰었다. 차를 잡아타고 병원 응급실로 달려갔지만 주치의는 병원에 없었다. 상아의 진료기록을 유심히 읽던 의사는 고개를 갸웃거리다가 상아에게 포도당 주사를 놓아 주었다. 그리곤 상구에게 주치의가 출근할 때까지 응급실에서 기다리라고 전했다. 상아는 밤새 고열에 시달리며 신음을 내뱉었다. 상구는 상아 곁에서 밤을 꼬박 새웠다. 병실 창으로 새벽 햇살이 비쳤다. 시합 시간이 점점 다가오고 있었다.

이대로 포기해야 하나? 언제 다시 돌아올지 모르는 기횐데, 상아 곁을 떠날 수도 없고, 그렇다고 다시없을 이 기회를 놓쳐버릴 수도 없고. 상구는 상아의 얼굴을 내려다보며 갈등했다. 문득 밤새 신음을 토하며 헛소리를 하던 상아가 열이 조금 내렸는지 힘겹게 눈꺼풀을 밀어 올렸다.

"오빠, 몇 시야?"

"정신이 좀 드니? 조금만 참아. 의사 선생님이 곧 오실 거야."

"오빠, 그동안 노력 많이 했잖아. 내 걱정 말고 시합에 나가 봐. 일등 같은 거 안 해도 돼. 하지만 최선을 다해서 뛰어 줘. 상아가 지켜보고 있을 테니까."

상구는 상아의 말을 듣고 결심을 굳혔다. 기회를 놓칠 수는 없었다. 이번 기회를 놓치면 상아의 생명은 살릴 길이 없었다.

'상아야, 조금만 참아! 오빠가 꼭 우승할 테니까.'

상구는 간호원에게 상아를 잘 돌봐 달라고 신신당부를 했다. 그리곤 병원을 나와서 집으로 향했다. 잠을 제대로 못 자서 컨디션이 그리 좋지는 않았지만 그런 걸 생각할 때가 아니었다. 출발 시간은 10시였다. 시간이 그리 많이 남아 있지 않았다. 상구는 집에서 트레이닝복으로 갈아입고 운동화를 신고 바쁜 걸음을 재촉했다.

출발 지점인 잠실 주경기장은 수많은 사람들로 붐볐다. 마라톤에 참가하는 선수들, 취재진, 응원 나온 사람들로 경기장 안은 시끌벅적했다. 상구는 점퍼를 벗어 가방에 넣었다. 부적을 달아놓았다는 티셔츠 앞을 내려다보니 노란 실로 '오빠 파이팅!' 이란 글귀가 새겨져 있었다. 다른 선수들이 우습다는 듯이 힐끔힐끔 쳐다보았으나 상구는 개의치 않았다. 오히려 가슴이 따뜻해지고 피로가 풀리는 것 같았다.

줄을 서서 번호표를 받았다. 상구는 675번이었다. 옷핀으로 두 장의 번호표를 앞뒤에 붙였다. 이윽고 출발시간이 되었다. 상구는 일반인 출전자였으므로 선수들보다 150m 후방에서 출발해야 했다. 상구의 앞쪽에는 전 세계에서 내노라하는 건각들이 출발 신호를 기다리고 있었다. 그들은 대략 200여 명쯤 되어 보였다. 상구는 재미 삼아 참가한 4천 명의 시민 사이에 끼어 출발 신호가 떨어지기를 기다렸다. 상구의 옆에는 백발이 성성한 할아버지도 있었고, 초등학생들도 있었다. 그들의 표정은 한결 같이 느긋해 보였다. 어차피 참가에 의의를 둔 그들이었기에 뛰다가 피곤하면 천천히 걸어가면 될 터였다.

긴장감을 떨쳐 버리기 위해 상구는 길게 심호흡을 했다. 짧은 순간, 오늘 이 순간을 위해 흘렸던 땀과 그저 달리기만 했던 수많은 날들이 스쳐 지나갔다. 수술을 무사히 끝마친 상아의 환히 웃는 모습이 눈앞에 떠올랐다.

"탕!"

마침내 출발 신호가 떨어졌다. 그 소리와 동시에 8천 개가 넘는 다리가 일제히 앞을 향해 나아갔다. 상구는 스피드를 내서 일단 선두 그룹에 합류해야겠다고 계획을 세웠다. 전력 질주를 해 상구는 선두 그룹에 뛰어들었다. 그들은 상구를 슬쩍 돌아보았을 뿐 더 이상 신경 쓰지 않았다. 텔레비전에 한번 나오기 위해서 안간힘을 쓰는 촌놈으로 여기는 눈치였다. 상구는 마라톤 코스를 표시하는 파란 줄만 보고 뛰었다.

앞쪽에 방송 차량이 보였다. 상아를 비롯해서 자기를 응원하는 많은 사람들이 텔레비전을 보고 있을 거라는 생각이 들었다. 상구는 그들을 위해서 앞으로 나섰다. 카메라가 상구를 비췄다. 상구는 자신을 지켜보고 있을 이들을 향해 슬쩍 웃음을 지었다. 하지만 카메라는 순식간에 상구를 스쳐 지나갔다. 렌즈가 비추는 옆으로 고개를 돌려 보니 강력한 우승후보 케냐 선수가 뛰고 있었다.

시간이 많이 지난 것 같지 않은데 저 앞에 10km 표지판이 보였다. 상구 앞에서 뛰는 사람은 아무도 없었다. 방송 차량이 앞서가고 가끔씩 헬기가 상공을 날아갈 뿐이었다. 뒤를 돌아보았다. 20여 미터 뒤에서 열대여섯 명이 무리를 지어 뛰어오고 있었다. 방송에서 자주 보았던 국내외 유명 선수들이었다. 상구는 그들 그룹에 합류해서 뛸까 하다가 방심했다가는 우승을 놓칠지도 모른다는 생각이 들어 계속 선두를 유지하기로 작정했다.

마라톤 해설자로 나온 김병국은 머리가 혼란스러워짐을 느꼈다. 카메라맨은 계속해서 낯선 젊은이를 비추고 있었다. 전혀 마라톤 선수 같지 않은 촌스럽고 평범한 한 사내를. 참가번호 675번이 달릴 때마다 연도에 선 많은 시민들이 의아한 눈길로 박수를 보내고 있었다. 마라톤 중계 해설을 맡아 달라는 부탁을 받은 것은 한 달 전이었다. 흔쾌히 방송사의 제의를 수락했고 참가선

수 개개인에 대한 자료를 수집하여 우승후보자를 뽑아 놓았다.

처음에는 모든 것이 순조로웠다. 날씨도 쾌청했고 몸 컨디션도 좋았다. 기분 같아서는 선수들과 같이 뛰어보고 싶을 정도였다. 총소리와 함께 선수들이 일제히 달리기 시작하고, 김병국은 방송국 스튜디오 안에서 아나운서와 함께 화면을 보며 해설을 해 나갔다. 아나운서와 김병국은 준비해 온 선수들의 기록을 소개해 주면서 오늘 우승후보를 조심스레 점쳤다. 그런데 3km를 지나면서 전혀 예상치 못한 선수가 카메라에 비쳤다. 김병국은 낯선 얼굴에 적이 당황하다가 참가번호를 보고 일반 참가 선수라는 것을 알았다. 김병국은 이내 평정을 되찾았다.

"마라톤을 무척이나 사랑하는 한 시민이 선두 대열에 합류했군요. 한국 마라톤이 오늘날처럼 세계 강국으로 성장하기까지는 저런 분들의 열렬한 호응이 있었기에 가능했다고 보는데, 어떻게 생각하십니까?"

"네에, 그렇죠. 외국의 경우를 보면 한 도시에서 마라톤이 개최되면 시민들이 굉장히 많이 참가를 해요. 그래서 마라톤대회를 축제 분위기로 만들죠. 오늘 많은 분들이 참가했지만 앞으론 보다 많은 시민들이 참가했으면 좋겠어요."

미리 준비해 온 자료엔 예상되지 않은 상황이었지만 그런 대로 받아 넘길 수 있었다. PD가 잘했다고 엄지와 검지로 동그라미를 그렸다. 카메라는 다시 마라톤 현장으로 넘겨졌다. 한국의 건각들과 세계의 건각들이 나란히 달리는 장면이 화면을 가득 채웠다. 675번이 다시 화면에 비춰진 것은 8km 지점이었다. 이번엔 675번이 선두였다. 김병국은 삐쩍 마른 사내가 대단한 체력을 지녔다고 내심 감탄했다. 조만간 지쳐 뒤로 처지겠지만 일반 참가자로서 저 정도 뛸 수 있다는 건 참으로 놀라운 일이었다.

김병국은 675번을 주시하며 저런 페이스라면 오래 가지 못할 거라고 점쳤는데, 675번은 예상을 뒤집고 계속 선두를 유지했다. 카메라는 자주 그를 비췄다. 관련 자료가 없기에 675번이 화면에 나오면 김병국은 아나운서와 함께 가벼운 농담을 주고받을 수밖에 없었다. 예상치 못한 일이 생기자 김병국은 짜증이 났다. 매끄럽게 해설을 하고 싶었는데 뜻하지 않은 방해자가 나타난 것이었다. 김병국은 울컥 치솟는 짜증을 누르고 준비해 온 자료를 토대로 아나운서와 열심히 이야기를 주고받았다.

15km 구간을 넘어섰지만 675번은 여전히 선두를 지키고 있었다. 준비해 온 기록을 비교해 보았다. 15km까지는 세계 기록보다 30초가 빨랐다. 김병국은 675번이 정말 이상한 청년이라고 생각했다. 그 이상한 청년 덕분에 다른 선수들의 기록도 세계 기록보다 27초가량 빨라졌다. 곧 뒤로 처지겠지. 김병국은 달리는 사내의 엉성한 폼을 보며 생각했다. 손발을 놀리는 폼이나 보폭, 호흡하는 방법으로 봐서는 마라톤을 전혀 모르는 사람임이 분명했다. 하지만 마라톤에 대단한 소질이 있어 보였다. 대단히 강한 심장과 그에 못지않게 강한 정신력을 지니고 있는 것 같았다.

그러나 이제 마라톤은 과학이었다. 예전에는 뚝심만 좋으면 얼마든지 우승할 수 있었지만 지금은 달랐다. 과학적으로 훈련을 받지 못한다면 아무리 뛰어난 자질을 지닌 선수라 하더라도 세계 기록에 접근할 수 없다는 것이 80년대 이후에 자리잡아가고 있는 보편화된 논리였다. 이봉주나 황영조 등 마라톤 신화를 세운 선수들은 과학적으로 특별 제작된 1억이 넘는 신발을 신고 기록에 도전해왔다. 그런데 이 선수는 단돈 몇 만원도 안 돼 보이는 신발을 신고 선두로 달리고 있었다. 마라톤은 과학의 승리라는 논리가 깨질 지도 모르는 일이었다.

마라톤 경기의 반쯤 되는 20km를 지났지만 이상한 청년은 여전히 선두를 달리고 있었다. 기록을 비교해 보니 20km까지의 구간 기록은 세계 기록보다 1분이나 빨랐다. 오늘은 시합 전날일 거야. 나는 꿈을 꾸고 있는 거고. 김병국은 화면에 가득 비친 사내의 얼굴을 보며 생각했다. 그는 화면 속 사내의 충혈 된 두 눈, 꽉 다문 입술, 금방이라도 쓰러질 것처럼 위태로워 보이는 몸짓을 지켜보며 고개를 저었다.

'오빠 파이팅!'

가슴에 노란 실로 새겨진 글자가 클로즈업됐다.

저 청년은 왜 달리고 있는 걸까? 문득, 강한 의혹이 김병국의 머리를 스치고 지나갔다. 김병국은 PD를 보았다. PD는 어디로 갔는지 보이지 않았다. 카메라가 마라톤 현장을 비추는 순간, FD가 쪽지를 가지고 와 아나운서 앞으로 내밀었다. 아나운서가 재빨리 눈으로 훑은 뒤 읽어 나갔다.

"네, 지금 방송국에는 675번을 단 선수가 누구냐는 전화가 빗발쳐 업무가 마비될 지경입니다. 참가자 명단을 방금 입수했는데 그곳에는 이렇게 쓰여져 있군요. 성명은 최상구, 나이는 23세, 직업은 태양전자 직원. 이상입니다. 다른 자료가 입수되는 대로 알려 드릴 것을 약속드리며 잠시 후에 뵙겠습니다."

화면은 광고로 바뀌었다. 광고가 끝난 뒤 다시 중계가 이어졌다. 현장 모니터를 보니 675번이 여전히 선두였다. FD가 허겁지겁 뛰어와서 또 쪽지를 내밀었다. 아나운서가 고개를 끄덕이자 카메라는 마라톤 현장에서 방송국으로 옮겨졌다. 아나운서가 메모지를 읽어 나갔다.

"네, 지금 또 다른 중계차가 675번 최상구 선수의 공장으로 나가 있다는 군요. 잠시 연결해서 최상구 선수에 대해 몇 마디 이야기를 나눠 보겠습니다. 김하운 리포터!"

김병국은 마라톤 우승이 확정된 것도 아닌데 이렇게 방송국에서 발 빠르게 움직인 걸 보면 뭔가 있긴 있는 모양이라고 추측했다. 김병국의 예상은 맞아떨어졌다. 미모의 리포터가 일요일임에도 불구하고 특근을 하고 있는 공장 안으로 들어섰다. 리포터는 일을 하고 있던 한 아줌마에게 최상구 선수를 아느냐고 물었다.

"물론이쥬. 상구 청년이 지금 선두라면서유. 저희들도 시방 라디오로 중계를 듣고 있구만유. 상구 청년이 꼭 우승해야 할 텐디. 상구 여동생이 지금 몹쓸 병에 걸려 있구만유. 상구 청년은 동생 수술비를 마련하기 위해서 대회에 참가했어라. 꼭 우승해서 하나뿐인 여동생의 병을 고쳐 주겠다고."

짧은 인터뷰였지만 대단히 감동적인 내용이었다. 카메라맨은 다시 카메라를 클로즈업시켜 '오빠, 파이팅!' 이란 글씨를 비췄다. 카메라는 다시 헬기로 옮겨졌다. 헬기에서 내려다본 거리에는 놀랄 만한 광경이 벌어지고 있었다. 최상구 선수가 달리는 모습을 보기 위해 수많은 사람들이 도로로 개미떼처럼 쏟아지고 있는 중이었다. 김병국은 현장으로 연결된 모니터를 보았다. 최상구는 30km를 지나고 있었다. 그런데도 속도는 조금도 떨어지지 않고 있었다. 30km까지의 구간 기록은 세계 기록보다 2분이나 빨랐다. 온몸에 전율이 이는 것을 느꼈다. 도저히 있을 수 없는 일이 눈앞에서 벌어지고 있었다.

50년을 마라톤과 함께 해 온 김병국이었지만 처음 보는 광경이었다. 카메라는 중계 도중에 화면을 다시 병원으로 연결했다. 중환자실에서 링거를 꽂고 있는 최상아양의 모습이 비춰졌다. 간호원은 최상구 선수가 여동생인 최상아양 곁에서 뜬눈으로 밤을 지새웠다는 새로운 사실을 알려 주었다.

김병국은 간호원의 이야기를 듣는 순간, 목안에 물컹한 것이 걸리는 듯한 느낌을 느꼈다. 최상구 선수가 뛰는 걸 중단시켜야 한다는 생각이 빠르게 스쳤다. 하지만 김병국은 강한 전류에 감전된 듯 꼼짝도 할 수 없었다. 이를 앙다물고 달리고 있는 최상구 선수의 깡마른 얼굴을 들여다보는 것 외에는.

카메라는 다시 거리로 나갔다. 서울역 앞에서는 기차를 타려던 수많은 시민들이 텔레비전 앞에 모여 있었다. 탑승 안내방송이 연신 울렸지만 사람들은 움직일 생각을 하지 않았다.

"최상구 선수 파이팅!"

아기를 업은 아줌마가 수건으로 눈물을 훔치며 '파이팅'을 외쳤다. 카메라가 돌아가며 여러 사람의 모습을 비췄다. 최상구의 역주를 지켜보며 몰래 눈시울을 닦는 사람이 반이 넘었다. 자신의 모든 것을 여동생을 위해 불사르고 있는 한 청년의 몸부림은 계속되고 있었다. 헬기가 시내를 비췄지만 거리에는 사람의 그림자도 찾아볼 수 없었다. 움직이는 차량도 몇 대 되지 않았다. 카메라는 이번엔 시외버스터미널을 비췄다. 그곳에서는 대대적인 응원이 벌어지고 있었다. 사람들이 모두 한목소리로 '으샤, 으샤!'를 외치며 최상구를 응원하고 있었다. 하지만 하나가 된 목소리는 잠겨 있었고 울음도 뒤섞여 있었다. 많은 사람들이 소리 없이 눈물을 흘리면서 최상구 선수를 응원하고 있었다.

다시 현장으로 카메라는 옮겨졌다. 카메라는 더 이상 유명 선수들을 비추지 않았다. 카메라는 오직 최상구 선수에게만 고정되어 있었다. 김병국은 입술을 꽉 다물고 달리는 '마라토너'를 바라보았다. 그의 이마에 파란 힘줄이 불끈 솟아 있었다. 김병국은 경험을 통해 잘 알고 있었다. 최상구 선수가 지금 얼마나 고통스러워하고 있는지를……. 그는 지금 인간의 한계를 넘어서 달리고 있는 중이었다. 이대로 놔두다가는 그에게 어떤 일이 생길지 몰랐다.

'중지시켜야 해! 안 돼!'

들뜬 아나운서의 목소리를 들으면서 김병국은 마른 입술을 적셨다.

상구는 35km 구간을 지났다. 머릿속은 텅 비어 있었다. 발가락 하나 움직일 힘도 없었지만 계속해서 달렸다. 창자는 터질 듯이 팽창과 수축을 반복했다. 창자는 끊어지는 듯했고 팔과 다리는 마비되어서 자신의 육신처럼 느껴지지 않았다. 마치 쇳덩어리를 달고 달리는 기분이었다. 연도에 수많은 사람들이 나와서 뭐라고 외쳤지만 무슨 소린지 웅웅거리기만 할 뿐이었다. 상구는 그만 주저앉고 싶은 유혹을 계속해서 느꼈다. 그대로 주저앉아 버리면 더 이상의 고통은 없을 것 같았다. 하지만 그때마다 상아의 얼굴이 떠올랐다. 내가 멈추면 상아는 죽어, 상아를 살리기 위해선 멈추면 안 돼. 어머니, 아버지. 저에게 힘을 주세요.

상구는 도로를 밟는 것이 아니라 흡사 날카로운 송곳 위를 달리는 기분이 들었다. 있는 힘을 다해서 달리고 있는데 한 선수가 상규 앞으로 나섰다. 세계 기록 보유자인 케냐 선수였다. 상구는 위기의식을 느꼈다. 뒤로 한번 처지면 끝이라는 생각이 들었다. 이대로 주저앉을 수는 없었.

'상아야!'

상구는 마음속으로 있는 힘을 다해서 소리쳐 불렀다. 그리곤 입술을 꽉 깨물었다. 입술이 찢어졌는지 비릿한 핏물이 입안으로 스며들었다. 상구는 있는 힘을 다해서 달렸다. 핏물이 앞섶을 적셨다. 케냐 선수와 앞서거니 뒤서거니 하다가 40km를 넘어서며 그를 따돌리는데 성공했다. 상구는 속력을 늦추지 않고 계속해서 달렸다. 이제 남은 것은 2.195km였다. 조금만 더 참으면 상아가 살아날 수 있다는 생각이 어렴풋이 들었다. 달리다 보니 연도에 선 사람들의 아우성도 더 이상 들리지 않게 되고 땅이 심하게 출렁거렸다. 나무도 움직였고 도로변의 쓰레기통도 움직였다. 상구는 쓰러지려는 몸의 중심을 가까스로 바로잡았다.

케냐 선수와의 처절한 선두 다툼에서 최상구 선수가 이김에 따라서 그의 승리를 의심하는 사람은 아무도 없었다. 케냐 선수와의 거리가 순식간에 30미터 이상 벌어지자 스튜디오 안은 물론이고 거리도 온통 축제 분위기였다. 김병국은 가슴이 답답한 것을 느끼며 최상구 선수의 사투를 지켜보았다. 힘겨운 싸움을 치러 보았기에 최상구가 얼마나 어려운 싸움을 하고 있는지를 잘 알고 있었다. 그는 눈을 감고 하느님에게 기도했다. 최상구 선수를 조금만 더 지켜 달라고. 만일 기도만 들어 준다면 당신을 평생 모시겠노라고.

마음속의 기도가 채 끝나기도 전이었다.

"어어?"

아나운서의 다급한 외침에 김병국은 눈을 번쩍 떴다. 최상구가 비틀비틀 거리더니 옆으로 쓰러지고 있었다. 그의 입가에서 거품이 흘러내렸다. 그는 최상구 선수의 의식이 줄 끊어진 연처럼 모두 날아가 버렸다는 것을 직감적으로 느낄 수 있었다.

'끝났어! 모두!'

김병국은 눈을 질끈 감았다. 현장으로 달려가서 그가 더 이상 뛰지 못하도록 말렸어야 했다는 후회감이 스며들었다. 한동안 정적이 이어지더니 요란한 박수소리가 났다. 눈을 떠보니 기적이 일어나고 있었다. 최상구 선수가 놀랍게도 다시 일어나고 있었다. 김병국은 자기 눈이 믿기지 않았다. 그는 비틀거리면서 다시 달렸다. 연도의 시민들이 우레와 같은 함성을 올렸다. 하지만 그는 몇 걸음 가지 못했다. 다시 옆으로, 옆으로 나가자빠졌다. 누가 보더라도 그가 더 이상 뛰는 것은 불가능해 보였다. 하지만 최상구 선수는 불사신처럼 다시 일어서고 있었다.

그는 공동묘지에서 다시 살아난 유령처럼 흐느적거리며 다시 달렸으나 이번에는 반대 방향이었다. 달려왔던 길을 되돌아가려 하고 있었다. 그러다가 다시 바른 길로 뛰기 시작했다. 최상구 선수는 몸을 비틀거리며 달리다 이번에는 연도로 뛰어들었다. 그리곤 앞으로 쓰러졌다.

방송차량과 함께 달리던 구급차가 달려왔다. 그를 들것에 실으려는 순간, 그는 용수철처럼 벌떡 일어났다. 간호사의 손을 뿌리치고 그는 다시 뛰기 시작했다. 연도의 시민들이 처절한 광경에 모두들 눈물을 터뜨렸다. 눈물이 그렁그렁한 채로 시민들이 울먹이며 '최상구! 최상구!'를 외치는 상황에서 그는 도로에 다시 쓰러졌다. 김병국은 카메라가 비추는 코앞의 잠실 주경기장을 넋을 잃고 바라보았다.

상구는 전신에 마비증상이 오는 것을 느꼈다. 차가운 아스팔트가 이불처럼 포근하게 느껴졌다. 상아야, 기다려. 오빠는 결코 쓰러지지 않아. 널 기어코 살리고 말 거야. 너도 나처럼 마음껏 달릴 수 있게.

가슴 안쪽에 실로 박아 놓은 부적이 느껴졌다. 한순간, 자신을 응원하고 있을 이웃 사람들과 공장 동료들의 얼굴이 스쳐 지나갔다. 그리고 상아의 웃는 얼굴이 떠올랐다. 상구는 다시 일어났다. 그는 눈앞에 보이는 메인스타디움을 향해 달리기 시작했다. 환히 웃는 상아의 얼굴이 상구를 인도했다.

─ 오빠 힘들면 그만둬. 무리하지 말고

─ 걱정 마, 상아야! 오빠는 할 수 있어. 암, 할 수 있고말고.

상구는 잠실 주경기장 안으로 들어섰다. 환호성도 박수 소리도 들리지 않았다. 보이는 것은 오직 상아의 웃는 얼굴뿐이었다. 이제 남은 일은 트랙을 한 바퀴 돌고 결승 테이프를 끊는 것이었다. 상구는 트랙을 돌기 시작했다. 이상하게도 몸이 힘이 솟구쳤다. 눈앞에 하얀 테이프가 보였다. 상구는 테이프를 끊고 나서 손을 번쩍 들었다.

그런데 이상한 생각이 들었다. 박수소리도 환호성도 들리지 않았다. 사방을 둘러보았지만 사람들의 표정은 침통할 뿐이었다. 뒤를 돌아보았다. 분명히 금방 끊은 결승선 테이프도 그 자리에 그대로 놓여 있었다. 상구는 옆에 서 있는 카메라 기자에게 어떻게 된 것이냐고 물어 보기 위해 걸음을 옮겼다. 그 순간, 장내 방송이 울렸다.

"신사 숙녀 여러분, 대단히 애석한 속보입니다. 초반부터 놀라운 투혼으로 선두를 유지하던 최상구 선수가 41.4km 지점에서 쓰러져 병원으로 옮겼으나 사망했습니다. 최상구 선수는 여동생을 위해서 자신의 모든 것을 불살랐던 진정한 마라토너였습니다. 우리 모두 최상구 선수의 명복을 빌면서 이 시대 최고의 마라토너에게 박수를 보냅시다!"

그 순간, 상구는 볼 수 있었다. 사람들이 모두들 제자리에서 일어나 박수를 치는 것을. 그들은 흐르는 눈물을 닦을 생각도 하지 않은 채, 어느 대회의 우승자도 감히 받지 못한 열렬한 박수를 보냈다. 상아의 환히 웃는 얼굴이 주경기장 위로 드리워졌다.

그로부터 6개월 뒤, 잠실 주경기장 관리인 유 씨는 텅 빈 경기장을 찾은 두 사람을 볼 수 있었다. 한 명은 육상협회 이사 김병국이었고, 동행한 아가씨는 스무 살 남짓한 아가씨였다. 유 씨는 오늘따라 왜 이렇게 텅 빈 경기장에 사람들이 찾아오는지 의아해졌다. 바로 몇 시간 전에도 어떤 젊은 아가씨가 혼자 경기장을 찾아와 눈물을 흘리며 떠났기 때문이다. 하지만, 지금 온 사람이 다름 아닌 육상협회 이사라고 하니, 유 씨는 그동안 일하면서 느낀 불만을 토로할 생각으로 두 사람이 있는 쪽으로 향했다.

김병국이 관중석에 앉아서 담배를 피우는 동안 아가씨는 트레이닝복 차림으로 천천히 트랙을 돌았다. 아가씨는 건강하고 생기 있어 보였다.

관리인 유 씨는 김병국에게 몇 달 사이에 밤마다 발생했던 이상한 일에 대해 불평하듯 하소연했다.

"그렇다니까요! 벌써 여러 명이 수위 자리를 그만뒀어요. 밤마다 텅 빈 경기장에서 누군가가 헉헉대며 달리는 소리가 들린다는 소문이 있어요. 누군가는 그 소리가 여기서 죽은 젊은 마라토너의 혼령이라고도 하던데요……."

김병국 씨는 유 씨의 이야기를 들었는지 못 들었는지 조용히 고개만 끄덕였다.

트랙을 돌아보던 아가씨는 슬픈 얼굴로 김병국에게 다가가 말했다.

"여기가 오빠가 그렇게 달리고 싶어 했던 결승선 트랙이었나요?"

김병국 씨는 빈 트랙을 돌아보며 따뜻한 목소리로 대답했다.

"아마 상구 씨도 상아 씨가 여길 달리는 것을 보고 기뻐하고 있을 거예요. 건강한 상아 씨를 보기 위해 성금을 거둬준 많은 사람들도 그럴 거구요……."

관리인 유 씨는 김병국이 아무런 대답을 하지 않자, 더욱 화가 났는지 얘기를 계속했다.

"그래서, 이사님. 이 귀신 소동을 어떻게 처리하실 겁니까?"

김병국 씨는 몸을 일으키곤, 엷은 미소를 지으며 대답했다.
"그건 귀신이 아니라, 영원히 도달할 수 없는 결승점을 향해 포기하지 않고 뛰는 젊은 마라토너의 치열한 모습일 거예요…… 넘어져도 넘어져도 다시 일어나 다시 뛰는…….."

슈퍼맨이었던 사나이

인간과 동물과의 차이 중의 하나는 타인을 위해 자신을 희생할 수 있다는 것이다.
— 그 사람의 모습을 보고

    내가 그 사람을 처음 본 것은 학교 앞 횡단보도에서였다. 상쾌한 아침 공기 속에서 따사로운 햇볕을 받으며 나는 다른 많은 학생들과 함께 파란 신호등으로 바뀌기를 기다리고 있었다.
    그런데 갑자기 웅성거리는 소리가 들려 돌아보았다. 한 사내가 유인물을 나눠주고 있었는데, 유인물을 받아 든 사람들이 저마다 한 마디씩 하느라고 시끌벅적했다.
    유인물을 나눠주는 사내는 삼십대 중반으로 보였다. 얼핏 보았지만 제정신이 아닌 것 같았다. 일단 옷차림부터가 일반사람들과 달랐다. 날씨가 제법 쌀쌀한 가을 날씨인데도 그는 반바지에다 반팔 티셔츠를 입고 있었다. 게다가 목에는 보자기를 망토처럼 두르고 있었다. 머리는 덥수룩했고 면도를 며칠째 하지 않았는지 수염이 무성했다.

그 사람은 점점 내가 있는 쪽으로 다가왔다. 무슨 내용이 담겨 있을까 궁금해서 그가 주는 유인물을 받아 보았다. 한순간, 그의 눈과 마주쳤는데 파란 광채가 번득였다. 정신이상자가 분명하다는 생각이 들었다.

신호등이 바뀌어서 횡단보도를 건넜다. 걸어가면서 그가 나눠준 유인물을 살펴보았다. 인쇄물은 한마디로 조악했다. 직접 손으로 쓴 뒤에 복사를 한 모양이었다. 나는 꾸불꾸불한 글씨를 읽어나갔다.

* 어려울 땐 슈퍼맨을 불러주시오!! *

나는 이 거리를 수호하는 슈퍼맨이오.
앞으로 어려운 일이 있으면 나를 부르시오.
그럼 내가 다 해결해 드리겠소.
이제부터 이 거리에 악한은 사라질 것이며
억울하게 피해를 입는 사람,
억울한 죽음을 당하는 사람도 사라질 것이오.
나는 여러분들께 약속하겠소.
나의 생명을 다해 여러분을 지킬 것을…….

— 슈퍼맨 올림

걸어가면서 유인물을 읽고 난 사람들이 여기저기서 웃음을 터뜨렸다. 나도 피식 웃고 나서는 뒤를 돌아보았다. 자칭 '슈퍼맨'은 여전히 신호등 앞으로 모여드는 사람들에게 인쇄물을 나눠주고 있었다. 그의 너무도 당당한 모습에 터져 나오려는 웃음을 참아야만 했다.

교문 앞의 쓰레기통은 슈퍼맨이 나눠 준 유인물로 가득 차 있었다. 그가 꽤 이른 아침부터 나와서 유인물을 나눠 준 모양이었다. 나는 쓰레기통 속에 유인물을 넣고는 교문으로 들어갔다.

강의실 안은 온통 '슈퍼맨'에 대한 이야기로 시끌벅적했다.

"미국의 막강한 슈퍼맨에 비해 한국의 슈퍼맨은 너무 초라한 것 같지 않아?"

"다 그게 경제력의 차이 아니겠냐."

"미국의 슈퍼맨은 신문기자인데 한국의 슈퍼맨은 직업이 뭘까?"

"혹시 꿈을 찍는 사진사 같은 거 아닐까?"

하루 온종일 학교는 슈퍼맨의 이야기로 떠들썩했다. 자가용을 타고 등교한 일부 학생들은 대화에 끼어들지도 못한 채 겉돌아야 했다.

우리는 모두 그 날 아침의 일을 가을날의 해프닝으로 여겼다. 정신병자가 멀쩡한 사람들을 상대로 해서 벌인……. 우리는 이내 그를 잊어버렸다.

내가 다시 슈퍼맨을 본 것은 일주일 뒤였다. 점심을 먹으러 밖으로 나가는데 옆에서 걷던 지영이 옷자락을 잡아끌었다.

"오빠 오빠, 저기 봐요. 슈퍼맨이 나타났어."

지영의 호들갑에 고개를 돌려보니 슈퍼맨의 여전히 괴상한 복장을 하고서 뭔가를 치우고 있었다.

그의 주변에는 수많은 사람들이 일정한 거리를 두고 서 있었다. 나도 지영과 함께 그쪽으로 갔다. 슈퍼맨은 공사장에서 쓰는 자재를 치우는 중이었다.

사실 인도에 쌓아 둔 공사자재 때문에 걸어 다니기가 불편했다. 하지만 우리는 공사 중이니 으레 그러려니 하고 지나쳐 버리곤 했었다. 그런데 슈퍼맨이 인도를 차지하고 있는 자재를 공사현장으로 바짝 붙여서 치우고 있는 중이었다.

"당신, 뭐야? 왜 남의 물건을 함부로 만지는 거야?"

슈퍼맨이 땀을 뻘뻘 흘리며 일을 하고 있는데 안전 헬멧을 쓴 한 사내가 다가와서 인상을 쓰며 말했다. 그의 뒤로 인부들이 하나 둘 모여들었다. 그들은 다수고 슈퍼맨은 혼자였지만, 그는 조금도 기죽지 않고 큰소리로 그들을 꾸짖었다.

"나는 슈퍼맨이요. 공사하는 것은 좋아요. 하지만 보행자를 이렇게 불편하게 한다면 이 슈퍼맨이 용납하지 않겠소. 공사를 해도 보행자에게 피해가 가지 않도록 신경 써서 해야 될 것 아니오? 앞으로는 이런 일이 없도록 각별히 유념하시오. 알겠소?"

너무도 당당한 외침이었다. 현장 사람들은 그의 옷차림을 내려다보다가 기가 막힌지 대꾸도 제대로 못하고 있었다. 그런데 구경꾼 중 누군가 장난 반, 진담 반으로 박수를 쳤다. 둘러선 사람들이 일제히 환호성을 올리며 열렬하게 박수를 보냈다.

"옳소! 슈퍼맨을 국회로 보냅시다!"

"고맙습니다! 고맙습니다!"

구경꾼들이 지지의 박수를 보내자 슈퍼맨이 백팔십도 허리를 숙여 인사를 했다.

"젠장! 어쩐지 꿈자리가 사납더라니……."

헬멧을 쓴 사내가 침을 뱉으며 돌아서자 인부들도 순순히 돌아섰다. 슈퍼맨은 작은 승리에 고무되었는지 즉흥연설을 했다.

"앞으로 부조리한 일이 발생하면 언제든지 이 슈퍼맨을 불러주십시오. 내 생명을 바쳐서라도 개선해 나가겠습니다."

구경꾼들이 '와아!' 하고 폭소를 터뜨리며 더 큰 박수를 쳐주었다. 슈퍼맨은 상기된 표정으로 다시 자재를 치우기 시작했다.

그 날 이후로 슈퍼맨을 거리에서 자주 볼 수 있었다. 슈퍼맨은 우리에게 수많은 이야깃거리를 제공했다. 슈퍼맨은 귀가하던 여자를 희롱하던 술에 취한 젊은이와 일대 격투를 벌이기도 했다. 결국 슈퍼맨은 파출소까지 끌려갔다가 훈방되어 나왔다. 우리는 그 사건을 슈퍼맨 주연의 '쌍과부집의 결투'라 불렀다. 슈퍼맨과 싸웠던 그 직장인이 쌍과부집에서 술을 마시고 나왔기 때문에 붙여진 이름이었다.

'쌍과부집의 결투'가 있은 지 이틀 뒤에는 슈퍼맨 주연의 '도망자' 사건이 있었다. 도망자는 해리슨 포드가 아니라 우리 학교 학생이었다. '도망자'는 분식점에서 맛있게 라면을 먹고 나서 담배에 불을 붙였다. 거나한 기분으로 담배를 피운 그는 무심코 도로에 담배를 버렸고 그 광경을 발견한 슈퍼맨이 '제자리에 서!'를 외쳤다. '도망자'는 조만간 망신살이 뻗칠 것을 예감했고, 이를 모면해 보기 위해서 줄행랑을 놓기 시작했다.

슈퍼맨의 추적은 집요했다. 쫓고 쫓기는 대접전이 벌어졌다. 결국 학교 안으로 도망자는 피신했으나 슈퍼맨은 추적의 고삐를 늦추지 않았다. 한 시간가량 이어진 추적 끝에 슈퍼맨은 마침내 도망자의 뒷덜미를 낚아챘다. 결국 도망자는 슈퍼맨의 감시 아래 학교 안의 담배꽁초를 모조리 주워야 했다.
"어제 슈퍼맨은 뭐하고 지냈대?"
우리는 학교에 등교하면 누구에게랄 것도 없이 슈퍼맨의 안부를 물었다. 그러면 우리 중의 누군가가 직접 보거나 들은 '슈퍼맨 통신'을 들려주었다.

그러던 어느 날.
나는 슈퍼맨과 직접 만나게 되었다. 술, 술 때문이었다. 나는 그 전날에도 폭음을 했었다. 원래 그 날은 술을 마시면 안 되는 거였는데 나는 친구들에게 잡혀 술집으로 끌려갔다. 심신이 피곤한 상태에서 마신 때문인지 술이 빨리 취했고 이내 필름이 끊겼다. 정신을 차려 보니 나는 술집 골목에서 토악질을 하고 있는 중이었다.
속이 뒤집히는 것만 같아 괴로워하면 토해 내고 있고 있는데 누군가 등을 두드렸다. 나는 같이 술을 마셨던 친구 중의 한 명인 줄 알고 그의 도움을 받아 마저 토해냈다. 그런데 뜻하지 않게 전혀 낯선 음성이 들려왔다.
"학생, 오늘 많이 마셨군. 뭔가 괴로운 일이 있나 본데 그런다고 술을 마시면 되나. 술을 마신다고 해서 괴로움이나 고민이 해결되는 게 아냐. 맨 정신으로 현실을 직시해야 해. 술을 마시고 모든 것을 잊으려 하는 것은 일종의 회피야. 도망 다니지만 말고 한 번 부딪쳐 봐."

나는 고통스럽게 게운 뒤에 돌아보았다. 눈물로 흐려진 시야에 목소리의 주인공이 들어왔다. 그는 바로 다름 아닌 슈퍼맨이었다.

"집이 어디야?"

벽을 짚고 일어서려는데 그가 부축하러 다가왔다.

"됐어요. 혼자 갈 수 있어요. 지구나 많이 지키시라고요!"

정신이상자로 생각하고 있던 그의 도움을 받는다는 것이 내키지 않았다. 나는 그의 손을 거칠게 뿌리쳤다. 아마도 일종의 자존심 때문이었으리라.

나는 비틀거리며 골목을 빠져나갔다. 술을 얼마나 마셨는지 몸을 가누기도 힘들었다. 옆으로 쓰러지려 하는데 슈퍼맨이 잡아주었다. 바짝 쫓아온 모양이었다.

"몇 번 타지?"

그는 나를 버스 정류장으로 데려가며 물었다. 그의 도움을 더 이상 거절하기도 번거로워서 집으로 가는 버스 번호를 댔다. 나는 골목을 빠져 나와 큰길에서도 몇 차례 걸음을 멈추고 토악질을 했다. 그때마다 슈퍼맨이 내 등을 두드려주었다.

"버스가 왔어. 자, 타라고……."

슈퍼맨의 도움을 받아 버스에 올라탔다. 누군가 나를 의자에 앉혀 주었다.

"고맙습니다."

말하고 나서 무심코 고개를 드니 또 슈퍼맨이었다.

"아니 집이 이쪽이세요? 저 바래다주기 위한 거라면 그러지 않아도 되는데…….”

"학생은 자기 몸이나 걱정해. 나는 학생같이 힘들어하는 사람들을 돕는 슈퍼맨이야. 나는 슈퍼맨으로서 내 일을 하고 있는 것뿐이니 부담 갖지 마."

나는 취중이었지만 그의 말에 심한 부끄러움을 느꼈다. 멀쩡한 육신을 제대로 가누지도 못하는 나 자신이 한심해 보였다.

집으로 가는 버스 안에서 나는 술을 깨기 위해서 안간힘을 썼다. 마침내 버스가 목적지에 도착했을 때 나는 어느 정도 정신을 차릴 수 있었다. 머리가 지끈지끈 아프기는 했지만…….

"아저씨, 저는 이제 술이 다 깼으니까 그만 돌아가세요. 조금 있으면 버스도 끊긴다고요."

집까지 바래다주겠다는 슈퍼맨을 가까스로 설득해서 돌려보냈다. 그와 헤어지고 나자 다시금 취기가 몰려 왔다.

이튿날, 눈을 뜨자 어젯밤의 일이 어렴풋이 떠올랐다. 학교에 가니 '슈퍼맨과 고주망태'라는 한 편의 길고 긴 이야기가 쫘아악 퍼져 있었다. 후배와 친구들의 놀림을 받았지만 나는 슈퍼맨에게 진심으로 감사했다. 그가 아니었으면 나는 어젯밤 길거리에서 밤을 새웠을지도 모르는 일이었다.

그 일 이후로 나는 한동안 슈퍼맨을 보지 못했다. 중간고사가 가까워지면서 슈퍼맨에 대한 학우들의 관심도 점차 식어갔다. 내가 슈퍼맨을 다시 만난 것은 정류장 앞에 있는 포장마차에서였다. 배가 출출해서 후배와 함께 들어갔더니 슈퍼맨이 그곳에 앉아 있었다. 슈퍼맨은 오뎅 국물을 후루룩 소리 내서 마시는 중이었다. 전에 고맙다는 인사도 제대로 못했던 터라 인사도 할 겸해서 그에게 다가갔다.

"잘 먹었습니다."

그 순간, 슈퍼맨이 일어나더니 휘장을 걷고 나갔다.

"배고프면 언제든지 와요. 돈 안 받을 테니……."

주인아주머니가 펄렁거리는 휘장을 향해 소리쳤다. 저편에서는 아무런 소리도 나지 않았다. 나는 엉거주춤 서 있다가 후배 옆에 슬그머니 가서 앉았다.

"아주머니, 지금 나간 사람 아세요?"

나는 먹을 것들을 주문하면서 물었다.

"아주 잘 알지……."

"저 아저씨 정신이 좀 이상한 것 같던데……."

"아주 불쌍한 사람이라우……. 교통사고 때문에 그만 저렇게 됐다우."

"교통사고? 그게 언젠데요?"

"아마 초여름이었을 걸. 바로 요 앞길에서 사고가 났었지. 밖에서 '꽝!' 하는 소리가 나길래 나가 봤더니, 트럭과 승용차가 부딪친 거라. 소형차는 완전히 찌그러진 채 뒤집혀 있더라고. 사고를 목격한 사람들이 그러는데 트럭운전사가 중앙선을 넘어서서 달려오던 승용차를 들이받았다는 거야. 아마도 트럭운전사가 졸았던 모양이야. 하도 큰 사고라서 모두들 승용차에 탄 사람을 죽었을 거라고 혀를 차고 있었지. 그런데 뒤집힌 승용차에서 아까 왔던 그 사람이 피범벅이 된 채 나오는 거야. 이마에서 피가 주루룩 흘러내렸지.

그런데 그 사람은 흐르는 핏줄기는 닦을 생각도 않고 앞자리로 다가가는 거야. 차에서 연기는 피어오르는데 차문이 열리지 않는 거라. 운전석에는 부인이 그 옆자리에는 열 살 남짓한 딸이 타고 있었지. 그 사람은 차문을 열려고 안간힘을 썼지만 차는 뒤집혀 있고 차문은 휴지처럼 찌그러져 있는데 열리겠어. 사람들은 자동차가 폭발할까봐 멀찍이 떨어져 있었지. 인심 한번 사납지. 사람이 죽어 가고 있는데 구경만 하고 있었으니……. 내가 보다 못해 도와주려고 다가갔어.

차 안을 슬쩍 들여다보았는데 너무도 끔찍하더군. 부인은 피투성이가 된 채 운전대 위에 엎어져 있고, 딸애는 의자와 차 사이에 끼여서 살려달라고 울부짖고 있었지. 그 사람은 손가락이 부러져라 차문을 잡아당겨 보았지만 차문이 열려야 말이지. 차를 위로 좀 들어 올리면 차문이 열릴 법도 한데 내 힘으론 어림도 없더라고……. 내가 사람들에게 와서 좀 도와 달라고 했지만 어느 누구 하나 나서려고 하질 않는 거야.

그러다 마침내 어린 딸이 기가 다 빠졌는지 이렇게 말하는 거야. '아빠, 나 아파…… 졸립고…… 자고 싶어…… 엄마 일어나면 나도 깨워 줘…….' 그러곤 고개를 떨구었지. 그 순간, 그 사람은 야수처럼 울부짖었지. 눈 감으면 안 된다고……. 조금만 참으라고……. 하지만 아무 소용없었다우."

아주머니는 손가락으로 눈물을 훔치다 휴지를 빼서 코를 팽하고 풀었다. 그러곤 마저 이야기를 이어나갔다.

"구조대가 왔을 때는 이미 그 사람은 실성한 뒤였지. 눈앞에서 처참하게 죽어 가는 딸애의 모습을 보고만 있었으니 오죽 했겠

수. 망할 놈의 인심……."

아주머니가 내미는 떡볶이 그릇 위로 닭똥 같은 눈물을 떨어졌다. 인정 많은 주인아주머니는 얘기 도중에 그 사람이 불쌍하게 생각됐는지 훌쩍거리기도 했다. 하지만 그 불행한 사람에 대한 얘기는 계속했다.

"몇 주 전이었수다. 그 날이 바로 자릿세 주는 날이였수. 자릿세가 뭔 줄 알우? 이런 장사해 먹으려면, 쥐어줘야 하는 푼돈이유. 그런데 지난달에 수입이 신통치 않아 그 날 준비를 못한 거야. 돈 받으러 온 깡패들이 고래고래 큰소리를 치면서 돈을 독촉하는데, 갑자기 어디선가 물벼락이 그 깡패들에게 쏟아지는 것이었수. 나도 놀라서 물이 쏟아진 곳을 봤더니, 거기에는 그 교통사고 당했던 사람이 이상한 옷을 입고 한 손에는 바께스를 들고 서 있더라고. 그러더니 싸울 듯이 다가가는 깡패들에게 호통을 치는 게야.

'이 버러지보다도 못한 놈들! 더 이상 약한 사람들을 괴롭히면 이 슈퍼맨이 용서 않겠다!' 한 손에는 어디서 주웠는지 모를 부러진 빗자루를 들고 흔들어 대는 게유. 한눈에 봐도 제정신이 아닌 게 분명해 보였수. 깡패들은 사람들도 모이고 미친놈이랑 상대해 봤자 덕 볼 것도 없다고 생각했는지 이렇게 말하고 갔수다. '재수 없으려니까. 아줌씨, 오늘 미친놈 때문에 운 좋은 줄 아슈. 여기서 장사질 계속하려면, 다음 주까지 돈 마련해. 그때도 아니면, 미친놈이 떼거지로 와도 장사는 끝일 테니까.'

결과야 어떻든 나는 그 미친 사람 때문에 곤경을 모면했지. 암, 그렇고말고. 솔직히 깡패들이 물벼락 맞는 걸 보니, 통쾌도 하더구먼. 그 사람은 눈앞에서 자기 가족이 죽는 걸 직접 보고 충격으로 돌아버린거유. 그 후로 이 거리를 배회하구 다니유. 그래서 가끔 찾아오면 내가 먹을 걸 해 먹이고 있수다."

 나와 후배는 아무 말도 못하고 묵묵히 떡볶이를 먹었다. 아주머니의 눈물과 함께. 현장에 없었지만 마치 내가 슈퍼맨의 딸을 죽인 것 같이 죄스러웠다. 거리의 수호자라기보다는 어릿광대에 가까운 슈퍼맨의 이면에 그런 사연이 숨겨져 있었다는 사실을 알고 나니 슈퍼맨이 더없이 측은하게 느껴졌다.

 사랑하는 가족이 눈앞에서 죽어가는 모습을 지켜볼 수밖에 없었던 한 사내…… 그는 무력하기 짝이 없는 자신의 모습에서 심한 좌절감을 느꼈으리라. 결국 그 좌절감은 내가 만일 슈퍼맨이었다면 가족들을 살릴 수 있었을 텐데, 하는 후회를 낳았겠고…… 결국 뼈아픈 후회가 사내로 하여금 슈퍼맨으로 돌변하게 하였으리라…….

 나는 집으로 돌아와서도 보자기를 망토처럼 두르고 거리를 활보하는 삼십대 중반의 한 사내에 대한 생각을 떨쳐버릴 수 없었다. 그는 슈퍼맨이라는 이상을 통해서 참혹한 자신의 과거에서 벗어나려고 몸부림치는 중이리라. 하지만 내가 보건대 그는 결코 과거에서 벗어날 수 없을 것 같았다. 보자기를 두르고 허공을 날 수 없는 한 그는 결코 진정한 슈퍼맨이 될 수 없기 때문이었다.

 슈퍼맨의 과거를 안 뒤부터는 그의 우스꽝스러운 모습이 더 이상 우습게 느껴지지 않았다. 우리 시대의 칙칙한 얼굴 같이만 느껴져서 어떤 때는 그의 모습을 보고 나면 기분이 언짢아지기까지

했다. 나는 가급적 그와 얼굴을 마주치지 않으려고 노력했고 봐도 외면해 버리곤 했다. 이런 나의 의사와는 상관없이 그는 나의 시야에 자주 잡혔다.

한번은 그와 정면으로 부딪혔는데, 그날은 가을비가 오는 날이었다. 나는 수업이 끝난 후, 술집에 가서 거리에 내리는 가을비를 보며 혼자서 술을 마셨다. 심란한 마음을 가라앉히기 위해 술을 마셨는데 소주 두 병을 비우고 나니 오히려 더 심란하기만 했다. 술도 취하지 않아 술집을 나섰다. 비닐우산 위로 떨어지는 빗소리를 들으며 걸음을 옮기는데 귀에 익은 음성이 들려왔다.

"이놈들, 약한 사람들을 괴롭히다니…… 오늘 슈퍼맨에게 뜨거운 맛 좀 봐라!"

소리가 들려온 쪽을 돌아보았다. 우산을 쓴 사람들이 골목에서 웅성거리며 서 있었다. 안으로 헤집고 들어가 보니 반바지에 보자기를 두른 반팔 차림의 슈퍼맨이 빗속에 서 있는 게 보였다. 그 주위에는 험상궂게 생긴 사내 셋이 어이없다는 듯이 코웃음을 치고 있었다.

"왜 그러는 거예요?"

나는 누구에게랄 것도 없이 고개를 옆으로 돌리며 물었다. 그런데 대답은 뒤편에서 들려왔다.

"나쁜 놈들! 저놈들은 이 동네 불량배들인데, 요 밑에 주점에서 술을 처먹고는 술집 유리창을 깨고 나왔다오. 술값도 제대로 안 내고 말이오. 게다가 길 가는 여자를 붙잡고 거리에서 희롱을 하는 게 아니겠소. 그때 마침 저 양반이 나타난 거라오. 죽일 놈들……."

"경찰서에 연락을 하지 그랬어요?"

"아마 누군가 신고를 하긴 했을 거요."

귀엣말로 이야기를 나누고 있는 사이에 사내들은 슈퍼맨에게 다가가고 있었다. 슈퍼맨이 맨 앞에 서 있는 사내의 따귀를 때렸다. 구경꾼들이 일제히 환호성을 올렸다. 다른 사내가 고개를 돌려 째려보자 구경꾼들은 모두 잠잠해졌다.

"비도 오고 해서 기분도 지랄 같은데 어디서 이런 개뼉다구 같은 자식이 나타나 가지고서는……."

왼쪽 볼에 길게 칼자국이 나 있는 사내가 손바닥으로 주먹을 누르며 슈퍼맨에게 다가갔다 '우두두둑' 하는 소리가 들려왔다.

"이놈아, 나는 개뼉다구가 아니고 슈퍼맨이야!"

슈퍼맨이 큰소리로 말했다. 구경꾼들이 모두들 웃음을 터뜨렸다. '칼자국'이 한쪽 볼을 일그러뜨리며 소리 없이 웃으면서 슈퍼맨에게 다가갔다. 다른 두 사내는 뒤에서 팔짱을 끼고 구경하고 있었다. 잠깐 사이에 둘 사이에 팽팽한 긴장이 흘렀다.

'슈퍼맨 화이팅!'

나는 마음속으로 슈퍼맨을 응원했다. 다른 사람들도 모두 슈퍼맨을 응원하는 눈치였다. 우린 모두들 기적이라도 일어나기를 바라고 있는지도 몰랐다. 하지만 우리가 기다리고 있는 기적은 일어나지 않았다. '칼자국'이 커다란 동작으로 주먹을 휘둘렀다. 나는 저런 주먹쯤은 가뿐히 피하리라 예상했으나 슈퍼맨은 나의 예상을 깨고 그 주먹에 턱을 맞고 2미터 가량 허공에 붕 떠서 고인 빗물 위로 철퍼덕 나가떨어졌다.

너무도 싱거운 결과였다. 슈퍼맨은 빗물을 흠뻑 뒤집어쓴 채 비틀거리며 다시 일어났다. 그가 '칼자국'에게 달려가 힘차게 주먹을 휘둘렀지만 칼자국은 너무도 쉽게 피하며, 그의 명치끝에 다시 주먹을 박았다. 링 위에서 쓰러지는 복서처럼 슈퍼맨은 앞으로 맥없이 고꾸라졌다.

"이 상놈의 자식아, 네가 감히 내 뺨을 때려?"

사내의 구둣발이 복부를 움켜쥐고 신음하는 슈퍼맨의 옆구리에 꽂혔다. 슈퍼맨은 허공으로 붕 솟구쳤다가 공처럼 빗속을 데굴데굴 굴러갔다. 그 모습이 재미있는지 구경하던 두 사내도 달려들어 슈퍼맨에게 발길질을 하기 시작했다.

"저런…… 저런……."

"쯧쯧!"

"나쁜 놈들……."

구경꾼들은 혀를 차거나 나지막하게 욕을 퍼부을 뿐 아무도 나서서 그들을 말리려 들지 않았다. 그렇다고 해서 자리를 뜨는 사람도 없었다.

마침내 슈퍼맨이 길게 뻗어 버리고 나자 사내들은 슈퍼맨의 몸 위에 침을 뱉었다. 그러곤 구경꾼들이 가로막고 있는 한가운데를 향해 뚜벅뚜벅 걸어왔다. 구경꾼들은 군소리 없이 그들이 지나갈 수 있게끔 길을 터 줬다.

나는 빗속에 처참한 몰골로 뻗어 있는 슈퍼맨을 보았다. 슈퍼맨은 엄마 뱃속의 태아처럼 허리를 잔뜩 웅크린 채 빗물 위에 누워 있었다. 보도블록 위에 고인 빗물 위로 핏물이 섞이고 있었다.

"나쁜 자식들! 큰형님 뻘 되는 사람을 어떻게 저렇게……."

"경찰은 여태 뭘 하고 있는 거야? 사람이 저 지경이 되었는데……."

"저런 놈들은 모조리 잡아서 상어 밥으로 줘 버려야 해. 천하에 쓰레기 같은 놈들!"

사내들이 있을 때는 숨도 제대로 못 쉬는 구경꾼들은 그들이 멀어져 가자 저마다 언성을 높여 한마디씩 했다. 그러곤 몇 사람이 쓰러져 있는 슈퍼맨에게 다가가 일으켜 세웠다. 나도 쓰러져 있는 그 사람에게 부축해주려고 다가갔다.

그러나 그 사람은 온 몸에 심한 멍과 상처에도 불구하고, 부축하려는 내 손을 사양하고 절뚝거리면서 저쪽으로 걸어갔다. 나는 조용히 멀어져가는 그의 쓸쓸한 뒷모습을 보면서, 심한 부끄러움과 슬픔을 느꼈다. 그는 비록 미쳤다고 할지라도, 잘못된 것에 대해 잘못됐다고 말할 용기를 지니고 있었다. 반면에 우리들은 제 정신인데도 그런 불의에 항거하지 못했다. 자기들만의 안위를 위해서…….

문득 그런 생각이 들었다.

정말로 제 정신인 것은 저기 걸어가는 슈퍼맨이고, 미친것은 우리가 아닐까 하는…….

절뚝거리며 천천히 걸어가는 그의 뒷모습에서 고독의 향기가 진하게 느껴졌다. 미쳐서 소외된 모습에서 나온 고독이 아닌, 모두가 조용히 덮어두고 피하려는 불의에 혼자 항거해, 따돌림 당하는 진정한 용기를 가진 자의 고독함이.

그 일이 있고 나서 일주일쯤 뒤에 나는 우연히 슈퍼맨이 사는 집을 발견했다. 떨어지는 낙엽을 밟으며 학교 뒤 야산으로 산보를 갔다가 우연히 허름한 텐트를 하나 발견했는데, 텐트는 금방이라도 넘어질 것처럼 불안하게 서 있었다.

이런 곳에다 누가 텐트를 쳐 놓았을까 궁금해서 슬쩍 안을 들여다보았다. 텐트 안에는 군용 담요와 물통, 코펠 같은 것이 어지러이 널려있었다. 한참 안을 들여다보고 있는데 갑자기 인기척이 났다. 나는 텐트 뒤편으로 재빨리 몸을 감췄다.

슈퍼맨이 저편에서 절뚝거리며 달려오고 있었다. 그의 손에는 쓰레기통에서 주웠을 법한 낡은 곰 인형이 들려있었다. 그는 텐트 안으로 들어가더니 사진틀을 들고 나와 그루터기에 걸터앉았다.

"금비야, 오늘이 네 생일이지? 아빠가 백화점에서 인형을 사 왔어. 어때 아주 마음에 들지? 금비야, 아빠는 널 사랑한단다."

슈퍼맨은 사진틀에다 연신 입을 맞추며 행복한 표정으로 중얼거렸다. 곰 인형을 꼭 껴안고 눈을 감고 있던 슈퍼맨이 슬그머니 눈을 뜨더니 곰 인형을 내려놓았다. 그러곤 다시 사진틀을 보았다. 눈물이 사진틀 위로 뚝뚝 떨어졌다.

"여보, 거리는 지키기가 날이 갈수록 힘들구려. 하지만 걱정하지 말아요. 힘이 없어 고통 받는 사람이나 억울하게 죽어가는 사람이 있으면 꼭 구해 주겠노라고 약속했잖소. 나는 그 약속을 반드시 지키겠소. 금비야, 아빠는 다시 거리를 지키러 가야 해. 엄마 말씀 잘 듣고 재미있게 놀고 있으렴."

슈퍼맨은 다시 사진틀에다 입을 맞추고는 텐트 안으로 들어갔다. 나는 슈퍼맨에게 들킬세라 숨도 제대로 못 쉬고 숨어있었다. 일주일 전, 깡패들에게 맞아 얼굴이 퉁퉁 부은 슈퍼맨이 다시 텐트 밖으로 나왔다. 그는 다시 망토를 휘날리며 절뚝거리면서 달려갔다.

 나는 슈퍼맨이 사라진 뒤에 다시 한번 텐트 안을 살핀 뒤 학교로 되돌아왔다. 떨어지는 낙엽을 밟으면서…… 겨울이 오기 전에 몰래 침낭이나 하나 갖다놓아야겠다는 생각을 하면서…….

 그 이튿날, 나는 학교를 오는 길에 등산용품점에 들렀다. 그곳에서 때도 잘 타지 않고 질기고 두터운 침낭을 하나 샀다. 어쩌면 나는 침낭 하나로써 그가 베풀어 준 호의를 대신하려거나, 그를 폭력 앞에 방치한 양심의 가책으로부터 달아나려 했던 것이었는지도 몰랐다.

 나는 다소 홀가분한 마음으로 지하철에서 내려 학교로 걸음을 옮겼다. 한참 걸어가고 있는데 갑자기 뒤에서 '꽝!' 하는 소리가 들려왔다. 깜짝 놀라 돌아보았다. 버스와 택시가 충돌한 모양이었다. 버스는 도로에서 미끄러지더니 저만큼 가서 섰다. 택시는 인도 쪽으로 밀려나다가 가로수를 들이박고 뒤로 벌렁 넘어졌다.

 "사고다!"

 사람들이 우르르 사고 현장으로 달려갔다. 그 순간 택시에서 불길이 솟구쳤다. 다가서던 사람들이 주춤주춤 뒤로 물러섰다.

 "살아 있어!"

 누군가 외쳐서 택시를 보니 반쯤 열린 유리창 밖으로 나와 있는 손이 보였다. '살려 달라'는 소리와 함께 손이 꼼지락거리기 시작했다. 손의 크기로 보아 아주 어린 아이의 손이었다. 하지만 택시에는 불이 붙고 있어서 아무도 접근을 못 하고 있었다. 모두들 멀찍이 물러난 채 발만 동동 구르고 있었다.

그 순간, 구경꾼을 밀치며 한 사내가 절뚝거리며 뛰어왔다. 설마 했는데, 슈퍼맨이었다. 슈퍼맨은 한 치의 망설임도 없이 불붙은 택시로 달려갔다. 문을 열려고 하다가 문이 열리지 않자 그는 뒤집힌 택시를 들어 올리려고 시도했다.

"어어? 저 미친 놈 봐라? 지 죽을 건 모르고……."

지나가던 행인 중의 한 명이 어이없다는 듯이 중얼거렸다.

"젊은이, 빨리 물러서!"

어느 노인이 다급히 손을 저었지만 슈퍼맨은 들은 척도 하지 않았다. 그는 택시 밑 부분을 잡고 바로 세우려고 안간힘을 썼다. 택시에서 흘러내린 기름에 불이 붙어서 택시를 달구었는지 그의 손이 지글지글 타들어갔다. 그러나 그는 손을 놓지 않았다. 이를 악물고 힘을 쓰느라 그의 이마엔 파란 핏줄이 불끈 솟았다.

"어어?"

택시가 조금씩 들어 올려졌다. 처음엔 냉소하던 사람들도 놀라서 그 광경을 지켜보고 있었다. 택시 주변의 불길은 점점 거세져, 슈퍼맨의 망토에 순식간에 옮겨 붙었다.

"저런!"

"아, 어떡하면 좋아!"

사람들이 초조한지 발을 동동 굴렀다. 불길이 슈퍼맨의 전신으로 옮아갔다. 슈퍼맨은 조금도 불을 두려워하지 않고 택시를 바로 세우기 위해 안간힘을 썼다.

"아아아악!"

슈퍼맨이 한순간, 비명을 질렀다. 사람들은 그가 뜨거운 불길을 참지 못하고 비명을 지르는 거라고 여겼다. 그런데 그게 아니었다. 그는 타오르는 불길 속에서 혼신의 힘을 모으고 있었다.

그 순간, 도저히 믿을 수 없는 일이 벌어졌다. 택시가 조금씩 조금씩 위로 들리고 있었다. 택시와 슈퍼맨은 하나가 되어 활활 타오르고 있었다. 하지만 그는 여전히 손을 놓지 않고 택시를 들어 올렸다. 그가 가슴까지 택시를 들어 올리자 거짓말처럼 택시 문이 열렸다. 뒷자리에 타고 있던 삼십대 주부가 나오고 열 살 남짓한 여자애도 뒤따라 나왔다.

"와아!"

최면에 걸린 듯 쳐다보고 있던 사람들이 일제히 환호성을 올렸다. 그러곤 일제히 박수를 쳤다. 아이가 차에서 완전히 나온 것을 확인한 슈퍼맨은 택시를 놓더니 그 자리에 털썩 쓰러졌다. 쓰러진 그의 몸 위로 불길이 솟구쳤다. 마치 분신자살을 기도한 사람처럼.

"아아!"

구경꾼들이 한목소리로 안타까움을 표시했다. 슈퍼맨이 쓰러지는 것을 보고, 나는 순간 가슴에서 뭔가 치밀어 올라오는 것을 느꼈다. 들고 있던 침낭을 팽개치고 정신없이 가까운 가게에 들어가서(나중에 알았는데, 비싼 구두를 파는 가게였다) 점원의 만류에도 불구하고 소화기를 들고 쓰러진 그에게 달려갔다. 소화기로 그에게 붙은 불을 껐다. 그리고 택시에 붙은 불도 대충은 잡았다. 내가 불을 끄자 사람들이 모두 슈퍼맨 곁으로 다가왔다.

슈퍼맨은 사람은 누가 봐도 가망 없어 보였다. 온몸은 화상으로 일그러져 있었고, 주위는 살타는 냄새가 진동했다. 슈퍼맨은 보기에 흉측할 정도로 처참했다. 하지만 나는 그의 탄 얼굴에서 이상하게도 행복한 웃음을 볼 수가 있었다. 분명 그의 얼굴은 행복한 미소를 짓고 있었다. 마치 자기 가족과의 약속을 이룬 사람처럼.
　그 슈퍼맨은 자기의 죽음과 믿기지 않는 기적을 일으켜 생명을 살려냈다. 거기에는 자기 딸 또래의 여자애도 있었다. 그 슈퍼맨을 둘러싼 우리들 사이로 숙연한 분위기가 감돌았다. 누가 말하지 않아도 그 침묵의 의미는 서로들 다 알고 있었다. 부끄러움과 경외의…….
　팽개쳐져 있던 침낭을 바라보면서, 그에게 진정으로 필요했던 건 두터운 침낭이 아니라 이웃에 대한 관심과 사랑이라는 것을 깨달았다. 우리가 자신의 몸처럼 이웃을 돌볼 줄 아는 그런 시민이었더라면 그는 아내도 아이를 잃지 않았으리라. 그랬더라면 그는 우스꽝스러운 슈퍼맨이 되지 않아도 되었으리라. 그랬더라면 오늘, 운전사도 그도 죽지 않아도 되었으리라. 그랬더라면 우린 무거운 양심의 가책으로부터 시달림을 당하지 않아도 되었으리라. 그랬더라면 우린 더 이상 비겁하지 않아도 좋은 것을.
　우리들에게 미친놈이라고 손가락질 받던 그 사람은 진정한 슈퍼맨이었던 것이다. 이기와 개인으로 똘똘 뭉친 우리들에게 희생이 뭔가를 보여준 슈퍼맨이었다.
　나는 쓰러져 있는 진정한 우리들의 슈퍼맨 모습을 보고 많은 것을 생각하게 되었다. 그 사람을 이렇게 이끈 것은 가족을 구하지 못했던 자책감이었을까, 아니면 개인주의로 무장한 우리들을 꾸짖으려는 마음이었을까.
　내 뒤에선 소화기를 허락도 없이 마음대로 썼다며 보상하라는 구두 가게 주인의 성난 목소리가 들려왔다. 그 슈퍼맨은 그 소리를 들었는지, 이 세상에서 가장 행복하고 편안한 표정으로 누워 있었다.

　보라. 진정한 용기와 삶은 이런 거라고 말하면서.

　그 사건은 며칠 동안 사람들에게 화제였다. 화제의 초점은 그 슈퍼맨의 숭고한 희생보다는 택시를 들어 올린 괴력이 그 중심이었다. 그리고 곧 잊혀졌다. 그 자리를 목격했던 사람들이 가끔씩 술자리에서 안주삼아 하는 얘깃거리로 전락했다. 정신 나간 슈퍼맨 얘기로.

　나도 우리의 슈퍼맨의 얘기를 잊어갔다. 하지만 때때로 불의가 자행되거나 우리가 이기적인 생각에 몸을 사리고 있을 때면, 주위를 둘러보게 된다. 우스꽝스럽지만, 정의와 남을 위해 희생할 줄 아는 늠름한 그 슈퍼맨의 모습을 기대하며.

죽음이 우리를 갈라놓더라도

― 이기적인 사랑은 증오보다 더 무섭다

    오랜만에 걸려온 윤석의 전화였지만 나는 조금도 이상한 낌새를 눈치 채지 못했다.
    술이나 한잔 하자는 제의에 난 그저 요즘 공부가 잘 안 되는구나 하고 가볍게 생각해 버렸다. 사법고시 이차 시험도 얼마 안 남았는데 술 마셔도 되는 건가 하는 걱정이 잠깐 스쳤을 뿐이었다.
    약속한 신촌의 소주방에 가니 윤석이 먼저 와서 기다리고 있었다. 나는 안부를 묻고 대화를 나누는 동안 윤석을 찬찬히 살펴보았다. 윤석의 얼굴은 매우 지치고 초췌해 보였다. '자식이 공부에 지쳐서 그렇겠지'라고 생각했다. 그러나 윤석은 담담하게 사법고시를 포기했노라고 털어놓아 나를 깜짝 놀라게 했다.

포기한 이유를 물어 보자, 윤석이는 대답을 얼버무리며 술잔만 권했다. 나는 주는 대로 술을 받아 마시며 윤석이 스스로 입을 열 길 기다렸다.

"일한아, 우리 형 기억나니?"

술병이 금세 바닥나 다시 한 병을 시켰을 때, 윤석이 불쑥 물었다.

질문이 조금 이상하다는 생각이 들었다. 난 윤석의 형 윤철을 잘 알고 있었다. 올 초에 장학생으로 미국으로 유학을 떠난, 정말 머리 좋고 장래가 촉망되는 사람이었다. 동생 친구들에게도 매우 잘해 줘서 나 역시 그 형에게 술을 얻어먹은 적이 한두 번이 아니었다.

우리 형 기억나니? 나는 윤석의 물음을 다시금 떠올려 보았다. 아무리 만난 지 1년이 넘었다지만 '기억나니?' 라는 질문은 어색하기만 했다.

"물론이지! 윤철이 형 유학 갔잖아? 참, 형 잘 있니? 여름 방학이라 한국에 와 있을지도 모르겠네?"

나는 이상한 느낌을 떨치려 애써 떠오르는 대로 물었다.

"여름 방학이라…… 하긴 우리 형이 지금 한국에 있긴 있지."

"근데 왜? 야, 윤철이 형 얘기하니까 갑자기 보고 싶어진다. 내가 윤철 형을 마지막으로 본 게 언제더라. 아, 맞다! 너 작년에 사시 1차 시험 보기 전날 엿 주러 갔다가 뵀지. 형님 잘 계시냐?"

윤석이는 말없이 소주를 맥주 글라스에 가득 따르더니 미처 말릴 새도 없이 단숨에 들이켰다. 그리고는 충혈 된 눈빛으로 나를 지그시 바라보다가 시선을 떨구더니 혼잣말 비슷하게 중얼거렸다. 자조와 체념이 깃든 음성이었다.
"너 아직도 우리 형이 유학 간 줄 알고 있구나……. 하긴 집안에 정신병자가 있다면 남들이 얼마나 이상하게 생각하겠니. 그래서 우리 가족들은 다른 사람들이 형에 대해 물으면 유학간 걸로 이야기하기로 했어."
"……?"
"후훗! 형은 미쳤어. 나도 그것 때문에 시험을 포기했고."
윤석의 이야기는 전혀 예상하지 못했던 방향으로 흘러갔다. 윤석이 잠시 말을 끊고 담배를 물었다. 나는 충격을 겉으로 드러내지 않으려고 노력하며 태연히 라이터를 집어 윤석의 담배에 불을 붙여 주었다. 윤석은 담배 연기와 함께 긴 한숨을 내쉰 뒤, 내가 평생 잊지 못할 이야기를 늘어놓기 시작했다.

우리 형은 미쳐도 보통 미친 게 아냐. 너도 알 거야. 우리 형과 결혼을 약속한 미정이 누나. 하지만 이건 모를 걸. 미정이 누나 작년 이맘때 교통사고로 죽었어. 그 누나 집이 대구거든. 근데 서울로 올라오다가 형과 약속 시간에 늦을까 봐 빗길에서 과속을 한 모양이야. 어떻게 보면 평범한 교통사고였지. 참, 너에게도 비슷한 과거가 있구나. 너 아직도 은영이 생각하고 있니? 아픈 데 건드렸다면 미안하다.
어쨌든 형의 충격은 대단했어. 남들에게는 평범한 교통사고일지 몰라도 형에게는 하늘이 무너져 내리는 듯했겠지. 하긴 재수할 때부터 시작해서 군대 3년, 자그마치 8년을 사귀었으니까.
형은 한 달 동안 술만 마셨어. 술병을 입에 달고 살았지. 대학원도 안 나가고 틈만 나면 미정이 누나가 묻힌 천안의 공원묘지에 가곤 했어. 나머지 시간은 주로 방안에 틀어박혀서 지냈고. 누나가 준 선물과 사진을 쳐다보면서.

집에서도 걱정이 이만저만이 아니었지. 저러다 폐인이 되는 건 아닌가 전전긍긍하고 있는데, 사고 난 지 한 달 반쯤 지나자 형이 정상 생활로 돌아오는 거였어. 너도 알다시피 우리 형 그렇게 나약한 사람은 아니잖아. 하여튼 가족들은 한시름 돌릴 수 있었지. 형이 예전의 생활을 되찾길래 나도 고시원에서 집으로 돌아와 공부를 시작했어.

형은 다시 대학원에 나갔어. 미정이 누나와 같이 가기로 했던 유학을 혼자라도 떠나려고 준비하는 것 같았어. 한 달 가까이 여기저기 뛰어다니며 유학 갈 준비를 차근차근 해 나갔지. 그런데 그때부터 이상한 일이 생기기 시작했어.

형의 방에서 밤마다 이상한 소리가 들려오기 시작한 거야. 가족들은 형이 악몽을 꾸는 줄로 알고 처음에는 대수롭게 여기지 않았어. 형에게 나쁜 꿈을 꾸었느냐고 물어보면 그저 고개를 끄덕이길래 그런가 보다 했던 거지. 이상한 소리는 매일 밤 들려왔어. 형은 잠을 제대로 못 자는지 얼굴이 말이 아니었지.

그러던 어느 날, 나는 형 방에 들어갈 기회가 있었지. 영어사전이 보이지 않길래 형 방에 있는 사전이라도 쓰려고 무심코 들어갔다가 깜짝 놀라고 말았어. 왜냐고? 그때가 9월 초였지만 더위가 꺾이지 않아 무척 후덥지근했거든. 그런데 형 방에 들어서니 싸늘한 기운이 느껴지는 거였어. 마치 지하 깊숙이 숨겨져 있는 동굴 속에 들어선 것처럼. 시원함과는 다른 싸늘함에 소름이 돋을 정도였어. 으시시한 공포와 알 수 없는 불안감이 가슴을 옥죄어 왔지. 불안감이 전신에 끈덕지게 달라붙었지만 나는 형이 악몽을 꾸는 방이라서 그렇게 느끼는 것이려니 생각하고 사전을 찾기 시작했어.

무심코 고개를 들었는데 뭔가 허전한 느낌이 오는 거야. 뭔가 자세히 봤더니 미정이 누나 사진이 붙어 있어야 할 자리에 사진이 보이질 않는 거야. 난 그때까지만 해도 형이 누나를 떠나보내기 위해서 떼었나 보다고 쉽게 생각했지. 사전을 찾다가 발에 뭔가 채이길래 보니 책상 옆에 까만 쓰레기봉투가 있는 거야. 슬쩍 열어 보니 거기에 미정이 누나가 준 선물, 사진, 편지는 물론이고 넥타이, 반지까지 들어 있었어. 나는 형이 미정이 누나의 체취를 방에서 없애려는 줄로 알았어. 나중에 알고 보니 그 추측은 반밖에 맞질 않았지만.

하여튼 나는 그날 사전을 찾아가지고 형의 방에서 나왔어. 문제는 그 뒤로도 몇 번 형의 방을 들락거렸는데 매번 싸늘한 기운이 느껴졌다는 거야. 나중에 어머니에게 말씀드렸더니, 어머니도 그런 기운을 느꼈다면서 형에게 방을 바꿔 주려고 의향을 물었더니, 형은 아무렇지도 않다고 했다는 거지. 당사자가 아무렇지도 않다고 하니 그런가 보다 하고 넘어갔어. 형은 계속해서 야위어 갔지만 가족들은 미정이 누나를 잃은 슬픔에서 형이 완전히 벗어나지 못했기 때문이라고 생각했던 거야.

그러던 9월 말경에 부모님이 여행을 가셨어. 형은 모임에 가고 해서 나 혼자 집에서 공부하고 있는데 갑자기 정전이 되었지. 처음에는 피곤하기도 한데 잘 됐다 싶더라고. 침대에 벌렁 누워서 잠을 자려고 했더니 잠이 와야지. 문득 촛불 아래서 공부하는 것도 운치가 있겠다 싶어서 초를 찾아보았어. 전에 사전을 찾다가 형 방에서 초를 본 기억이 나서, 벽을 더듬어 형 방으로 갔어. 방문을 여는 순간, 나는 심장이 멎을 듯한 충격에 우뚝 멈춰 섰어. 책상과 벽에 푸르스름한 빛이 뿜어져 나오는 거야. 형 방에 들어설 때마다 느끼곤 했던 기분 나쁜 싸늘한 기운과 함께.

식은땀이 등줄기를 타고 흘러내렸어. 방문을 닫고 싶었지만 몸을 움직일 수가 없었지. 누군가를 소리쳐 부르고 싶었지만 입술도 열리지 않았어. 집 안에 아무도 없다는 생각이 빠르게 스쳐갔지.

얼마의 시간이 흐른 것일까. 푸르스름한 빛은 순식간에 사라져 버리고 시커먼 어둠만이 방 안에 가득 차 있었지. 하지만 두려움은 여전히 가시질 않았어. 나는 속으로 되뇌었지. 나는 헛것을 보았을 지도 모른다고, 아니 헛것을 본 것이라고. 주문처럼 그런 말을 여러 차례 되뇌고 나서 방으로 조심스레 들어섰어.

책꽂이 아래쪽을 더듬어 보니 초가 잡히더군. 라이터로 초에 불을 붙였어. 어둠 속에서 환한 불빛이 보이니 어느 정도 마음이 안정이 되는 거야. 나는 용기를 내서 푸르스름한 빛이 보였던 곳을 초로 비춰 보았지. 놀랍게도 그 자리는 바로 미정이 누나의 사진이 붙어 있던 자리였어. 나는 갑자기 으시시해져서 후다닥 형 방을 나왔지.

내 방에 들어와 방문을 꼭 닫아걸고 숨을 고르고 있는데 다시 불이 들어왔어. 그리고 얼마 지나 형이 술에 만취해서 돌아왔지. 난 비로소 숨을 돌릴 수 있었어.

다음날, 형을 깨우러 형 방문을 두드렸지. 아무 소리도 안 나길래 방에 들어갔더니 형이 침대에 멍하니 걸터앉아 있는 거야. 마치 유령에 홀린 듯한 표정을 짓고서. 아무래도 이상해서 어제 있었던 일들을 이야기했더니 형은 조금도 놀라지 않은 채, '응, 그랬었구나' 하며 고개를 끄덕였어. 형도 봤느냐고 내가 물으니까 형은 술이 안 깨 머리가 아프니 나중에 얘기하자며 피하더군.

그때부터였을 거야. 형 방에 이상한 심령 관련서적이 쌓여가기 시작했어. 형은 대학원 수업도 안 나가고 방에 처박혀서 그런 류의 책만 읽었지. 그래서 하루는 내가 물었어. 죽은 미정이 누나를 다시 불러내려고 그러느냐고. 형은 고개를 저으며 이렇게 말하더라. 이 책들은 석사논문에 참조하려고 하는 거라고. 그러니 앞으로 미정이 이야기는 꺼내지도 말고, 자기 방에 함부로 들어오지도 말라고. 나는 안 그래도 형의 전공이 심리학이어서, 뭔가 관련이 있나보다 하고 넘어갔어.

그날 이후로 형은 나보고 고시원으로 가서 공부하라는 거야. 부모님에게도 나를 고시원에 보내라고 말씀드리고. 나는 보다 못해 형에게 내 일은 신경 쓰지 말고 형 일이나 잘 하라고 쏴 줬어. 그래서 언쟁이 벌어졌지. 결국 그 문제는 나의 승리로 일단락됐으나 형이 예전 같지 않다는 느낌을 강하게 받았어. 형은 날이 갈수록 신경질적으로 변하고 야위어 갔지. 집에 안 들어오는 날도 많아졌고, 그때마다 형은 세미나니 동문회니 하는 핑계를 댔지만 앞뒤가 안 맞을 때가 비일비재했지.

그러던 차에 부모님이 10박 11일 외국 여행을 가게 됐어. 나는 시험이 얼마 안 남아 있을 때라 방에 처박혀 공부하고 있었지. 새벽 2시쯤 됐을까. 이상한 소리가 들려 왔어. 공포에 가득 찬 절규였어. 귀를 기울여 보니 형 방에서 나는 소리 같았어. 형 방으로 걸음을 옮기는데 다시 형의 외침이 들렸어.

"미정아! 도대체 왜 그러는 거야! 나 보고 어떡하라는 거니! 제발 나를 가만히 내버려둬!"

나는 형이 또 자다가 악몽을 꾸나 보다 생각하고 방문을 확 열었어. 침대에 누워 있을 줄 알았던 형이 방 한가운데 서 있었어.

"나를 좀 놔 줘, 제발!"

형은 아무도 없는 창문을 향해 소리를 질러댔어.

"형, 정신 차려! 형!"

나는 깜짝 놀라 형의 어깨를 잡고 흔들었지. 형은 돌아보지도 않고 떨리는 음성으로 이렇게 말하는 거였어.

"윤석아, 너도 미정이 보이지? 저기 창문 밖을 봐! 흰 옷을 입고서 이쪽을 바라보고 있잖아!"

형 말대로 창문을 보았지만 아무 것도 보이지 않았지. 형은 계속해서 창문을 주시하다가 긴 한숨을 쉬면서 이렇게 말하더군.

"이제는 사라졌어."

나는 다시 창문을 보았지만 역시 아무 것도 보이지 않았어. 어둑어둑한 바깥을 보면서 형이 어떻게 된 게 아닐까 의심하고 있는데 다시 형이 입을 열었지. 아까와는 전혀 다른 침착한 음성으로.

"너 형이 미쳤다고 생각하니? 하긴 미쳤을지도 모르지. 너에게는 모두 털어놓으마. 부모님께는 절대로 말씀드리지 마라. 약속할 수 있겠니?"

형의 진지한 눈빛을 보며 나는 고개를 끄덕였지. 형이 다시 말을 이어 나갔어.

"나 요즘 미정이를 본다. 아마 귀신이나 혼령이겠지. 그것이 무엇인지는 알 수 없지만 미정이의 무언가가 내 주위를 맴돌고 있는 것만은 분명해."

형의 이야기를 듣는 순간, 소름이 쫙 끼쳤어. 시체의 손처럼 싸늘한 기운이 방 안을 떠다니고 있는 걸 어렴풋이나마 느낄 수 있었지. 형은 내가 느끼는 기분을 아는지 모르는지 아까보다 한층 편해진 음성으로 말을 이어나갔어.

"처음엔 내가 악몽을 꾸는 거라고 생각했어. 그 다음에는 몸이 허해서 헛것이 보이는 게 아닌가 하고 의심했지. 그런데 점점 납득할 수 없는 일들이 계속해서 일어나는 거야. 아마도 그 서약 때문인 것 같아."

"서약? 무슨 서약?"

"미정이가 사고를 당하기 두 달 전이었어. 미정이가 용하다는 점쟁이가 있으니 한번 찾아가 보자고 제의했어. 난 호기심 반, 장난 반으로 미정이를 따라갔어. 우린 삼선교 근처에 있는 낡은 점집에서 궁합을 봤지. 점쟁이의 나이는 한 삼십대 중반 정도로 보였는데, 좀 특이한 점쟁이더라고. 다른 점쟁이 같으면 생년월일을 적은 뒤에 이야기를 하잖아. 그런데 그 점쟁이는 이상하게 생긴 트럼프를 만지작거리더니 한 장씩 뽑아 보라는 거야. 그 사람은, 미정이와 내가 카드를 한 장씩 뽑았더니 기분 나쁜 미소를 흘리면서 우리들의 불운한 미래에 대해 이야기하기 시작하는 거야. 상징을 써서 이야기를 하는데 좋은 이야기는 하나도 없는 것 같았어."

"상징? 예를 들면 어떤 건데?"

"정확히 기억은 나지 않지만 이런 거였어. 천랑성이 붉은 구름에 가리니 피가 검은 도로를 가득 적시리라. 도로 위에는 누워 있는 자와 서 있는 자가 있으니 같은 사람이지만 전혀 다른 사람이라. 서 있는 자가 맨발로 걸어가나 발바닥에 먼지 하나 묻지 아니하도다. 통곡 소리가 하늘을 찌르고 눈물이 작은 강을 하나 가득 메우나 떠난 자의 옷자락을 조금도 적시지 못하노라."

"으시시하네."

"직접 듣는 난 어땠겠니. 박쥐처럼 생긴 점쟁이는 재수 없는 말을 하면서도 마치 기뻐 죽겠다는 듯이 웃기까지 하는 거였어. 정말로 악마 같은 점쟁이였지. 나는 매우 기분이 나빴어. 한시라도 빨리 벗어나고 싶어서 결혼을 언제 하면 좋겠냐고 물었지. 그랬더니 우리는 절대로 결혼을 할 수 없다는 거야. 결혼을 약속한 사람들에게 그토록 잔인한 저주가 어디 있겠어.

난 화가 치밀어서 주먹으로 한 대 내지르고 싶은 것을 가까스로 참았지. 복채도 안 주고 나오려 일어서니까 미정이가 붙잡는 거야. 미정이가 애원하듯이 잡길래, 다시 주저앉았지. 미정이는 그 기분 나쁜 점쟁이에게 필사적으로 부탁했어. 무슨 방법이 없겠느냐고.

그 점쟁이는 예의 기분 나쁜 웃음을 흘리면서 미정이와 나에게 진정으로 사랑하느냐고 묻는 거야. 미정이도 나도 그렇다고 대답하자 그럼 한 가지 방법이 있다는 거야. 그건 바로 서약이었어. 죽음조차 두 사람을 갈라놓을 수 없다는 내용의 서약. 점쟁이가 묻더군. 그 서약은 피로 해야 하는데 할 수 있겠느냐고.

난 더 이상 앉아 있다가는 바보천치가 될 것만 같아서 말도 안

하고 일어나서 방을 나왔어. 미정이가 따라 나오더니 내 팔을 붙잡고 애원하는 거야. 제발 다시 들어가자고 재미삼아 아니 기분 전환 삼아 점쟁이가 시키는 대로 한번 해 보자고. 미정이의 간절한 애원에 나는 지고 말았어. 그때 하지 말았어야 하는 건데.

방으로 다시 들어가니 점쟁이는 우리가 돌아올 줄 알고 있었다는 듯이 예리한 칼과 구릿빛 종이를 준비해 놓고 있었어. 우린 점쟁이가 시키는 대로 했어. 점쟁이는 칼로 나와 미정이의 팔목을 살짝 그었지. 피가 흐르자 팔목을 서로 맞대게 했어. 마치 고대 바이킹의 결혼 풍습을 연상시키는 의식이었어. 언젠가 책에서, 고대 바이킹들은 결혼식을 할 때 신부와 신랑의 피를 섞는다는 구절을 읽었거든.

손목을 맞대고 있으니 피가 바닥으로 떨어지기 시작했어. 점쟁이는 기다렸다는 듯이 구릿빛 종이에 핏방울을 받았지. 구릿빛 종이는 핏방울을 머금어 금세 붉은 색으로 변했어. 점쟁이는 요상한 주문을 빠르게 외더니 종이를 태웠지. 종이가 다 타고 나자 그 재를 우리의 팔목에 뿌렸어.

그랬더니 정말로 그 재의 효과 때문인지 아니면 우연인지 피가 더 이상 흘러내리지 않는 거였어. 의식이 끝나자 점쟁이는 만족한 웃음을 지었지. 미정이 또한 만족해하는 것 같았지만 난 왠지 찝찝하기만 했어. 용서받지 못할 죄를 몰래 저지른 것처럼.

점쟁이에게 의식 이름이 뭐냐고 물으니 그냥 결혼서약으로 알고 있으라는 거야. 나는 기분이 몹시 나빴지만 미정이의 기분을 깨고 싶지 않아서 잠자코 있었지. 어서 빨리 이 사이비 점쟁이에게서 벗어나고 싶은 마음뿐이었어. 일어서면서 복채를 내려 했더니 손을 내저으면서 안 받겠다는 거야. 이 자식이 복채를 받기 위해서 쇼를 해 놓고는 웬일인가 싶더라고. 내가 그래서, 안 받으면 효과가 없으니 받으라고 했지. 그랬더니 점쟁이는 예의 기분 나쁜 웃음을 흘리면서 자기는 이미 받았다는 거야. 우리들의 믿음과 사랑을 담보로 한 무언가를…….

복채를 주고 나면 홀가분할 것 같은데 복채를 안 받으니까 다시 기분이 나빠지더라고. 어쨌든 간에 돈 굳었다 하고 돌아서서 나오는데 뒤에서 점쟁이가 중얼거리는 거야. '죽음이 우리를 갈라놓더라도……' 라고.

내가 점집을 나서면서 기분 상했다고 투덜거렸더니 미정이가 이러는 거야. 그 사람 용하기로 소문 난 사람이니까 헛걸음한 건 분명 아니라고. 나는 그 뒤로 그 일을 잊어버렸지. 미정이가 사고를 당하고 나서 한참 뒤에야 나는 비로소 그 점쟁이를 떠올렸어."

믿기 어려운 이야기를 늘어놓던 형은 갑자기 술 생각이 났는지 이야기를 끊고서 침대 밑에서 양주병을 꺼냈어. 내가 부엌으로 가서 술잔과 안주거리를 가지고 오자, 형은 맥주 글라스에다 양주를 반 남짓 따라 마시고는 이야기를 계속했어.

"미정이의 사고가 있던 날 밤이었어. 난 미정이를 만나러 약속 장소에 나갔다가 두 시간이 지나도 안 오길래 집으로 일단 돌아왔어. 도착하는 대로 전화가 올 거라고 생각했지. 전화를 기다리며 책을 읽고 있다가 깜빡 잠이 들었어. 그러다 누군가 옆에서 훌쩍이는 소리에 잠이 깼지. 눈을 뜨니 미정이가 침대에 앉아 훌쩍이며 울고 있는 거야.

언제 왔느냐고, 왜 우느냐고 물으려 했지만 입이 열리지 않았지. 일어나려고 안간힘을 쓰는데 미정이가 고개를 돌려 나를 보는 거야. 그 순간, 갑자기 내 얼굴로 싸늘한 기운이 확하고 밀려오는 거야. 나는 침대에서 벌떡 일어났지. 너무도 생생해서 꿈같지 않았어. 아마도 꿈은 아니었을 거야.

넋을 놓고 앉아 있는데 전화벨이 울렸지. 미정이를 병원으로 옮겼는데 피를 너무 많이 흘려서 사망했다는 소식이었어. 그날 밤의 그 이상한 일은 미정의 죽음이라는, 너무도 충격적인 사건에 가려 쉽게 잊혀졌지.

그녀의 죽음은 나에겐 너무도 커다란 아픔이었어. 한 사람의 죽음이 세상을 온통 뒤바꿔놓을 수도 있다는 것을 그때 처음으로 알았지. 얼마 전까지만 해도 빛으로 가득 찬 세상이었는데 온통 시커먼 암흑으로 변하고 만 거야. 난 미정이를 따라가고 싶은 충동에 몸서리쳐야 했어. 몇 번의 자살 유혹을 이기고 나서 나는 점차 내 자리로 돌아왔어. 미정이가 없는 나의 자리로.

그때부터 이상한 일이 생기기 시작했어. 정확히 언제부터인지는 알 수 없지만 방이 추운 거야. 마치 음습한 땅속처럼 한기가 방 안에서 느껴지곤 했지. 그것뿐이 아냐. 잠을 자도 악몽에 시달려야 했어. 그런데 신기한 것은 내가 꿈에서 깨어나면 어떤 종류의 악몽에 시달렸는지조차 기억나지 않는 거야. 어렴풋이나마 무시무시한 악몽을 꿨다고 짐작할 수 있을 뿐이야.

그래서 잠도 제대로 못 자고 어둠 속에서 멍하니 누워 있었지. 그런데 하루는 눈앞에 뭔가가 보이는 거야. 유심히 보니 책상 위쪽에 붙어 있는 미정이 사진이 불이 꺼져 있는데도 또렷이 보이더라고.

처음에는 달빛이 반사된 것이려니 했는데 자세히 보니 그게 아니었어. 원래 사진 속의 미정의 표정은 웃고 있었는데 내가 보고 있는 사진 속 미정이는 무표정하게 나를 응시하고 있는 거야. 눈을 감아도 미정이의 무표정한 얼굴이 눈에 아른거렸어.

난 그때 깨달았어. 미정이가 나를 못 잊어 내 방에 머물고 있다고. 나는 미정이가 너무도 보고 싶어서 미정이를 찾아보려고 안간힘을 썼어. 밤을 새워 가면서 미정이의 사진을 보고 얘기도 해 보고, 영혼을 불러낸다는 애들 장난도 해 보았지만 끝내 볼 수가 없었어.

그러던 어느 날 밤, 난 꿈속에서 미정이를 만났어. 난 너무도 반가웠지. 너무도 보고 싶었다고 했더니 미정이가 내 손을 꼭 잡았어. 그리고는 나를 어디론가 끌고 가는 거야. 내가 어디로 가는 거냐고 물었지만 미정이는 대답하지 않고 걸음만 재촉했어.

나는 왠지 겁이 덜컥 났어. 자꾸만 이렇게 끌려가서는 안 될 것 같은 예감이 드는 거야. 나는 저항하고 미정이는 자꾸 끌고 가려고 했지. 둘이서 실랑이를 하다가 나도 모르게 미정이의 손을 거칠게 뿌리쳤어. 그때 미정이가 얼굴을 들어 난 그녀의 두 눈을 볼 수 있었어. 눈물이 그렁그렁한 두 눈, 원망과 안타까움으로 가득 찬 두 눈을…….

미정이는 순식간에 사라져 버리고 난 잠에서 깨어났지. 현실처럼 생생한 꿈이었어. 난 그때 중요한 사실을 알았어. 미정이는 내 곁에 머무르고 싶어 하는 것이 아니라, 나를 자기 곁으로 데려가고 싶어 한다는 걸.

그 꿈을 꾸고 나니 미정이가 무서워졌어. 나는 내 방에 있는, 미정이에 관련된 모든 것을 버리기로 결심했어. 그녀가 남기고 간 추억이 배어 있는 물건들을 정리하다 보니 나 자신이 비굴하게 느껴지기도 했지. 그토록 사랑하던 여자였다면 기꺼이 그녀를 따라가야 하는 것 아니냐고, 죽음이 뭐가 그리 무서워서 애인이 남기고 간 흔적마저 없애려 하느냐고 스스로 자책하기도 했어.

후훗…… 정말이지 공포에 질린 사람은 한없이 잔인해지더구나. 나는 미정이의 물건들을 그냥 버린 게 아니라 불에 태워 버렸어. 뜨겁다고 아우성치는 미정이의 음성이 들려오는 것 같았지만, 나는 이를 앙다물고 불길 속에 미정이에 관련된 모든 물건들을 던져 넣었지.

윤석아, 나 경멸해도 좋아. 하지만 그때는 너무 무서웠어. 난 미정이에 관한 물건들을 모두 없애 버리면 끝나는 줄 알았거든. 아름다운 추억으로 남을 거라고 믿었거든. 그런데 아니었어. 난 그 사실을 미정이의 물건을 태우고 난 그날 밤에 인정해야 했지. 자다가 어둠 속에서 누군가의 시선을 느끼고 고개를 돌리니 미정이의 얼굴이 아른거리는 거야. 자세히 바라보니 미정이의 사진이 있던 자리에서 파란 광채가 뿜어져 나오는 게 보였지.

미정이는 나를 포기하지 않은 거야. 내가 미정이를 떨궈버리려고 안간힘을 쓰면 쓸수록 미정이는 더욱 더 적극적으로 나에게 달라붙었어. 방에서만 맴돌던 미정은 내가 어딜 가든 따라다니기 시작했고, 어떤 때는 직접 모습을 드러내기도 했어. 혼자 있을 때면 슬그머니 나타나서는 나를 말없이 바라보는 거야.

나를 놓아 달라고 소리를 질러도 아무 대꾸 없이 가만히 쳐다보기만 하니까 정말로 미치겠더라고. 그녀는 내 생활 전반에 걸쳐 모습을 드러내기 시작했어. 더러는 낮에도 나타났지. 뒤에서 누군가의 인기척이 느껴져 돌아보면 그녀가 빤히 쳐다보고 있는 거야.

난 위기의식을 느꼈어. 뭔가 새로운 해결책을 찾아내지 못하면 미정이에게 끌려가고 말 것만 같았지. 그래서 심령학에 관련된 책을 닥치는 대로 읽고 나와 있는 대로 해 보기도 했지만 아무 소용이 없더구나.

그러던 어느 날, 불쑥 그 이상한 점쟁이가 떠올랐어. 그 점쟁이라면 나를 구해 줄 수 있을지도 모른다는 생각이 스쳤지. 난 삼선교에 위치한 그 점집을 가까스로 찾아갔지. 점쟁이는 대뜸 나를 보더니 왜 서약을 어기려 하느냐면서 기쁜 나쁘게 웃는 거야.

난 그 점쟁이에게 무릎 꿇고 애원했어. 나를 살려 달라고 돈은 원하는 대로 줄 테니 제발 나를 좀 살려 달라고. 그러자 점쟁이가 큰 소리로 웃으면서 자기는 벌써 두 사람의 목숨을 받았으니 돈은 필요 없다는 거야. 아무리 애원해도 소용없었지. 어쩔 수 없이 그 집을 나올 수밖에 없었어. 집에 와서 머리를 싸매고 다른 방도를 궁리해 봤어. 궁리를 하면 할수록 그 점쟁이가 아니면 아무도 미정이 문제를 해결할 수 없다는 결론에 이르렀지.

난 일주일 뒤에 가슴에 칼을 숨기고 점쟁이 집을 찾아갔어. 만약 내 부탁을 거절한다면 협박을 아니 정말로 죽여 버려야겠다는 각오를 하고 말야. 문을 두드렸더니 아무런 대답도 없었어. 나는 그 점쟁이가 내가 온 줄 알고 일부러 문을 열어 주지 않나 보다 해서 담을 넘어갔어.

그런데 놀랍게도 점집 자리에 있는 것은 완전히 폐허가 된 빈집이었어. 일주일 사이에 이렇게 바뀔 수 있나 의아할 정도로 달라진……. 하도 이상해서 이웃 사람들에게 물어 봤더니 삼 년 전부터 저렇게 방치되어 있었다는 거야. 누구에게 물어봐도 한결같은 대답이었어. 젊은 부부가 연탄가스에 중독되어 죽은 이후부터 아무도 나타나지 않아 저렇게 폐허가 되어 버렸다고.

윤석아, 너 형이 미쳤다고 생각되니? 이 형은 멀쩡해. 비록 신경이 많이 날카로워졌지만 아직은 아냐. 난 안 미쳤어."

이야기를 마친 형은 몹시도 피로해 보였어. 괜한 이야기를 했다고 후회하는 것 같기도 했고. 형은 양주를 한 잔 들이키더니 침대에 누웠어. 그리곤 이내 잠이 들었지.

난 형이 걱정돼서 이불을 가져와 형 옆에서 잤어. 나는 형이 정신적인 충격 때문에 망상에 빠져 있다고 판단해 버렸어. 다음날 나는 형과 함께 신경정신과를 찾았지. 만약 나랑 같이 가지 않는다면 부모님에게 모든 것을 말해 버리겠다고 협박해서. 그런데 진찰 결과는 의외였어. 의사는 형이 정상이라는 거야. 히스테릭한 증상이 조금 보이긴 하지만 수재들의 경우엔 종종 나타나곤 한다는 거야. 병원을 나서면서 형은 그것 보라는 듯이 의기양양해 했지. 하지만 난 의사의 진단을 전적으로 믿을 수 없었어. 난 공부를 당분간 중단하고 형과 같이 생활해 보기로 했지. 형은 처음에는 펄쩍 뛰었지만 내심 혼자 생활하는 게 두려웠는지 금세 승낙했어.

난 형의 기를 보충해 주려고 보신탕도 같이 먹으러 다니고, 정신적인 안정감을 주기 위해 악귀나 유령을 쫓는 부적을 사서 형이 보는 곳에 붙여 놓기도 했어. 하지만 소용없었어. 형은 내가 옆에 있는데도 미정이 누나가 보인다는 거야. 닷새를 함께 보내고 나니 슬슬 형이 무서워지더군. 형 곁에서 멀어지고 싶었지만 부모님이 유럽여행에서 돌아오시려면 아직도 며칠 남아 있고 해서 같이 있을 수밖에 없었지.

내가 볼 때 형의 증상은 점점 심해지는 것 같았어. 처음에는 열어놓은 창문 너머나 벽 귀퉁이에서 미정이 누나가 보인다고 하더니 나중에는 샤워 중에도 미정이 누나가 보인다는 거야. 내 눈에는 아무 것도 안 보이는데 계속해서 보인다고 하니 정말 사람 미치겠더라.

지옥 같은 하루하루가 흘렀지. 마침내 부모님이 여행에서 돌아오기 전날 밤이 되었어. 형도 눈에 띄게 쇠약해졌지만 나 또한 마찬가지였지. 내일이면 악몽 같은 생활도 끝이라는 생각에 긴장이 풀어져 있었어. 난 너무도 피곤해서 형 옆에서 잠이 들었어.

잠결에 뭔가 중얼거리는 듯한 소리를 듣고 눈을 떴지. 가위에 눌렸는지 도저히 몸을 일으킬 수가 없었어. 형이 침대 곁에 서 있는 게 보였지. 형의 목소리가 들려 왔어. 예전처럼 신경질적인 외침이 아니라 가라앉은 차분한 음성이었어.

"좋아! 그럼 거기서 만나기로 하자. 미정아, 네가 이겼어. 하지만 너도 알고 있을 거야. 이것이 진정한 사랑은 아니라는 것을. 휴우…… 어쩌다 우리가 이렇게 됐을까. 지금의 너는 내가 사랑했던 미정이가 아니야. 지금의 나 역시 네가 사랑했던 내가 아니겠지만. 네가 너무 이기적이든지, 내가 너무 위선적이든지 둘 중의 하나겠지. 하지만 아무려면 어떠냐. 이것으로 다 끝난다면. 내가 너를 다시 사랑할 수 있다면."

나즈막한 형의 음성이 너무도 또렷하게 귓속으로 파고들었어.

그 순간, 내 눈에도 형 앞에 무표정하게 서 있는 미정이 누나가 보였어. 너도 내가 미쳤다고 생각하니? 아냐! 나도 형을 그렇게 생각했지만 난 그 순간 확연하게 깨달을 수 있었어. 인간이 살아가고 있는 세계 외에도 또 다른 세계가 분명 존재한다는 것을.

그래! 내가 본 미정이 누나의 모습은 아마 죽을 때까지 잊지 못할 거야. 이승의 것이라고는 믿어지지 않는 한기가 나의 전신을 찍어 눌렀지. 난 그 순간 숨 쉬는 것조차 버거웠어.

형의 이야기가 끝나자 미정이 누나는 순식간에 허물어지듯 스르르 사라져 버렸지. 나는 그제서야 숨통이 트였고 손발을 움직일 수 있었어. 나는 책상에 앉아서 담뱃불을 붙이는 형에게 미정이 누나를 봤다고 말했지.

"다 끝났어. 이제 다시는 미정이가 나타나지 않을 거야. 내가 미정이를 설득했으니."

담배연기를 뿜어 올리는 형의 표정은 무척이나 홀가분해 보였어. 오랫동안 지고 있던 짐을 내려놓은 사람처럼. 나는 형 말을 믿었어. 아니, 믿고 싶었는지도 몰라. 난 형이 미정이 누나에게 어떤 약속을 했을 것 같은 불길한 예감이 들었지만 굳이 물어 보지 않았어. 그 문제를 가지고 형을 더 이상 괴롭히고 싶지 않았으니까.

형 말처럼 모든 게 정상적으로 돌아왔지. 부모님도 여행에서 돌아오시고, 형 방을 감싸고 돌던 싸늘한 기운도 말끔히 사라져 버렸어. 형 또한 비록 말수가 줄어들었지만 일상적인 생활로 돌아왔어. 학교도 나가고 공부도 시작했으니까. 난 모처럼 말할 수 없는 평화로움을 맛보았지. 일상적인 생활이라는 게 그토록 커다란 축복이라는 사실을 절실히 느꼈으니까.

하지만 언제까지나 지속될 것 같던 평화는 일주일 만에 깨지고 말았어. 형이 집에 안 들어와 걱정하고 있는데 속초경찰서에서 전화가 온 거야. 형이 속초 연금정에서 혼수상태로 발견되었다고. 형 옆에 농약병이 놓여 있는 걸로 봐서 자살을 기도한 것으로 추정된다는 청천벽력 같은 소식이었지.

부모님과 나는 깜짝 놀라서 부랴부랴 속초의 병원으로 달려갔어. 다행히도 형은 살아 있었어. 담당 의사의 말로는 일찍 발견되어서 목숨은 건질 수 있었다고 하더군. 이야기 끝에 의사가 메모지를 내밀더군. 환자의 품안에서 나왔다며. 메모지에는 단 한 줄만이 쓰여져 있었지.

— 이기적인 사랑은 사랑이 아니다.

단 한 줄의 글귀였지만 난 형이 말하려고 하는 의미를 알 것 같았어. 단 한 줄 속에 함축되어 있는 커다란 의미를.

형이 왜 연금정에 갔느냐고? 연금정은 형이 미정이 누나와 결혼을 약속한 장소야. 바위에 서서 수평선 위로 치솟는 일출을 바라보며 결혼을 약속했던 곳이지. 여행에서 돌아왔을 때, 두 사람은 너무도 행복해 보였었어.

의사는 사나흘 정도 지나면 깨어날 거라고 했지만 형은 좀처럼 혼수상태에서 벗어나지 못했어. 저러다 영원히 깨어나지 못하는 게 아닐까 조마조마해하고 있는데 형은 열흘 만에 정신을 차렸지. 하지만 형은 이미 예전의 형이 아니었어. 총기 있던 눈은 얼빠진 듯이 멍해져 있었고, 말도 완전히 잃어버리게 되었어. 형을 치료하기 위해 유명한 병원들을 전전해 봤지만 아무 소용이 없었어. 의사들의 공통된 의견은 그런 증상은 결코 농약을 먹은 후유증 때문이 아니라는 거였어. 아직은 뇌파가 일정하게 움직이고 있고 심장도 정상적으로 뛰고 있으니 좀더 시간을 가지고 지켜보자더군.

형은 그렇게 산송장이 되고 말았지. 그게 벌써 6개월 전의 일이야. 형은 지금도 정신병원에 있어. 지금쯤 침대에 멍하니 누워 있을 거야. 아니, 간호원이나 조무사가 앉혀 주었다면 침대에 앉아 있겠지. 누가 다시 눕혀 주러 오기 전까지 같은 자세로 창밖으로 내리는 어둠만 하염없이 바라보고 있겠지.

형은 어쩌다 그렇게 됐을까? 진짜로 그 서약 때문이었을까? 그 기분 나쁜 점쟁이의 저주가 깃든 서약. 아니면 미정이 누나의 이기적인 사랑 때문이었을까? 그도 저도 아니라면 사랑하는 애인을 혼자 보내 버린 형의 죄책감이 스스로를 파멸로 이끈 것일까? 난 솔직히 모르겠어. 신이 있다면 그나 혹 알까.

윤석은 이야기를 마쳤는지 빈 술잔을 만지작거렸다. 나는 그의 빈 잔에 술을 가득 채워 주었다.

"하지만 나는 한 가지는 분명히 알아. 이 세상에는 우리가 살고 있는 세계 외에 또 다른 세계가 존재한다는 거야. 사후의 세계? 아니, 그냥 영혼의 세계라고 해 두자."

윤석이는 잔을 들고 유리창 저편의 거리를 바라보았다. 네온사인이 켜진 거리 구석구석마다 짙은 어둠이 깔려 있었다. 나는 이야기를 들으면서 부지런히 술잔을 비웠는데도 술이 완전히 깨어 있었다. 나는 은영을 생각하며 다시 한 잔을 들었다.
"참, 나 말이지, 요즘 심령학 공부하고 있어. 말릴 생각하지 마. 일시적인 충동 때문에 이러는 거 아니니까. 법이 이편의 세계를 다룬 거라고 하면 심령학은 저편의 세계에 대한 탐구라고 할 수 있지. 그동안 이편의 세계에 대해서는 지겹게 공부했으니 이번에는 저편의 세계를 공부해 보고 싶어. 나, 형 너무 사랑한다. 형을 저대로 놔 둘 순 없어. 무슨 수를 써서라도 저편의 세계에서 형을 데려오고 싶어. 이대로 형을 잃고 싶진 않아."

우리가 술집을 나섰을 때는 자정이 가까운 시간이었다. 취하기 위해서 부지런히 마셨지만 술은 취하지 않고 대신 한기가 몰려왔다. 윤석이와 헤어져 집으로 돌아오면서 나는 어둠 속을 뚫어지게 들여다보았다. 어둠 속에 은영과 윤철이 형, 미정이 누나가 함께 있을 것만 같았다. 그날 밤 나는 잠시도 눈을 붙일 수 없었다. 아침이 밝을 때까지 어지러운 상념에 시달려야만 했다.

윤석이는 그 후 심령학에 심취했다. 사법고시에 합격할 만큼 영민한 놈이어서 심령학에서도 금방 두각을 나타냈다. 그 자식은 아직도 가끔 만나면 기괴한 얘기들을 들려주곤 한다. 심령학 전문가를 친구로 둔 덕분에 나는 남들이 듣기 힘든 이야기를 많이 듣게 되었다.

내가 다시 윤철이 형에 관한 소식을 들은 것은 그로부터 석 달 뒤였다. 윤석은 형이 죽었다고 울먹이며 말했다. 나는 장례식이 끝나고 나서 윤철이 형의 죽음에 대해 자세히 들을 수 있었다.

윤철이 형은 결국 병원에서 삶을 마감했다. 그런데 문제는 사인이었다. 시체는 화장실에서 목을 맨 상태로 발견되었는데 생전에 그는 다른 이의 도움 없이는 앉지도 못하던 사람이었기 때문이었다. 움직이지도 못하는 윤철이 형이 목을 매달아 미정이 누나 곁으로 간 것이다. 곱씹을수록 무서운 일이었다. 마치 그가 강제로 끌려가 타살당한 것 같다는 생각이 들었다.

그리고 한 가지 더욱 이상한 일이 있었다. 죽은 윤철이 형에게서는 전혀 외상을 찾아볼 수 없었는데도, 형이 목을 매단 바닥에는 피로 쓰여진 문장이 한 줄 발견되었다고 한다.

'죽음이 우리를 갈라놓더라도…….'

그녀의 허락

사랑하는 사람의 진정한 행복을 위해서라면
그 사람을 보내줘야 하는 것일까? 아니면 잡아야 하는 것일까?
— 사랑의 딜레마 중에서

아침에 눈을 뜨니 머리가 지끈거렸다.

속이 울렁거렸지만 정신을 차리기 위해 샤워를 했다. 간밤에 과음을 한 탓인지 물 먹은 솜처럼 몸이 천근만근 무거웠다. 꼼짝 않고 침대에 누워 있고 싶었지만 오늘은 무슨 일이 있어도 그 곳을 가야 했다.

아침도 먹지 않은 채 나는 시외버스터미널로 갔다. 천안행 티켓을 끊고서 자판기에서 커피를 한 잔 뽑아서 창가로 갔다. 살아있는 많은 사람들이 떠나고 돌아오고 있었다.

'죽은 이들은 결코 돌아오지 못하지……'

차에서 내리는 사람들을 바라보다 보니 문득 은영의 얼굴이 떠올랐다. 나는 서둘러 그녀의 얼굴을 지우고 차에 올랐다. 버스 안은 한산했다. 나는 창에 머리를 기댄 채 스쳐가는 10월의 경치들을 무심히 바라보았다. 차가 흔들릴 때마다 머리가 심하게 흔들리는 듯한 느낌이 들었다.

고속도로는 평일 오전이라 그런지 시원하게 뚫려 있었다. 쓸쓸한 가을을 하늘하늘거리며 떠받치고 있는 코스모스가 물끄러미 나를 쳐다봤다. 천안 터미널에서 내려 다시 택시를 잡아탔다. 공원 주차장까지는 택시로 올라갈 수 있었지만 나는 입구에서 내렸다. 석재상들이 늘어서 있는 길을 따라서 천천히 걸어 올라갔다. 서울에서 그리 멀리 않은 거리였지만 은영은 너무도 멀리 있다는 느낌을 지워 버릴 수 없었다.

걸어가다 보니 왼편으로 꽃집이 보였다. 문득, 꽃을 사오지 않았구나 하는 생각이 들었다. 전에는 늘 서울에서 출발하기 전에 사곤 했었다. 하지만 오늘은 은영에게 할 말을 생각하느라고 깜빡 잊고 있었다.

꽃집에 들어가니 할머니가 무표정하게 맞았다. 나는 은영이 좋아했던 흰 장미를 스물세 송이 샀다. 양편으로 붉은 기둥만 두 개 서 있는 공원묘지 안으로 걸음을 옮겼다. 은영이 누워 있는 곳은 주차장에서도 한참을 들어가야 했다.

걷다가 고개를 들었다. 산비탈 아래로 수많은 무덤들이 드러누워 있었다. 오래된 무덤, 만든 지 얼마 안 된 무덤, 가난한 무덤, 부유한 무덤, 기독교식 무덤, 불교식 무덤들이 하늘 아래 낮게 엎드려 있었다. 나는 은영이 살고 있는 산 위로 올라갔다.

은영의 묘지 앞에는 예쁜 조화가 한 다발 꽂혀 있었다. 은영의 어머니가 꽂아 놓은 모양이었다. 나는 가쁜 숨을 몰아쉬며 은영의 묘지를 바라보았다. 봉분의 파란 잔디가 금잔디로 바뀌어 있는 것을 보면서 나는 그 사이에 다시 3개월이 흐른 것을 깨달았다. 은영은 땅에 묻힌 지 정확히 3년 하고 3개월이 흐른 것이었다.

가져 온 하얀 장미를 은영에게 내밀었다. 하지만 은영은 손을 내밀지 않았다. 하는 수 없이 나는 봉분 앞에 세워 두었다. 하얀 장미를 받고 좋아 할 은영의 얼굴이 눈에 아른거렸다. 그녀의 해맑은 미소가 떠오르니 다시 눈물이 나올 것만 같았다. 그녀가 죽은 뒤에 완전히 말라버린 줄로만 알았던 눈물이었다.

나는 그녀에게 눈물을 보이기 싫어서 짐짓 하늘을 올려다보았다. 하늘에는 언제 몰려 왔는지 먹구름이 뒤덮고 있었다. 금방이라도 비를 뿌릴 듯한 기세였다.

'가을비는 차가울 텐데, 그렇지 않아도 몸이 약한 은영인데……'

구름을 한동안 올려다보며 멍하니 서 있었다. 문득 은영을 찾아온 목적이 떠올랐다.

'허락을 구해야 하는데……. 은영은 뭐라고 그럴까? 나를 꾸짖을까?'

나는 다시 은영이 누워 있는 자리를 보았다. 평온히 누워 있는 그녀를 보니 마음이 흔들렸다. 나는 하고 싶은 말을 감추고 그녀 앞에 태연한 척 서 있었다.

'그냥 갈까? 내가 아무 말 하지 않아도 은영은 이해할 거야. 하지만…… 아무리 그렇다 하더라도 그녀에게 먼저 말해야 하지 않

을까?'

 나는 무심코 담배를 꺼내 입에 물었다. 담배 연기를 싫어하던, 아니 내가 담배 피우는 것을 무척 싫어하던 은영의 찡그린 얼굴이 떠올랐다. 그녀의 콧잔등에 잡힌 주름살까지 선명하게 보였다.

 '은영아, 미안해. 내가 깜빡 했어.'

 나는 물었던 담배를 다시 담배케이스에 넣었다. 그대로 돌아서려는데 아무래도 그녀에게 털어놓아야만 속이 후련할 것 같았다. 나는 은영을 내려다보다가 그녀 앞에 무릎을 꿇었다. 그러곤 어렵사리 말문을 열었다.

 "은영아……. 나에게 이런 날이 올 줄은 정말 몰랐어. 너와 함께 할 때는 물론이고 네가 떠난 후에도 상상하지 못했던 일이야. 난 네가 떠나면서 내 가슴속에 남아 있던 사랑도 함께 데리고 갔다고 생각했어. 나도 그걸 원했고…… 그런데 우습지? 내가 너에게 이런 말을 하러 찾아오고 말야. 나도 내가 한심해 보여. 어젯밤에 술 마시면서 그 노래만 들었어. 너도 좋아한 노래였잖아. 뮤지컬 레미제라블에 나오는 'I dreamed a dream'……. 그래, 바로 그 노래야. 넌 이 노래 처음 듣고 나서 가사가 너무 슬프다고 했지. 특히 이 부분이 'I dreamed that love would never die' 사랑이 끝나지 않는다는 것은 단지 꿈이었을까…… 휴우, 이런 말 꺼내기 정말 힘들구나. 어젯밤 술 마실 때는 쉽게 할 수 있을 것 같았는데. 은영아, 나 딴사람을 좋아하게 된 것 같아……."

 드디어 털어놓으려 했던 말을 꺼내자 하늘에서 후두둑 빗방울이 쏟아지기 시작했다. 공원묘지는 순식간에 빗소리에 뒤덮이고 말았다.

성묘하러 왔던 사람들이 빗줄기를 피해 뛰어가는 발자국 소리가 등 뒤에서 들려왔다. 난 앉은 채로 가만히 비를 맞았다. 갑자기 쏟아지는 빗줄기가 더없이 고맙게 느껴졌다. 은영 앞에서 흐르는 눈물을 감출 필요가 없었다. 나는 소리 없는 눈물을 흘리면서 계속 말을 이어갔다.

"그 애는 너와 닮았어. 나도 어쩔 수 없었어. 그 애를 본 순간부터 감정이 싹트기 시작했으니까……. 물론 거부도 해 봤지. 하지만 뜻대로 안 되더라고……. 그런데 말이지, 정말로 웃긴 것은 그 애도 나를 좋아하는지 모르겠다는 거야. 그냥 내 감정이 그래. 나 우습지? 너와 헤어진 지 3년하고 3개월밖에 안 되었는데……. 나도 이런 나 자신이 너무도 싫어. 아, 모르겠어. 내가 왜 이렇게 됐는지……."

입술을 깨물었어. 빗물과 눈물이 뒤섞여 입 안이 짭짜름했다. 난 그녀의 대답을 기다리며 고개를 들었다. 잿빛 하늘이 보였다. 우산을 받쳐 든 은영의 모습이 아른거렸다.

은영을 처음 만나던 날도 비가 내렸다. 학기말 고사를 보고 있던 때였다. 강의실 앞에서 하염없이 떨어지는 빗줄기를 보고 있는데 예쁘장한 후배가 우산을 펼치며 아는 체를 했다. 은영이었다. 은영과 나는 그때까지만 해도 복도에서 마주치면 목례 정도 하는, 서로 얼굴만 알던 사이였다.

나는 그 날 은영과 함께 우산을 쓰고 교문을 나섰고, 그 일을 계기로 우린 친해졌다. 난 그 날의 만남을 우연이라고 생각했는데 나중에 은영의 말을 들어 보니 필연이었다. 그녀는 그 날 내가 우산을 가지고 오지 않은 걸 보고, 비가 좀처럼 멈출 생각을 않자 강의실 밖에서 기다렸다는 것이었다. 난 그 날 수줍은 미소를 띠며 우산을 함께 쓰자 했던 그녀의 얼굴을 떠올렸다.

그때였다. 갑자기 빗줄기가 뚝 멈추었다. 갑작스레 멈춘 비에 깜짝 놀라서 고개를 들고 사방을 살폈다. 으악! 하마터면 소리를 지를 뻔했다. 분명 주변에 아무도 없었는데, 그래서 부끄러운 줄도 모르고 비를 맞으며 또 눈물을 흘려가며 하늘에 있는 은영과 대화를 나누고 있었는데. 난데없이 하얀 옷을 입은 젊은 여자가 등 뒤에 서서 나를 바라보고 있었다. 그녀는 곧 내게로 다가와 말을 걸었다.

"아까부터 봤는데요. 비가 내리는데 꼼짝 않고 앉아 있어서…… 제가 방해한 것은 아니지요?"

그녀의 출현이 반갑지는 않았지만 그녀의 호의를 매정하게 뿌리칠 수는 없었다.

"일어나세요. 빗방울이 찬데, 그러다 감기 걸리겠어요."

그녀가 조심스럽게 말했다. 나는 망설이다가 일어났다. 빗물에 젖은 바지가 다리에 쫘악 달라붙어 있었다. 잠시 부끄러운 생각이 들어 얼굴을 붉혔지만, 왠지 모르게 그녀 앞에서 편안함을 느낄 수 있었다.

"몹시 사랑했던 분인가 보죠?"

나는 고개를 끄덕이며 그녀를 찬찬히 살폈다. 나이는 스물 서넛이나 됐을까? 결코 미인은 아니었지만 왠지 푸근한 느낌이 들었다. 어디선가 만난 적이 있는 것만 같았다. 특히 따뜻한 눈길이 그런 느낌을 강하게 줬다.

"사랑하시는 분이 걱정하겠어요. 그만 내려가시죠?"

그녀가 다시 얼굴에 근심을 담고 말했다. 나는 왠지 그녀의 말을 뿌리칠 수 없었다.

'은영아, 안녕!'

나는 마음속으로 은영에게 작별 인사를 하고 돌아섰다. 그러자 잠깐 멈췄던 비가 다시 후드득 내리기 시작했다. 흰옷을 입은 그녀가 우산을 펼쳐 내 쪽으로 기울였지만 나의 전신은 이미 흠뻑 젖어 있었다. 한동안 침묵하던 그녀가 조심스레 입을 열었다.

"부러워요……. 이토록 사랑해 주는 사람이 있다니……."

"네, 그랬었죠. 하지만 지금은……."

마땅히 설명할 말이 없었다. 지금 내가 은영에게 온 이유를 말하면 이 아가씨는 어떻게 생각할까. 그렇게 사랑했던 은영에게 이제 다른 여자를 사랑하는 것 같다고 고백하러 온 나의 이야기를 어떻게 할 수 있을까. 당황한 나는 걸음을 빨리 하며 화제를 돌렸다.

"어느 분 찾아오셨어요?"

"저는 이곳에 살아요."

그녀가 하늘을 힐끗 올려다보며 말했다. 그녀가 올려다본 하늘에선 여전히 비가 내리고 있었다. 우산을 같이 쓰며 내려가던 나는 일단 비를 피할 곳을 찾았다. 처음 만난 타인끼리 우산 하나를 같이 쓰는 건 불편한 일이었기 때문이다. 마침 정자가 있어서 그곳으로 향했다.

정자에 올라가 있으니 잊고 있었던 추위가 느껴졌다. 담배 생각이 나서 담배를 꺼냈다. 담배는 다행히 필터만 젖어 있었는데 라이터에 물이 스며들었는지 불이 켜지지 않았다.

"아까 그 분 언제 돌아가셨어요? 봉분을 보니 돌아가신 지 꽤 오래된 것 같던데……."

불을 켜기 위해 연신 라이터돌을 튕기는데 그녀가 물었다. 나는 담배를 포기하고 라이터를 주머니에 넣었다.

"오래 되기는요. 겨우 3년밖에 안 됐는 걸요. 하지만…… 어떤 때는 3년이 아니라 3만 년이 흐른 것 같기도 해요."

"그만큼 고통스러웠던 세월이라는 건가요?"

"고통이요? 모르겠어요. 어쩌면 느낄 수 있는 고통이란, 진짜 고통이 아닌지도 몰라요."

도저히 고통을 견딜 수가 없어서, 마치 식물인간처럼 마비된 상태에서 살기 위해 몸부림쳐야 했던 지난날들이 빠르게 스쳐지나갔다.

"병이었나요?"

"아뇨. 그 날은 은영이의 스무 번째 생일이었어요."

나는 멀찍이 보이는 은영의 봉분을 바라보기 위해 몸을 일으켰다. 은영이 죽고 나서 한 번도 하지 않았던 이야기였지만 그녀에게는 왠지 들려주고 싶었다. 아니, 이제는 가슴속에만 묻어 두지 말고 누군가에게 이야기를 해버려야 할 것만 같았다.

"그녀의 스무 번째 생일만큼은 그녀를 세상에서 가장 행복한 여자로 만들어 주고 싶었죠. 전 그래서 두 달 전부터 준비를 했어요. 내 손으로 마련한 선물을 사주고 싶어서 세차장에서 새벽부터 아르바이트를 했죠."

"선물로 뭘 준비하셨는데요?"

"장미꽃이요. 그녀는 흰 장미를 무척 좋아했어요. 거리를 거닐다 흰 장미를 보면 사달라고 조르곤 했죠. 전 그런데 돈이 없어 늘 한 송이밖에 못 사 주었어요. 장미꽃을 받아 들고 좋아하는 그녀를 보면서 늘 많이 사주지 못하는 것을 안타까워했거든요."

"그래서 스무 송이를 준비했겠군요."

"아녜요. 그 정도는 그녀도 예상하고 있을지 모르잖아요. 전 그녀를 깜짝 놀라게 하기 위해서 이백 송이를 준비했어요. 꽃가게 주인에게 며칠 전에 미리 싱싱한 장미로 부탁을 해 두었죠."

"우와, 굉장했겠네요!"

"네, 저 혼자 들기 버거울 정도로……. 저는 카페로 먼저 가서 그 집에서 아르바이트 하는 친구와 함께 그녀를 깜짝 놀라게 해 줄 작전을 짰어요. 만반의 준비를 해 놓고 그녀가 들어서기만을 기다렸죠. 그녀는 언제나 약속을 하면 삼십 분 전부터 나와서 기다리곤 했는데…… 자기는 튕길 줄도 모르는 바보라고 귀여운 투정을 부리곤 했는데…… 그날따라 유난히 늦더군요. 집에 전화를 해 봤더니 아무도 받질 않더군요. 저는 하염없이 기다렸어요. 그녀의 신변에 그런 일이 일어났으리라곤 생각도 못 하고…….

한 시간…… 두 시간, 세 시간……. 장미는 점점 시들어 가고, 그녀의 신변에 무슨 일이 생겼을지도 모른다는 불길한 생각이 가슴을 옥죄어 왔지만, 그런 생각을 떨쳐 버리려고 안간힘을 쓰면서…….

혹시나 해서 우리 집에 전화를 해봤죠. 그랬더니 어머니가 사고 소식과 함께 병원을 가르쳐 주더군요. 갑자기 지구가 빠르게 회전하기 시작했죠. 저는 제정신이 아니었어요. 거의 실성하다시피 해서 병원으로 뛰어갔어요. 중환자실 복도에 은영의 아버님이 울고 계시더군요.

　내가 안으로 들어가려는데 보조원이 카트를 밀고 나오더군요. 은영의 어머님이 카트를 잡고 몸부림치고 있고……. 예감이 이상해서 하얀 가운을 벗겨 봤어요. 은영이…… 흰 장미를 받고 좋아서 어쩔 줄 몰라 해야 할 은영이…… 잠들어 있더군요. 난 그녀의 얼굴을 보는 순간, 내가 깨울 수 없을 정도로 깊은 잠에 빠져 있다는 것을 알았죠. 나는 순간, 내 영혼이 모조리 빠져나간 듯한 기분을 느꼈어요. 한 마디 말도 못하고 울지도 못하고 속으로 눈물만 하염없이 삼켰죠.

　나는 그녀를 보내지 않았는데 그녀는 그렇게 떠나가고 말았죠. 집 앞 횡단보도에서 신호를 무시하고 달리던 차에 치여서……. 별다른 외상도 발견할 수 없는 그런 사고였는데 그만 쓰러질 때 머리가 경계석에 부딪히는 바람에……. 스무 번째 생일에……. 그 좋아하던 흰 장미도 못 받아 보고…….”

　그녀는 슬그머니 내 손을 잡았다. 만난 지 얼마 안 된 사이였지만 그녀의 동작은 너무도 자연스러웠다.

　"안타까워하지 마세요. 은영 씨는 일한 씨가 수시로 갖다 주는 장미를 받았으니까 행복해할 거예요. 일한 씨 이런 거 생각해 본 적 있어요? 은영 씨는 사고 순간에 무슨 생각을 했을까, 하는…….”

　나는 머리를 저으며 슬그머니 손을 빼냈다.

　"아마 이런 마음이었을 거예요. 내가 못 가면 일한 씨가 많이 기다릴 텐데……. 일한 씨를 기다리게 하면 안 되는데…… 꼭 가야 하는데…….”

그녀는 마치 나와 은영 사이를 잘 알고 있다는 듯이 은영의 마음을 이야기했다. 사실 은영이라면 인생의 마지막 순간에 그런 생각을 하고도 남을 애였다.

"그런데 오늘은 무슨 일로 은영 씨를 찾아왔죠? 무슨 특별한 날인가요?"

나의 눈동자를 들여다보며 그녀가 물었다. 아무리 봐도 낯익은 눈길이었다. 부드러운 눈길을 받으니 나도 모르게 입이 열렸다.

"아니에요. 사실 은영이가 떠난 뒤 저는 삶이 끝났다고 생각했어요. 정말로 은영의 체취가 그리워서 아무것도 할 수 없었죠. 학교 다니는 건 물론이고 숨 쉬는 것조차 힘들었으니까요. 이 세상 어디에도 그녀는 없었지만 이 세상 어디를 가도 그녀가 있었죠. 살아 있다는 것이 그때처럼 괴로웠던 적은 없었어요.

도저히 참을 수가 없어서 군대를 갔어요. 일종의 도피였죠. 군 복무를 마치는 동안 저는 제 내면속에 살아 있는 감각을 죽이기 위해서 무진 안간힘을 썼어요. 제대를 한 뒤에는 일 년 가까이 외국을 돌아다녔어요. 배낭 하나 덜렁 매고 은영을 피해서 지구의 끝까지 갔지만 은영은 거기서도 저를 기다리고 있었죠. 그녀는 여행에 지친 저에게 그러더군요. 일상으로 돌아가라고…….

저는 다시 용기를 내서 학교를 다니기 시작했어요. 제가 은영을 잊고 학교생활을 하는 것이 은영을 위하는 길이라고 나름대로 판단을 내린 거죠. 그녀는 아무리 멀리 있더라도 나의 행복을 빌 거라고……. 이기적인 생각인지 모르지만 그렇게 결론을 내리고 나니 마음이 조금은 편했죠.

복학하고 나서는 전혀 여자 생각을 안 했어요. 아무리 예쁜 여자를 봐도 아무런 감정이 안 일었으니까요. 그 애를 만나기 전까지는…….

그러다 우연히 한 아이를 만났죠. 전 다시 태어나기 전까지는 사랑을 못 할 줄 알았는데 슬프게도 그렇지 않더군요. 전 처음에는 제 감정을 무시했어요. 그러다가 차츰차츰 저 자신을 속이기 시작했죠. 사랑이 아니라고……. 하지만 더 이상 속일 수 없더군요. 그래서 고민하다 이 사실을 은영에게 얘기해 주려고 왔어요. 은영이 많이 실망했을 거예요. 이래서는 안 되는데……."

눈물이 나올 것 같았다. 그녀의 시선을 피해 은영의 봉분을 바라보았다. 그녀가 나의 어깨에 손을 얹었다. 돌아보니 그녀가 슬픈 눈으로 나를 보고 있었다.

"일한 씨, 은영이는 절대 그렇게 생각하지 않을 거예요. 은영이는 살아 있을 때도 그랬듯이 지금도 일한 씨의 행복을 기원하고 있을 거예요. 〈ALWAYS〉를 보고 나서 서로 그러기로 했잖아요. 사랑하는 사람의 행복을 위하는 길이 진정 사랑의 길이라고……."

나는 순간, 깜짝 놀랐다.

이 여자가 어떻게 우리 둘이 〈ALWAYS〉를 보고서 나눈 이야기를 아는지 의아하기만 했다.

〈ALWAYS〉는 은영과 내가 함께 비디오로 감명 깊게 본 영화 중의 한 편이었다. 〈고스트〉를 보고 시시하다던 은영은 이 영화를 보고 나서는 펑펑 울었다. 스필버그가 아름답게 만든 동화 같은 사랑 얘기를 우리는 여러 번 봤다. 은영은 볼 때마다 눈물을 글썽거렸다.

죽은 남자가 생전에 사랑했던 여인의 행복을 위해서 다른 사랑을 찾아준다는 게 영화의 줄거리이다. 결국 자기가 사랑했던 여인으로 하여금 딴 남자를 사랑하게 만들어 놓고 쓸쓸히 남자는 떠나간다. 은영은 떠나는 남자의 뒷모습을 보며 아이처럼 엉엉 소리 내어 울곤 했다.

그때부터 은영이는 홀리 헌터의 팬이 되었다. 그리고 우리의 사랑의 테마곡은 'smoke gets in your eyes'가 되었다. 우리는 이 영화를 보고 나서 한번은 입씨름을 했었다. 과연 사랑하는 사람의 행복을 위한 최선책은 무엇이냐를 놓고…….

나는 그때 이렇게 말했다. 너의 행복을 위해서라면 나 역시 너를 떠나보낼 수 있다고……. 그랬더니 은영은 삐친 듯이 사랑에 그렇게 자신 없냐고 하면서 자기는 죽어도, 아니 떠나라고 등을 떠민다 해도 결코 떠나지 않을 거라며 우겼다.

그런데 은영이가 떠난 것이다.

나는 그 뒤로 다시는 〈ALWAYS〉를 보지 않았을 뿐만 아니라 입에 담지도 않았다.

그런데 이런 장소에서 그녀가 〈ALWAYS〉에 대한 이야기를 꺼내다니……. 우연치고는 너무도 이상한 우연이었다. 내가 머리를 갸웃거리고 있는데 그녀는 아무 망설임 없이 하던 이야기를 계속했다.

"사랑은 결코 이기적인 것이 아니라면서요? 은영 씨는 결코 그런 사람이 아닐 거예요. 은영 씨의 가장 큰 슬픔은 일한 씨를 이 세상에 남겨 놓고 먼저 떠난 거랍니다. 일한 씨를 행복하게 해 주지 못한 거랍니다. 은영 씨는 언제나 일한 씨와 함께 하죠. 그래서 은영 씨는 일한 씨가 따스한 애정을 느낄 때, 그 순간 행복을 느낀

답니다. 은영 씨는 일한 씨에게 새로운 애인이 생긴 것을 알고 있답니다. 그녀는 일한 씨가 새로운 사랑을 통해서 행복해지기를…… 진정으로 빌고 있답니다. 허락은 받은 걸로 치세요."

그녀는 나를 슬픈 눈으로 바라보다가 고개를 떨궜다. 어느새 소낙비는 그쳐있었다. 나는 그녀의 정체가 궁금했다. 도대체 누구이기에 은영과 나에 대해서 소상히 알고 있는지…….

"당신은……."

내가 조심스럽게 입을 연 순간 그녀가 고개를 들었다. 나는 말을 멈췄다. 그녀는 더없이 슬픈 표정을 지으며 울고 있었다. 눈물이 주르륵 볼을 타고 흘러내렸다. 나는 전기에 감전된 듯이 가만히 서 있었다.

그 순간 그녀가 내 품에 와락 안겼다. 그러곤 빠르게 내 귀에 대고 뭐라고 속삭이더니 몸을 돌려 뛰어가기 시작했다. 순식간에 일어난 일이라 뭐가 뭔지 정신을 차릴 수가 없었다. 멀어져 가는 그녀의 뒷모습을 보며 멍하니 서 있으니 그녀가 한 말들이 다시금 귓가에 울려 왔다.

"행복해야 돼, 내 사랑…… 이젠 안녕!"

나는 내가 잘못 들었을 거라고 생각했다. 아무리 생각해도 처음 만난 그녀가 나에게 건넬 수 있는 말은 아니었다.

'그래, 내가 잘못 들은 걸 거야. 그런데 누구지? 어디서 본 거 같은데…….'

정자를 나와서 은영의 봉분으로 걸어갔다. 가을비를 흠뻑 머금은 흰 장미가 더없이 순수하고 아름답게 보였다. 은영 앞에 한동안 서 있으니 마음이 한결 가벼워졌다. 그녀가 나에게 하려는 말을 알 것도 같았다.

공원묘지를 나와서 천천히 걸어 내려갔다. 영구차 한 대가 들어오는 게 보였다. 그 뒤로 승용차들이 길게 줄을 잇고 있었다. 은영이 묻히던 날이 떠올라 걸음을 재촉했다. 꽃집 앞을 지나가는데 유리 문 사이로 얼핏 묘지에서 만났던 그녀의 모습이 비쳤다. 걸음을 되돌려서 유리문 안을 들여다보았다.

그녀였다. 그녀가 맨바닥에 주저앉아서 뭔가를 먹고 있었다. 나를 이상한 예감에 꽃집으로 들어섰다. 그녀는 노란 프리지아를 똑똑 따먹고 있는 중이었다.

"이봐요."

내가 그녀의 어깨에 손을 얹자 그녀가 고개를 돌렸다.

"히이!"

이를 환히 드러내고 있는 그녀는 아까 공원에서 봤던 그녀와 너무도 달랐다. 한눈에 보기에도 실성한 여자임이 분명해 보였다. 순간, 비슷한 사람을 잘못 봤구나 하는 생각이 들었다.

돌아서려는데 낯익은 우산이 보였다. 우산은 분명 좀 전의 그녀가 쓰고 있던 거였다. 나는 자세히 그녀를 살폈다. 분명 내가 만났던 그녀였다. 머리카락 길이는 물론이고 신발까지도 같았다. 아니, 결정적인 증거는 목에 나 있는 까만 점이었다.

"이봐요! 나 모르겠어요?"

나는 꽃잎을 따는 그녀의 손을 잡으며 물었다. 그녀가 다시 이를 환히 드러내고 '흐흐흐' 웃었다. 도대체 뭐가 어떻게 돌아가는 건지 짐작조차 할 수 없었다. 멀쩡한 국화꽃잎을 뚝뚝 따고 있는 그녀를 내려다보고 있는데 등 뒤에서 인기척이 났다. 나에게 꽃을 팔았던 그 할머니였다.

"그 애에게 아무리 물어봐도 소용 없수다. 그 애는 어렸을 때부터 그 모양이었으니까."

"그래요? 내가 잘못 봤나?"

우산과 그녀를 번갈아가며 보았다. 할머니의 말이 곧이곧대로 믿기진 않았다.

"묘지에서 내 딸년을 만났수?"

"네……."

나는 자신 없는 목소리로 말했다.

"내 딸년이 당신이 만나고 싶어 했던 사람에 대해서 이야기를 합디까?"

"네!"

할머니가 그런 사실을 어떻게 알까, 신기해하며 고개를 끄덕였다.

"그랬구먼……. 어째, 한동안 좀 뜸하다 했더니……."

"그게 무슨 뜻이죠?"

"나도 처음엔 안 믿었는데 가끔 그런 일이 일어난다오. 이 애는 열네 살 때부터 이렇게 제정신이 아니라오. 그런데 가끔씩 묘지에 올라가 정신이 말짱해져설랑은 묘지를 찾아온 사람과 이상한 대화를 나누는 모양이오. 그러니까 죽은 사람의 혼령이 이 아이에게 잠깐 씌는 거라오. 그래서 꼭 하고 싶었던 이야기를 이 아이를 통해 전해 주는 거지. 죽은 자와 산 자는 말이 안 통하니까……. 안 믿어도 할 수 없수……."

할머니의 말을 듣는 순간, 쌓였던 의혹이 스르르 풀렸다. 따스한 기운, 낯 익는 여인의 눈길…… 그것들은 바로 은영의 것이 분명했다.

"아가씨, 나하고 잠깐만 올라가죠!"

"이젠 늦었어. 소용없어."

"아녜요! 잠깐이면 돼요!"

나는 꽃잎을 따서 씹고 있는 실성한 여자의 손목을 잡고 밖으로 나갔다. 할머니가 소용없다고 만류했지만 난 억지를 부렸다.

은영을 한 번만 다시 만날 수 있다면 무슨 짓이라도 할 것만 같았다. 나는 반 강제로 실성한 아가씨를 끌고 은영의 무덤으로 올라갔다. 그러곤 은영에게 한 번만 더 만나자고 간청을 했다. 아니, 간청이 아니라 일종의 절규였다. 하지만 그 아가씨는 옆에서 아무것도 모른다는 듯이 풀잎을 뜯어 치마에 담았다. 나는 해가 질 때까지 갖은 애원을 하며 은영에게 매달렸으나 은영은 다시 나타나지 않았다.

그녀의 묘지 앞에서 두 무릎을 꿇고 그리움과 안타까움에 목이 메여 흐느끼고 있는데 할머니가 딸을 데리러 올라왔다. 그녀는 아가씨의 손목을 잡고 내려가면서 중얼거렸다.

"젊은이도 그만 내려가슈. 이제까지 한 번 나타난 귀신은 다시는 이 애에게 안 왔수. 그래도 젊은이는 행운아외다. 죽은 사람 만나는 일이 어디 쉬운 일인가……."

나는 밤이 늦어서 공원묘지를 내려왔다. 서울로 돌아가는 차 안에서 은영이 내게 한 말들을 한 마디씩 한 마디씩 떠올렸다. 은영은 나의 행복을 위해, 나를 떠나보내 주기 위해 내 앞에 나타난 것이 분명했다.

'나쁜 계집애 같으니라고……. 혼자 그렇게 훌쩍 떠나 버리더니…….'

 머릿속은 한없이 복잡했지만 나는 차근차근 가슴속에 얽힌 실을 풀어 나갔다. 자정이 다 되어서 집 앞에 이르렀을 때 난 한 가지 확신을 얻었다. 내가 만약 다른 사람을 사랑하게 된다 하더라도 은영은 내 마음속에서 지워지는 것이 아니라, 나와 영원히 함께 하는 거라는 것을…….

 나는 집에 들어서려다가 돌아서서 내가 걸어온 길을 보았다. 어둠 저 편에서 은영의 목소리가 들려왔다.

 ― 일한 씨, 꼭 행복하세요. 내 몫까지…….

 '자식…….'

 서울로 오는 길 내내, 내 볼에는 두 줄기 눈물이 흐르고 있었다.

다 볼 수 있는 아이

어린이의 눈은 어른들이 볼 수 없는 것을 볼 수 있다고 한다.
그러나……그것이 꼭 아름다운 것만은 아니다.

   그날은 수업이 끝나자마자 곧바로 집으로 향했다. 중간고사를 치르고 나서 사흘 내내 술을 마셨더니 몸도 으실으실 떨리고 기운이 하나도 없었다. 잠을 한숨 푹 자고 나면 기분도 한결 나아질 것 같았다.
   피곤한 몸을 이끌고 집으로 향하는데 놀이터에서 어린 여자아이가 혼자서 멍하니 앉아 있는 게 보였다. 낯이 익은 걸로 봐서 우리 아파트에 사는 아이 같았다. 평상시 같았으면 왜 혼자 나와 있느냐고 말을 붙였겠지만 그날은 몸 상태도 안 좋고 해서 그냥 지나쳤다. 아파트 입구로 걸음을 옮기는데 여자애가 중얼거리는 소리가 들려왔다.

"저기 또 한 명 지나가네. 오늘은 많이 보이네."

뭐가 지나간다는 건지 궁금하기도 해서 뒤를 돌아보았다. 아파트 광장에는 아무 것도 보이지 않았다. 10월의 나른한 햇살만이 단지 안 여기저기에 서 있는 자동차 위에서 미끄러지고 있었다. 소녀를 쳐다보았지만 그 아이는 그 자리에서 꼼짝도 안 하고 앉아 있었다. 나는 그 아이가 무료해서 혼잣말을 한 거라고 생각하고 아파트 안으로 들어갔다.

집에 들어가자마자 나는 침대 위로 쓰러졌다. 몇 시간이나 지났을까. 눈을 떠 보니 사방이 어두컴컴했다. 불을 켜고 시계를 보았다. 저녁 8시였다. 3시쯤에 들어왔으니 거진 다섯 시간가량을 잔 셈이었다.

저녁을 먹고 나서 프린터 용지를 사러 밖으로 나갔다. 문방구에서 용지를 사 가지고 돌아오다 보니 놀이터에 시꺼먼 물체가 보였다. 누군가 해서 보았더니 집에 들어갈 때 보았던 바로 그 꼬마였다. 꼬마는 처음에 보았던 그 자리에 똑같은 자세로 앉아 있었다. 나는 꼬마에게 다가갔다.

"집에 안 들어가고 여기서 뭐하니? 엄마가 걱정하시겠다."

"엄마요? 아직 안 들어왔어요. 우리 엄마는 제 걱정은 조금도 안 해요, 그러니 아저씨도 신경 쓰지 마세요!"

꼬마는 고개를 옆으로 휙 돌리면서 앙칼진 목소리로 대답했다. 나는 그 애를 자세히 뜯어보았다. 초등학교 1학년쯤 됐을까. 상당히 예쁘고 귀여운 얼굴이었다. 하지만 얼굴에는 그 나이 또래의 아이들에게서는 찾아보기 힘든 어두운 그늘이 짙게 드리워져 있었다. 나는 꼬마의 옆에 앉아 말을 걸었다.

"너 엄마한테 혼났구나? 그래서 여기 나와 있는 거지?"

"……."

"엄마에게 꾸중 들었다고 집에 안 들어가면 어떡해. 혼자 들어가기 무서워서 그러니? 이 오빠가 같이 가 줄까?"

"정말로 엄마는 집에 없다니까요! 그런데 아저씨는 누구예요?"

"아저씨?"

나는 손바닥으로 볼을 쓸어 보았다. 며칠째 폭음으로 상한 꺼칠꺼칠한 피부가 만져졌다.

"난 말이지 아저씨가 아니라 여기 사는 오빠야. 난 그냥 지나가다가 네가 심심한 것 같아서."

"몇 동 몇 호에 사시는데요? 우리 엄마가 신원이 불분명한 사람과는 말도 하지 말랬어요."

"나 38동 906호. 너 참 똑똑하구나. 이름이 뭐니?"

"나 은희예요. 서은희. 아저씨는 이름이 뭐예요?"

"아저씨? 이제부터는 아저씨가 아니라 오빠다."라고 말한 뒤, 이름을 가르쳐 주려는데 은희가 벌떡 일어났다.

"야, 엄마 아빠다! 아저씨 나중에 봐요."

아이는 주차장 쪽으로 쏜살같이 달려갔다. 검정색 승용차 한 대가 주차할 공간을 찾아서 천천히 움직이고 있는 모습이 보였다. 실내등이 켜진 차 안에는 젊은 남녀가 앉아 있었다. 나는 달려가는 소녀의 뒷모습을 보다가 어깨를 으쓱하고는 집으로 들어갔다. 맞벌이 부부를 엄마아빠로 둔 외로운 아이의 하루를 훔쳐본 것만 같아 기분이 괜히 좀 울적해졌다.

그 뒤로 한동안은 은희와 마주칠 기회가 없었다. 나는 다시 분주한 학교생활을 시작했고, 은희와의 만남은 쉽게 잊혀졌다.

  10월이 거의 끝나갈 무렵이었다.
  별다른 약속도 없고 해서 일찍 집으로 향했다. 놀이터를 지나서 집으로 들어가려는데 멍하니 앉아 있는 은희가 보였다. 나는 아이가 눈길을 돌릴 때를 기다렸다가 손을 들어 아는 체를 했다. 그리곤 그대로 지나쳐 가려는데 은희가 날 손짓으로 불렀다.
  "아저씨, 이리 와 보세요."
  "왜?"
  집에 들어가도 마땅히 할 일도 없던 차라 나는 은희 곁으로 다가갔다.
  "아저씨, 뭐 물어 봐도 돼요?"
  "마, 아저씨가 뭐냐. 오빠라고 불러."
  난 은희의 머리를 가볍게 쓰다듬어주며 옆에 털썩 앉았다.
  "알았어요, 아저씨. 근데 아저씨, 저기 그네에 기대고 있는 사람 보여요?"
  은희가 손을 들어 그네를 가리켰다. 그네에는 아무도 없었다. 살펴보니 아이들이 놀이터에서 뛰어놀기에는 제법 쌀쌀한 날씨여서인지 그네뿐만 아니라 놀이터 그 어디에도 사람은 고사하고 강아지 한 마리 보이지 않았다.
  "그네에 뭐가 있다고 그래?"
  "아저씨, 진짜 저 사람 안 보여요? 지금 우리 쪽을 보고 있잖아요. 막 일어났어요. 이쪽으로 걸어오고 있어요."
  "임마, 뭐가 보인다고 그래. 너 오빠 놀리는 거지?"

나는 은희가 심심해서 장난을 치는 거라고 판단하고 은희의 두 눈을 들여다보았다. 그런데 예상 외로 은희의 두 눈은 진지했다.

"정말인데…… 안경도 썼잖아요."

은희가 풀 죽은 목소리로 말했다. 내가 잘못 봤나 하는 생각이 들어서 주위를 두리번거렸지만 역시 아무도 없었다. 그렇지만 은희가 나를 놀리려고 거짓말을 하는 것 같지는 않았다.

한순간 머릿속에 혼란이 왔다. 내가 제대로 본 것이 맞고 은희가 진실을 이야기한 거라면, 은희의 정신 상태를 의심할 수밖에 없었다. 나는 표정을 바꾸어 은희의 눈을 똑바로 쳐다보며 진지하게 말했다.

"은희야, 여기엔 너하고 나밖엔 없어. 네가 뭘 잘못 본 모양인데 여기서 이러고 있지 말고 집으로 들어가거라. 매일 이렇게 멍하니 앉아 있으니 눈에 헛것이 보이지."

나는 자리에서 일어나며 은희를 일으켜 세웠다. 은희는 내 말에 삐쳤는지 입술을 삐죽 내밀었다.

"진짜라니까요! 나는 거짓말 안 해요! 아저씨도 우리 엄마랑 똑같구나! 자기가 안 보인다고 날 거짓말쟁이로 취급하고 난 정말로 봤다니까요!"

은희는 금세라도 울음을 터뜨릴 기세였다. 나는 당황스러워서 재빨리 은희를 구슬리기 시작했다.

"은희야, 오빠는 말이지…… 네가 거짓말했다는 것이 아니고…… 그러니까…… 그래그래, 이 오빠가 잘못 볼 수도 있다는 거야."

"그래요! 아저씨가 잘못 본 거예요!"

"그래, 누가 뭐래니?"

난 다시 주저앉았다. 은희를 남겨 놓고 집으로 들어가 버릴까 하는 생각이 들었지만 왠지 그래서는 안 될 것 같았다. 아이의 정신상태가 더 나빠지기 전에 뭔가 조치를 취해야만 했다. 나는 간단하게 아이의 상태를 체크해 봐야겠다고 마음먹었다.

"은희야, 지금도 그 안경 쓴 사람이 보이니?"

"아니요! 저쪽으로 들어갔어요."

은희가 내가 사는 아파트 입구를 가리키며 말했다.

"그래? 그런데 아까 그 사람에게도 그림자가 있었니?"

"그림자요? 없어요. 난 그래서 알 수 있어요. 그림자가 있는 사람은 다른 사람들도 볼 수 있지만 그림자 없는 사람은 내 눈에만 보인다는 걸요."

문득, 은희가 정상일 수도 있다는 생각이 들었다. 나는 은희가 정상이라는 전제하에서 질문을 던져 볼 필요가 있음을 느꼈다.

"그럼, 그림자 없는 사람들은 자주 보이니?"

"네! 요즘은 하루에도 몇 명씩 봐요. 집에서도 보이고요."

"그런 사람들을 처음으로 본 게 언제니?"

"음 몇 달 전이에요. 할아버지가 돌아가실 때였어요. 아빠랑 엄마랑 병원에 갔어요. 큰아빠랑 사촌오빠들도 모두 왔어요. 할아버지는 침대에 누워 있었는데 나도 못 알아보고, 숨만 헉헉거렸어요. 그러다가 할아버지의 헉헉거리는 숨소리가 커지자, 엄마가 나를 복도로 내보냈어요. 나는 혼자 복도 의자에 앉아 있었어요. 그때 복도 저편에서 검은 옷을 입은 아저씨가 걸어왔어요. 얼굴이 너무 무섭게 생겨서 겁이 덜컥 났어요. 그래서 엄마를 부르려고 병실로 들어가려는 순간, 그 사람은 나보다 한 발 앞서서 병실로 들어갔어요. 문이 닫혀 있었는데 그대로 문을 통과해서 쑤욱 들어갔어요.

나는 잘못 본 줄 알고 그대로 앉아 있었어요. 무서웠지만 병실로 들어가서는 안 될 것 같은 생각이 들었어요. 한참 있으니 이번에는 여러 사람이 다시 복도 저편에서 걸어왔어요. 그 사람들은 모두 할아버지나 할머니처럼 늙은 사람들이었어요. 점점 가까이 다가오는데 발자국 소리가 하나도 안 나는 거예요. 그런데 이번엔 처음에 보았던 사람처럼 무섭지 않았어요. 왠지 낯이 익었어요. 그 사람들은 나를 힐끗 돌아보더니 아까 그 사람처럼 닫혀진 병실 안으로 스르르 들어갔어요.

그러고 나서 얼마 있다가 병실 안에서 슬프게 우는 울음소리가 들렸어요. 나는 왜 우나 궁금해서 병실로 들어가려고 했어요. 그런데 갑자기 병실 안에서 아까 들어갔던 사람들이 스윽 하고 나오는 것이었어요. 나는 깜짝 놀라 뒤로 물러섰어요. 그런데 그 사람들 사이에 아까까지만 해도 헉헉대던 할아버지가 끼어 있는 것이었어요.

할아버지는 병이 다 나았는지 멀쩡해 보였어요. 할아버지는 웬 할머니의 손을 잡고서 검은 옷을 입은 사람의 뒤를 따라갔어요. 그런데 그 기분 나쁘게 생긴, 검은 옷을 입은 사람이 한참 걸어가다가 고개를 갸웃거리더니 나를 뚫어지게 쳐다봤어요. 나는 겁이 나서 얼른 시선을 돌렸어요.

한참 뒤에 그 자리를 다시 보았더니 아무도 없었어요. 나는 울음소리가 더 크게 들려와 병실로 들어갔어요. 그런데 거기 신기하게도 할아버지가 누워 있더라고요. 내가 깜짝 놀라 입을 쩍 벌리고 있으니 엄마가 할아버지가 돌아가셨다며 날 부둥켜안고 우는 거였어요.

난 그래서 아니라고 했죠. 할아버지가 저쪽으로 걸어가는 걸 내가 봤다고 말예요. 내가 목소리를 높이자 사람들이 나를 빤히 쳐다봤어요. 결국 저는 복도로 끌려 나가 엄마에게 혼났어요. 쓸데없는 소리한다고…… 진짠데."

"그래?"

믿을 수도 없고 그렇다고 해서 무시해 버릴 수도 없는 이야기였다. 나는 은희가 이상한 만화책을 많이 봐서 그런 거라고 판단했다.

"그런데, 아저씨! 나 얼마 전에 큰집에 놀러갔다가 놀라운 사진을 봤어요."

"놀라운 사진?"

나는 은희의 이야기에 자꾸 말려들고 있다는 찜찜함을 지우지 못한 채 물었다.

"할아버지 사진 옆에 할머니 사진이 있는데, 그 할머니는 내가 병원에서 본 할머니였어요. 아버지는 내가 아기 때 할머니가 돌아가셨다고 했는데 그 할머니가 분명해요."

"네가 몸이 약해서 헛것을 본 모양이구나."

나는 어린 소녀의 거짓말치고는 너무도 완벽하다는 생각을 하며 자신 없는 어투로 중얼거렸다.

"아녜요! 내가 본 건 헛것이 아니라 귀신이에요. 전 귀신을 볼 수 있는 아이인가 봐요."

"귀신은 아무도 못 보는 거야. 네가 볼 수 있다고 생각하니까 자꾸 헛것이 보이는 것뿐이야."

"난 정말로 그런 게 안 보였으면 좋겠어요. 귀신이 얼마나 무서운데요. 요즘은 집에서 자려고 누우면 천장 귀퉁이에 웅크리고 있는 사람들이 보여요. 그들은 나를 뚫어지게 쳐다보기도 하고 웃기도 해요. 내가 무서워 울어도 소용없어요. 엄마가 달려와야지만 그제서야 그들은 쓰윽 하고 사라지곤 해요."

나는 은희의 얼굴을 물끄러미 쳐다보았다. 멀쩡하고 예쁘장하게 생긴 아이가 어쩌다 이 지경이 되었는지 참으로 안타까웠다.

"정말이에요! 한번은 이런 적이 있었어요. 그날은 큰집에서 제사 지내는 날이었는데, 전 그날 마루 소파에서 잠이 들었어요. 잠에서 깨어나 보니 마루 가득 수많은 사람들이 와 있는 거예요. 어떤 사람들은 마룻바닥에 누워 있고, 어떤 사람은 허공에 둥둥 떠 있고, 어떤 사람은 텔레비전을 재미있게 보고 있더라고요.

그런데 더 신기한 것은 부엌에 있던 큰어머니가 그 사람들을 통과해서 안방으로 들어가는 거였어요. 내가 그래서 엄마에게 마루에 이상한 사람들이 많다고 했더니 엄마는 내 말을 믿으려 들지 않았어요. 난 그날 저녁에 집에 와서 엄마에게 되게 혼났어요. 앞으로 한번만 더 그런 소리하면 가만두지 않겠다면서요."

머릿속이 혼란스럽기만 했다. 은희의 정신 상태는 내가 예상한 것 이상으로 심각했다. 은희는 자신이 본 것이 실재한다고 확고히 믿는 눈치였다.

"전 그때부터 아무한테도 이런 얘기 안 했어요. 아저씨도 제가 거짓말한다고 생각하죠? 하지만 전 거짓말 안 해요. 유치원 다닐 때는 착한 어린이상도 탄 적 있어요. 아저씨도 오늘 한번 방에 들어가서 자기 전에 불을 끄고 자세히 살펴봐요. 입고 있는 옷을 옷걸이에 걸어놓고 그 옷을 살펴보세요. 그 사람들은 사람들이 입던 옷을 좋아해요. 아마 자세히 보면 옷 안에 사람이 들어가 있는 게 보일 거예요. 진짜라니까요."

나는 은희의 말대로 상상을 해 봤다. 방으로 들어간다. 웃옷과 바지를 벗어 옷걸이에 걸어놓는다. 불을 끈다. 침대에 눕는다. 벽을 보니 이상한 사람들이 내가 벗어놓은 스웨터와 바지를 걸치고 있다. 그들은 벽에 선 채로 나를 빤히 내려다본다? 갑자기 전신이 오싹해 왔다. 어쩌면 오늘 밤에 잠을 설치게 될지도 모른다는 생각이 들었다.

"그런데 오빠, 그 사람들은 내가 자기들을 볼 수 있다는 걸 모르는 것 같더라고요. 한번은 학교에서 그런 아이를 봤어요. 쉬는 시간에 애들하고 막 떠들고 있는데, 천장으로 한 여자아이가 휙 하고 지나가는 것이 보였어요. 무표정한 얼굴로요. 나는 순간 소름이 쫙 끼쳤어요.

그런데 이상한 것은 시끄럽게 떠들던 애들도 뭔가를 눈치 챘는지, 일제히 얘기를 멈추는 거였어요. 한동안 잠잠한 상태에서 서로 보고 있다가 와아! 하고 일제히 웃음을 터뜨렸어요. 그래서 난 애들에게 물어봤어요. 너희들도 그 여자아일 봤냐고 그랬더니 무슨 얘기를 하는 거냐면서 날 상대도 안 해주는 거 있죠?"

나는 은희가 이상한 세계—그것이 은희의 정신 착란에 의한 것이든 정말로 은희의 눈에 보이는 것이든—에 빠져들었다고 짐작했다. 은희의 얘기를 단순한 거짓말로 여기기엔 너무 이상한 점이 많았다.

은희가 말하는 혼령의 이미지와 심령학 공부를 하는 친구 윤석이 나에게 들려 준 혼령의 이미지가 너무도 일치했기 때문이었다. 윤석도 내게 혼령들이 방의 구석진 곳과 입던 옷을 좋아한다는 얘기를 했었다. 그러고 보니, 우스갯소리를 하고 있는 교실로 귀신이 지나가면 갑자기 아이들이 조용해진다는 사실을 일본에서 심령학자와 통계학자가 과학적으로 증명한 기사도 읽은 기억이 났다. 60명이 이야기하다가 동시에 소리가 그칠 확률은 100만분의 1도 안 된다는 것이었다. 언어의 음절 수, 말의 평균 길이 등을 감안한 계산 결과였다. 그런데도 불구하고 우리는 100만분의 1이란 희박한 확률과 종종 마주친다는 것이었다.

윤석은, 눈에 보이지 않는다는 이유로 사람들은 인정하고 있지 않지만 또 다른 세계가 분명 존재하고 있으며, 드물기는 하지만 간혹 그런 세계를 눈으로 보는 사람이 있다고 덧붙였었다.

하지만 나는 일단 은희의 말을 덮어두기로 작정했다. 거짓말이라는 것은 오래 지속될 수 없다는 약점이 있다. 시간을 두고 지켜보는 것이 현명할 것 같았다. 나는 계속 이런 이야기를 하다가는 나까지도 이상해질 것 같아 일단 화제를 바꿨다.

"은희야, 너는 왜 매일 밖에 나와 있니? 집에 아무도 없니?"

"네. 파출부 아줌마가 저녁밥을 차려 주러 오긴 하지만 혼자 있는 거나 마찬가지예요. 집에 혼자 있는데 귀신이 나타나면 무서워요. 그래도 여기 이러고 앉아 있으면 지나가는 사람들이 있으니까 괜찮은데."

난 은희가 관심과 사랑을 충분히 받지 못하고 자란 탓에 부모의 관심을 끌기 위해 치밀한 거짓말을 하고 있을 가능성도 있다는 생각을 했다.

"넌 친구도 없니?"

"내 친구들은 모두 학원에 다녀요. 피아노학원, 속셈학원, 영어학원, 글짓기학원, 그림학원, 태권도장, 바이올린 교습."

"너도 엄마한테 보내 달라고 하면 되잖아?"

"나도 전에 다녔는데 재미없어서 그만뒀어요. 친구들이 이상한 애라고 놀리고 그래서."

은희의 처지를 알 것도 같았다. 부모형제는 물론이고 놀아 줄 친구도 없는 은희가 측은하게 느껴졌다. 나는 그날 하루만이라도 은희와 함께 놀아 주기로 작정했다. 그것이 내가 은희에게 해 줄 수 있는 최선의 방법인 것 같았다.

"은희야, 너 이따 우리 집에 가서 비디오 보지 않을래? 오빠에게 재미있는 비디오테이프가 있는데."

"엄마가 낯선 사람 따라가지 말라고 했는데."

"내가 왜 낯설어? 우리, 얼마 전에도 만났었잖아."

"그게 다 작전일 수도 있잖아요."

은희의 눈동자가 흔들렸다. 갈등하는 눈치였다.

"그럼 나를 따라와 봐. 저기 관리인 아저씨에게 내가 여기 사는 사람인지 아닌지 물어보면 되잖아."

"좋아요!"

은희는 기다렸다는 듯이 벌떡 일어났다. 나는 관리인 아저씨로 하여금 내 신분을 밝히게 하는 소정의 절차를 거친 뒤에 은희를 집으로 데리고 갔다.

내 방으로 데리고는 왔지만 마땅히 같이 놀 장난감 따위도 없고 해서 곧바로 내가 소장하고 있는 비디오테이프 가운데서 은희가 볼 만한 것을 골랐다. 〈천공의 성 라퓨타〉나 〈이웃의 토토로〉 같은 일본 만화는 자막이 없어서 은희가 보기에는 좀 지루할 것 같았다. 그래서 좀 교훈적이지만 따뜻한 이미지를 담고 있는 자인 프레데릭 백의 〈나무를 심는 노인〉을 보여 주었다.

더빙도 아주 잘 되어 있고 내용도 아름다워서 은희가 보기에는 적합할 것 같다는 나의 예상은 맞아떨어졌다. 처음에는 시시하다는 듯이 화면을 쳐다보고 있던 은희는 이내 부드럽고 따스한 그림과 줄거리에 빨려 들어갔다.

만화영화를 보는 은희의 얼굴에는 간간이 천진난만한 미소가 떠올랐다. 놀이터에서 보여 주던 불안과 두려움은 더 이상 찾아 볼 수 없었다. 비디오가 끝나고 나서도 은희는 그 나이의 아이답게 맑고 티 없는 모습이었다. 함께 컴퓨터로 게임도 하고 옛날이야기도 해 주고 하며 재미있게 놀다 보니 밤이 깊었다. 이제 그만 집으로 가라고 해도 은희는 조금만 더 있다 가겠다며 일어서려 하지 않았다.

결국 아파트 관리인에게 인터폰으로 연락해 은희 엄마에게 연락을 취해 달라고 부탁했다. 연락을 받고 온 은희 엄마는 은희를 한참 찾았는지 아주 불쾌한 표정으로 은희를 데려갔다.

그렇게 그날이 지나가고 은희와 보낸 하루가 언제였냐는 듯 나는 다시 일상으로 돌아왔고 은희도, 귀신도 까맣게 잊어버렸다.

그로부터 일주일쯤 지난 11월 초였다.

학교를 가려고 아침에 집을 나서는데 놀이터 앞에서 은희와 마주쳤다. 은희는 나를 기다리고 있었는지 나를 계속 따라오며 말을 붙였다.

"너 학교 안 가니?"

나는 졸졸 따라오는 은희에게 물었다.

"네! 오늘 개교기념일이거든요."

"그래?"

나는 고개를 끄덕인 후에 다시 걸음을 옮겼다. 한참 걷다가 돌아보니 은희는 여전히 뒤에서 일정한 거리를 두고 아장거리는 걸음으로 날 쫓아오고 있었다.

"은희야, 오빠 지금 학교 가는 길이야. 수업 받으러. 알아?"

"아저씨네 학교 무지 크지요?"

은희가 동문서답을 했다.

"조금 크지. 그런데 왜?"

"아, 대학교는 어떻게 생겼을까? 무지무지 궁금하다!"

한마디로 학교에 따라오겠다는 거였다. 나는 걸음을 멈추고 은희를 빤히 쳐다보았다. 두 눈을 반짝반짝 빛내며 나의 대답을 기다리고 있는 은희를 보니 마음이 약해졌다. 내가 거절하면 온종일 풀이 죽어 놀이터에 혼자 앉아 있으리라.

나는 잠시 갈등하다가 은희에게 학교 구경을 시켜 주기로 작정했다. 내가 허락을 하자 은희는 폴짝거리며 좋아했다. 마치 소풍을 가는 기분이 드는지 동요를 흥얼거리도 했다. 좌석버스를 타고 학교 앞에 내렸다. 등교하던 수많은 사람들이 은희와 나를 이상한 눈으로 바라보았다. 마주치는 사람들마다 은희와 어떤 사이냐고 한마디씩 던졌다.

"오빠, 언제 저렇게 귀여운 애를 숨겨서 키웠어요. 능력도 좋수."

"자식아, 아무리 여자 친구가 없다기로서니 이렇게 어린아이하고 사귀냐? 임마, 네가 레옹이냐?"

"애가 어째 아빠는 하나도 안 닮았네."

나는 진입로를 따라 올라가면서 별말을 다 들어야 했다. 나는 일단 은희를 맡기고 수업을 들어가기 위해 서클룸으로 갔다.

마침 지영이가 잡지를 뒤적이고 있었다. 지영이는 내 뒤에 따라 들어오는 은희를 보더니 눈이 둥그래졌다. 나는 지영에게 간략하게 '레옹이 된 사연'을 설명했다. 그리고 은희에게는 언니 말 잘 듣고 얌전하게 있으라고 당부했다.

"이 언니가 아저씨 애인이야?"

서클룸을 나서려는데 은희가 재빨리 말했다. 돌발적인 은희의 물음에 지영의 얼굴이 붉어졌다. 나는 당황해서 재빨리 대답했다.

"애인은 무슨…… 그냥 후배야, 후배."

그러자 은희가 고개를 갸웃거리며 지영을 빤히 쳐다보았다. 그리곤 혼잣말처럼 중얼거렸다.

"그때 그 언니랑 비슷하게 생겨서 애인인 줄 알았지, 난 뭐……."

"그때 그 언니?"

이번에는 지영이 나서며 물었다.

"응. 보름쯤 전에 이 아저씨가 비틀거리며 놀이터 벤치에 누워 있던 적이 있었어요. 한 손에 술병을 들고 뭐라고 혼잣말로 중얼거리면서…… 그때 벤치에 앉아 아저씨 머리를 쓰다듬어 주던 언니랑 닮았어요."

"오빠, 그 여잔 누구야?"

지영이 나에게 물었다. 뭐라고 설명해야 될지 난감했다.

나는 그날을 기억하고 있었다. 은영의 묘에 다녀온 그 다음날이었다. 은영에 대한 그리움을 견딜 수 없어 그날은 초저녁부터 집에서 혼자 술을 마셨었다. 그러다 가슴이 답답해져 무작정 술병을 들고 놀이터로 나갔던 것이다.

사실 은영과 지영은 놀랄 만큼 닮아있었다. 처음 지영을 봤을 때 은영이 다시 되살아 온 듯한 착각을 했을 정도였다.

나는 다시금 은희를 바라보았다. 어쩌면 유령이나 혼령을 볼 수 있다는 은희의 말이 정말일 수도 있다는 생각이 들었다.

"참, 수업 늦었다."

빤히 쳐다보는 지영의 시선을 외면하며 시계를 보았다. 은희와 지영에게 할 말은 많았지만 길게 얘기할 시간적인 여유가 없었다. 난 다시 한번 지영이에게 은희를 부탁한다는 말을 남겨 놓고 서클룸을 나섰다. 어디선가 은영의 혼령이 나를 지켜보는 것만 같았다.

2시간의 수업시간 동안, 교수님의 말소리는 하나도 귀에 들어오지 않았다. 난 은영에 대한 생각에서 벗어날 수 없었다. 은희의 말이 사실이라면 은영이 아직도 내 주변에 있다는 건데…… 은영을 한 번도 못 본 은희가 어떻게.

난 오랫동안 생각하다가 은희가 거짓말을 한 거라고 일단 생각해버리기로 했다.

수업을 마치고 서클룸으로 들어가니 많은 후배들이 은희 주변에 몰려 있었다. 그들은 나를 발견하자마자 마구 놀려대며 웃었다. 나는 쑥스러워 은희를 데리고 일단 밖으로 나갔다. 지영이 따라 나왔다. 시계를 보니 점심시간이었다. 은희가 스파게티가 먹고 싶다고 해서 학교를 나서는데 지영이 옆구리를 찌르며 한마디 했다.

"오빠, 능력 있어요?"

"걱정 마! 내가 아무려면 점심값도 없겠어?"

"그게 아니고 나이 차를 극복할 자신이 있냐는 거야."

"나이 차? 그게 무슨 말이야?"

점심 먹으러 가는데 웬 나이 차가 나오나 싶어 의아했다. 지영은 은희가 듣지 못하게 귓속말로 속삭였다.

"아까 은희가 뭐랬는줄 알아?"

"……?"

"글쎄, 오빠와 결혼하고 싶다는 거야."

"뭐?"

나는 웃으면서 지영을 보았다. 비로소 내가 서클룸에 들어섰을 때 왜들 그렇게 웃었는지 이해가 갔다. 나는 서너 걸음 처져서 걸어오는 은희를 돌아보았다. 사방을 두리번거리면서 걸어오는 은희가 더없이 귀엽게 느껴졌다.

"스파게티 맛있게 하는 집이 어디 있지?"

"글쎄?"

지영과 학교 정문 신호등 앞에서 걸음을 멈추고 이야기를 나누고 있는데 은희가 내 옷소매를 다급하게 잡아끌었다.

"아저씨, 저기요. 저 할아버지 옆에 서 있는, 검은 옷 입은 사람 안 보여요?"

나는 은희가 손가락으로 가리키는 쪽을 돌아보았다. 우리 학교에서 경영학을 가르치는 노교수 한 분이 막 바뀐 신호등을 건너오고 있었다. 아무리 봐도 교수님 곁에는 아무도 없었다.

"은희야! 뭐가 보인다고……"

은희가 헛것을 봤거나 거짓말을 한 거라고 판단하고 꾸짖으려는 순간, 빠른 속도로 달려오던 승용차가 '끼이익' 하고 미끄러지며 교수님을 치었다. 교수님은 공중으로 1미터가량 치솟았다가 보닛 위로 떨어졌다. 차는 2미터가량 더 가서 멈춰 섰고, 교수님은 콘크리트 바닥으로 나뒹굴었다.

순식간에 벌어진 일이었다. 멍하니 보고 있던 사람들이 우르르 사고 현장으로 몰려갔다. 나도 다급히 뛰어가 보았다. 교수님 주변에는 피가 흥건했다. 이마에서 꾸역꾸역 피가 흘러나오고 있었다. 아마도 즉사한 모양이었다.

피범벅이 된 교수님의 모습을 보고 있으니 구역질이 나려 했다. 은희가 옆에서 빤히 쳐다보고 있는 걸 발견하곤 재빨리 은희의 눈을 가렸다. 순간적으로 은희가 한 말이 떠올랐다. 검은 옷을 입은 사람이라.

은희도 교수님의 갑작스런 죽음에 충격을 받은 모양이었다. 은희가 봐서 좋을 것 없다는 생각이 들어 나는 재빨리 사고 현장을 떠났다. 아무래도 제대로 된 식사를 하기는 그른 것 같았다. 간단하게 점심을 때우기 위해 패스트푸드점으로 들어갔다. 은희는 좀 전의 일을 잊어버렸는지 금세 쾌활함을 되찾았다. 지영과 은희는 내가 수업을 듣는 동안 서클룸에 있으면서 상당히 친해진 모양이었다. 은희는 햄버거를 먹다가 지영의 것이 맛있어 보인다면서 바꿔 먹자고 제안했다. 지영이 바꿔 주자 은희는 싱긋 미소를 띠었다.

　나는 창밖으로 무심하게 지나가는 사람들을 바라보면서 은희가 말한 검은 옷을 입은 사람에 대해서 생각했다. 은희의 말이 사실이라면 검은 옷을 입은 사내는 저승사자임이 분명했다. 저승사자가 정말로 존재한단 말인가? 그렇다면 은영의 영혼도 정말 내 곁에서 맴돌고 있다는 건가?

　믿을 수도 없고 부정할 수도 없는 묘한 상황이었다. 머리가 지끈지끈거렸다. 난 한동안 생각에 골몰하다가 지영과 은희가 이상스레 쳐다보고 있다는 것을 느끼고 그제서야 혼자만의 생각에서 벗어났다.

　"은희는 몇 학년이야? 일학년?"

　"아니, 삼학년!"

　지영의 말에 은희가 어깨를 으쓱하며 말했다.

　"뭐? 정말 삼학년이야?"

　이번에는 내가 물었다. 나 역시 지영처럼 은희를 일학년 정도로 생각하고 있었다. 몸집도 작은데다 유독 귀염성 있고 천진한 얼굴이었기 때문이었다.

　"응. 난 빨리 어른이 됐으면 좋겠어."

　"왜?"

　"아저씨하고 결혼하게."

　당돌한 은희의 말에 지영이 까르르 웃었다. 은희는 웃고 있는 지영을 기분 나쁘다는 듯이 바라보았다. 사랑을 제대로 받지 못하고 자랐기 때문에 조금만 정을 주어도 마음이 약해지는 은희가 보기에 안쓰러웠다.
 지영이도 나도 오후에 수업이 있었다. 은희를 더 이상 데리고 있는 다는 것이 무리인 것 같았다. 나는 수업을 빠지고 은희와 함께 집으로 돌아가야겠다고 작정했다.
 "은희야, 잘 가!"
 "언니도."
 패스트푸드점 앞에서 지영과 헤어지며 은희는 섭섭한 표정을 감추지 못했다. 나는 발길을 돌리지 못한 채 지영의 뒷모습을 쳐다보고 있는 은희의 손을 잡아끌었다. 나는 집으로 향하는 버스 안에서 은희에게 궁금한 것들을 하나씩 물어 보았다.
 "은희야, 너 정말 놀이터에서 내 머릴 쓰다듬어 주던 언니 봤니?"
 "응, 그 언니 지영이 언니와 너무 닮았어. 그 언니 누구야?"
 "……"
 "그 언니가 너무 정성껏 아저씨 머리를 쓰다듬어줘서 나는 아저씨 애인인 줄 알았는데…… 정말 누구야?"
 "그냥 좋아했던 사람이야."
 난 은희가 거짓말을 하는 게 아니라는 것을 느꼈다. 말로는 설명할 수 없는 어떤 진실성이 은희가 말하는 억양 속에서 느껴졌다.
 "그건 그렇고 말야. 너 아까 보았다는 검은 옷 입은 사람이, 너희 할아버지 돌아가셨을 때 보았다는 검은 옷 입은 사람과 같은 사람이었니?"
 "아니, 다른 사람이었어요. 근데, 둘 다 무서운 사람이에요."
 "얼굴은 어떻게 생겼는데? 괴물처럼 흉칙하니?"

"아니요. 그렇지는 않지만, 하여튼 무시무시. 아저씨, 저기 봐요! 저기 또 검은 옷 입은 사람이 서 있잖아요!"

창문 바깥쪽에 앉은 은희가 다급하게 창밖을 가리켰다. 재빨리 돌아보았다. 교통사고가 났는지 오토바이 한 대가 무참하게 찌그러져 있었다. 가로등을 들이받은 모양이었다. 바닥에는 피가 흥건했다. 사이렌 소리가 점점 가까이 다가왔다.

나는 사건 현장을 살피며 검은 옷을 입은 사람을 찾아보았다. 하지만 어디에도 검은 옷을 입은 사람은 보이지 않았다.

"아저씨, 저기 가잖아요. 잠바를 입은 사람과 함께. 어, 사라졌네?"

사방을 두리번거리는 은희의 표정을 보며 난 엉뚱한 생각을 했다. 이 애가 진짜로 혼령을 볼 수 있는 것이 아니라면, 뛰어난 연기력을 지닌 영악한 배우라고.

버스에서 내려 아파트를 향해 걸어가면서 나는 은희의 말을 사실로 받아들이기로 작정했다. 은희의 말이 사실인데, 나마저 은희를 믿어 주지 않는다면 은희가 너무 외로울 것 같다는 생각이 들어서였다.

"은희야, 난 지금부터 네 편이 되기로 했어. 앞으로 무서운 일이 있으면, 이 오빠에게 연락해. 그럼 내가 금방 달려가 지켜 줄게. 이건 내 전화번호야."

나는 놀이터 앞에서 은희와 헤어졌다. 은희의 얼굴에 화색이 돌았다. 난 밝은 미소를 띠는 은희를 보며 내가 한 판단이 현명하다고 생각했다.

은희를 집으로 들여보내고 나는 은영이 늘 앉아 있던 자리에 앉았다. 남들이 다 볼 수 없는 것을 볼 수 있다는 것, 결코 행복한 일은 아닐 것이다. 눈이 하나만 달린 사람들이 사는 곳에선 정상인이 병신 취급을 받아야 하듯이, 이런 기이한 능력은 다수에 의해 소외받을 수밖에 없다.

 나는 빈 놀이터에서 은희가 느꼈을 외로움과 허전함의 깊이를 재 보았다. 그늘진 얼굴을 할 수밖에 없는 은희의 가혹한 운명이 나의 가슴을 한없이 무겁게 만들었다.

 그날 저녁이었다. 저녁을 먹은 뒤, 전에 사 두었으나 미처 시간이 없어 읽지 못했던 책들을 뒤적이고 있는데 인터폰이 울렸다.
 은희 어머니가 찾으니 나가보라는 어머니의 전언이었다. 무슨 일인가 해서 거실로 나가니 은희 어머니가 초조히 서성이고 있었다.
 "저, 저희 집에 좀 와 주셨으면 해서 이렇게…… 우리 은희가 몹시 찾아서요."
 은희가요? 왜요? 입안에서는 여러 가지 물음이 맴돌았지만 나는 군말 않고 은희 어머니의 뒤를 따라갔다.
 "갑자기 은희가 미친 듯이 울면서, 학생을 찾는 거예요. 아무리 달래도 듣지 않고 무작정 아저씨를 데려오라고만 하니."
 엘리베이터 안에서 은희 어머니가 변명을 하듯이 중얼거렸다.
 은희네 집으로 들어가니 은희의 아버지가 은희를 달래고 있었다. 은희는 나를 발견하곤 쏜살같이 달려와 품에 안겼다. 은희 아버지가 머쓱한 표정을 지었다. 눈물을 글썽이는 은희의 눈동자가 심하게 흔들렸다. 겁에 질린 모양이었다.

"왜 그래, 은희야?"

나는 등을 다독거려 주며 은근한 목소리로 물었다.

"으흑, 아저씨 그 사람이 보였어요."

"그 사람이라니?"

"검은 옷을 입은 사람이요."

"어디서?"

나는 깜짝 놀라 물었다. 지금까지 은희가 한 이야기를 종합해 보면 검은 옷을 입은 사람은 저승사자였다. 저승사자가 은희 앞에 나타났다는 것은 은희네 식구 중의 생명이 위험하다는 이야기였다.

은희 부모들은 무슨 얘기인지 전혀 감을 못 잡는 것 같았다. 그들은 서로 눈길을 마주치다가 어깨를 으쓱거렸다.

"화장실에 이를 닦으러 들어갔는데, 갑자기 거울에 그 검은 옷을 입은 사람이 보이는 거였어요. 내 어깨를 슬며시 잡아서 전 너무 무서워 엄마를 부르며 울었어요. 그러다 엄마가 오고 그러니까 사라졌어요. 아저씨, 너무 무서워요. 나 죽을까요?"

은희의 마지막 말에 나는 잠시 멍해졌다. 은희는 저승사자가 자신을 데리러 왔다고 믿는 눈치였다. 난 일단 은희를 달랠 필요가 있음을 느꼈다. 은희의 심장이 쿵쾅거리는 소리가 생생하게 느껴졌다.

"은희야, 걱정하지 마. 아무도 너를 데려가지 못할 거야. 엄마, 아빠도 있고, 여기 오빠도 있잖아. 내가 다 알아서 할 테니까 넌 푹 자. 자고 일어나면 모든 게 다 해결될 테니까."

"혼자 자기 무서워."

몸을 잔뜩 웅크리며 은희가 말했다. 나는 은희의 부모님을 돌아보았다. 그들은 내 의도를 눈치 챘는지 은희를 달래며 안방으로 데려갔다.

"엄마 아빠랑 자면 되잖아. 그럼 안 무섭지?"

은희 어머니가 은희를 안방에 눕혔다. 은희가 고개를 끄덕였다. 나는 은희가 잠들 때까지 은희 머리맡에 앉아 있었다.

은희는 우느라고 지쳤는지 십여 분쯤 다독거려 주자 잠이 들었다. 나는 거실에서 은희 어머니와 은희에 관해 이런저런 이야기를 나눴다.

"아무래도 내가 직장을 그만둬야 할까 봐요. 애가 혼자서 놀다 보니 이상한 상상만 하고."

"제가 보기에도 은희가 외로움을 타는 것 같습니다. 부모님의 관심을 끌기 위해서 은희가 자꾸 이상한 행동을 하는 것 같기도 하고."

나는 은희 어머니에게 은희가 보는 세계에 대해 설명할 자신이 없어서 좀더 관심을 가지고 은희를 지켜봐 달라고 부탁했다. 그녀는 나의 주제 넘는 참견에 순순히 고개를 끄덕이며 수긍했다.

어느새 밤이 늦어 나는 집으로 돌아가기 위해 일어섰다. 은희 어머니와 작별 인사를 하는데 갑자기 그 순간 안방에서 '아아악!' 하는 비명소리가 들려왔다. 방으로 뛰어들어가니 은희 아버지가 은희의 어깨를 흔들고 있었다. 은희는 이불을 붙잡고 구석진 곳으로 뒷걸음질을 쳤다. 이마에서 식은땀이 주르륵 흘러내렸다. 은희 어머니가 가서 달래자 은희는 한참 뒤에 참았던 숨을 토해냈다.

"우리 은희가 무서운 꿈을 꾼 모양이구나."

은희 어머니가 걱정스러운 표정으로 땀을 닦아 주며 말하자 은희가 고개를 저었다.

"꿈이 아니었어요. 분명히, 난 들었어요. 잠이 들었다가 아빠가 화장실에서 물 내리는 소리에 깨어났어요. 아저씨와 엄마가 나누는 이야기 소리가 들려 왔어요. 그래서 마음 놓고 다시 자려는데 음침한 목소리가 들려 왔어요. '잘 자는구나, 꼬마야! 계속 자렴.' 하고요. 난 너무 무서웠어요. 눈을 뜰 수가 없었어요. 분명히 검은 옷을 입은 사람이 나를 보고 있었을 거예요."

은희가 겁에 질려 빠른 목소리로 말했다. 도저히 혼자선 잠을 이룰 것 같지 않았다. 나는 은희와 은희 어머니가 나란히 눕는 것을 보고 방을 나왔다.

"애가 기가 허해서. 내일은 병원에 데려가 봐야겠어요."

현관을 나서려는데 은희 아빠가 따라 나오며 변명하듯 말했다.

다음날, 나는 학교에서 내내 은희 생각만을 했다. 은희가 무슨 변이라도 당할까봐 걱정이 됐다. 무슨 일이 벌어질 때까지 기다리고 있을 수만은 없었다. 어떻게라도 손을 쓸 수 있으면 써야겠는데 좋은 생각이 떠오르지 않았다.

그러다 문득 떠오른 것이 윤석이 다니는 심령학회였다. 윤석에게 도움을 청할 생각으로 전화를 했다. 그런데 아쉽게도 윤석은 없었다. 부산으로 출장 갔다는 것이었다.

"아, 예. 그렇군요."

크게 낙담해서 수화기를 내려놓으려는데 저쪽에서 이상한 낌새를 눈치 챘는지 재빨리 말을 붙여 왔다.

"무슨 일 때문에 그러시죠? 혹시 윤석 씨의 도움이 필요한 거라면 저에게 말씀해 보세요. 힘닿는 대로 도와드릴 테니까요."

나는 달리 방법이 없다고 판단하고 그 사람에게 은희 얘기를 대충 했다. 그는 내 이야기에 깊은 관심을 표시하며 오늘 당장 만나자는 것이었다. 은희와 함께라면 더 좋다면서.

"그건 좀 곤란한데요."

"그럼 둘이서 만납시다. 제가 신촌으로 나갈게요. 몇 시에 만날까요?"

그가 적극적으로 밀어붙였다. 나는 밑져야 본전이라는 생각으로 약속 장소를 정했다.

약속한 커피전문점에서 기다리고 있으니 그가 들어왔다. 귀띔해 준 대로 은테 안경에 검은 가방을 들고 있어 쉽게 알아볼 수 있었다.

"저는 홍석만이라고 합니다."

그는 자리에 앉으면서 악수를 청했다. 기분 나쁠 정도로 번뜩이는 눈동자의 소유자였다. 파르스름한 안광 눈에서 뿜어져 나왔다.

"제가 심령학회에서 일을 본 지는 5년째입니다. 그전에는 무역업에 종사했었지요."

그는 간략하게 자신의 소개를 했다. 나는 곧바로 본론에 들어가, 은희에 대해 못 다한 이야기를 풀어놓았다.

"그랬군요. 지금도 은희가 거짓말을 한다고 생각하십니까?"

"아뇨. 하지만, 솔직히 믿기지 않는군요."

"그렇겠죠. 우리는 그런 세계가 상상 속에서나 존재한다고 배워왔으니까요. 하지만 영들의 세계는 실재하고 있어요. 제가 볼 때 은희는 아주 특수한 경우군요. 전생을 기억하는 아이는 몇 번 만나봤지만 영들을 보는 아이는 처음입니다."

"은희는 앞으로 어떻게 될까요?"

"위험해요. 이대로 방치했다가는 분명 은희는 죽게 될 겁니다. 은희가 본 검은 옷을 입은 사람은 저승사자임이 분명합니다. 많은 사람들은 저승사자나 사후 세계를 부인하고 있는데 그건 잘못입니다. 그들은 이미 존재하고 있습니다. 그러기에 인간의 상상 속에서 존재할 수 있었던 겁니다. 우리는 오랜 역사를 통해서 인상의 상상이 현실 속으로 모습을 드러내는 것을 보아 왔습니다. 여전히 상상으로 남은 것들은 그것이 단순한 상상이어서가 아니라 때가 되지 않았기 때문입니다."

"그렇다면 상상하는 모든 것들은 존재한다는 말씀입니까?"

"대체적으로 그렇습니다. 그 중에서도 많은 사람들이 공통적으로 상상하는 것들은 분명 존재합니다. 인류는 오래 전부터 인간이 죽을 때가 되면 인간의 혼령을 인도하기 위해 무언가가 나타난다고 믿어 왔습니다. 그것이 악마라고 믿는 종족도 있고, 천사라고 믿는 종족도 있습니다. 우리 조상들은 그들을 저승사자라고 불렀죠. 서로 다른 문화를 지니고 살아가면서 이들은 비슷한 생각을 지녔던 겁니다. 이것을 단순한 우연의 일치라고 봐야 할까요? 아닙니다. 인류는 수많은 사람들이 죽어가는 것을 지켜보면서 무의식중에 이들의 존재를 알아차려버린 겁니다. 그들은 무의식이 캐치한 것을 그림이나 글 속에 남겼습니다. 아시겠습니까?"

나는 홍석만씨의 이야기를 들으면서 은희를 생각했다. 저승사자가 존재하느냐, 아니냐 하는 것보다는 은희의 목숨을 어떻게 하면 살릴 수 있느냐 하는 것이 그때 나의 관심사였다.

"그래요, 저승사자가 존재한다고 치죠. 그렇다면 저승사자는 왜 어린 은희를 노리고 있는 걸까요?"

"그건 은희가 순리를 어겼기 때문입니다. 이 세상은 눈에는 보이지 않지만 짜여진 법칙에 의해서 흘러갑니다. 은희는 짜여진 법칙을 깬 겁니다."

"무슨 말씀이신지……"

"살아 있는 자는 죽은 자를 볼 수가 없게끔 되어 있습니다. 그런데 은희는 신의 실수에 의한 것이든 신의 의도에 의한 것이든 간에 그 법칙을 깬 겁니다. 은희가 혼령을 볼 수 있다는 것을 저쪽 세계에서 눈치 챈 것 같습니다. 그들은 은희를 데려가 어긋난 법칙을 바로잡으려고 하는 거죠."

"어떻게 은희를 구할 방법은 없는지요?"

"글쎄요? 현재로서는 달리 어떻게 해 볼 도리가 없습니다. 수호령이 지켜준다면 몰라도."

"수호령이요?"

"쉽게 이야기하면 은희의 조상신이죠. 모든 사람에게는 조상신이 따라다니죠. 그런데 어떤 조상신은 힘이 강력한가 하면 어떤 조상신은 아주 무력해요. 우린 은희의 조상신이 강력한 힘을 지녔기만을 바래야 할 것 같군요."

홍석만 씨의 이야기를 듣고 있으니 갑자기 나 자신이 한심하게 느껴졌다. 은희가 죽을지도 모르는데 눈에 보이지도 않는, 아니 실재하는지 어떤지도 모르는 조상신이 은희를 지켜 주기만을 바라야 하다니.

"죽음은 창조주의 섭리입니다. 은희의 곁을 서성이는 죽음도 그렇게 받아들이시면 한결 마음이 편할 겁니다."

내 기분을 눈치 챘는지 홍석만 씨가 덧붙였다. 나는 길게 한숨을 내쉬었다. 그의 얘기를 듣고 나니 만나기 전보다 기분이 더욱 암담했다. 그 어린 것이 저승사자에게 끌려가기만을 기다려야 하다니.

자리에서 일어서려는데 홍석만 씨가 뭔가 할 말이 있다는 듯이 머뭇거렸다. 망설이던 내가 다시 자리에 앉자 그는 용기를 얻었는지 입을 열었다.

"이런 이야기를 하기는 뭐하지만 은희를 우리 연구소에 맡기는 건 어떻겠어요? 장담은 할 수 없지만, 연구소 직원들이 힘을 하나로 모아 최선을 다한다면 은희의 목숨을 지킬 수 있을지도 몰라요. 저희는 은희를 통해 사후세계 연구를 해 나갈 수 있고, 은희는 목숨을 부지할 수 있고."

나는 그 말을 듣는 순간, 홍석만 씨가 왜 그렇게 은희에 대해 깊은 관심을 보이는지 비로소 이해가 갔다. 그는 은희에 대한 걱정보다도 은희를 통해 사후세계에 대한 연구를 할 수 있다는 기대감에 들떠 있었다.

"일단 은희 부모님과 상의를 해 보죠. 하지만 그들은 은희의 정신 상태를 의심하려 드는 정상적인 사람들이니 큰 기대는 하지 마세요."

친절하게 여러 가지 조언까지 해 줬는데 냉정하게 거절할 수도 없어 난 최대한 정중하게 거절했다.

"주의하셔야 해요. 아마 이제부터 그 애 주변에 위험한 일이 많이 일어날 거예요. 사람의 힘으로만은 막기 힘든."

홍석만 씨는 뭔가 더 이야기를 하려다가 그만 입을 다물어 버렸다.

그와 헤어져 돌아오는 길에, 난 문득 내 판단에 스스로 혼란스러움을 느꼈다. 내가 홍석만 씨의 말을 아무런 거부감 없이 받아들이고 있다는 사실을 발견했기 때문이었다.

'아무 일 없을 거야. 은희는 애정이 부족한 거야. 그래서 주위 사람들의 관심을 끌려고 거짓말을 한 거고, 그 중 몇 개의 거짓말들이 우연히 맞아떨어졌을 뿐이야. 그래, 내가 너무 예민하게 받아들이고 있는 거야.'

어지러운 머릿속을 대충 정리하니 한결 기분이 나아졌다.

아파트에 다다르니 땅거미가 짙게 깔려 있었다. 습관처럼 놀이터를 쳐다보니 혼자 앉아 있는 은희의 모습이 보였다. 신발 끝으로 땅을 파고 있던 은희가 고개를 들었다.

"아저씨!"

반가움이 가득 담긴 음성이었다. 은희는 벤치에서 벌떡 일어나 내가 있는 쪽으로 뛰어왔다. 그 순간, 가만히 있던 미끄럼틀이 '끼이익' 하는 소리를 내며 기우뚱거렸다. 은희가 놀라 걸음을 멈췄다. 미끄럼틀이 서서히 은희를 향해 넘어지기 시작했다.

"피해, 은희야!"

나는 재빨리 몸을 날려 은희의 몸을 멀리 밀치고 바닥을 데굴데굴 굴렀다. 바로 옆에서 '쿠쿵!' 하는 소리와 함께 흙먼지가 일었다.

관리인과 퇴근길의 남자 몇 사람이 뛰어왔다.
"괜찮아요?"
누군가 나에게 물었다. 나는 일어나서 재빨리 은희에게 다가갔다.
"은희야, 괜찮니?"
창백한 표정으로 멍히 앉아 있던 은희가 갑자기 '으앙!' 하고 울음을 터뜨렸다.
"울지 마, 잘 끝났으니까."
난 은희를 다독거려 주고 나서 둘러선 사람들과 함께 쓰러진 미끄럼틀을 살펴보았다.
"거 이상하네? 어떻게 미끄럼틀이 넘어지지? 귀신에 홀린 것도 아니고."
관리인은 미끄럼틀을 살피는 동안 내내 고개를 갸웃거리며 중얼거렸다.
나는 미끄럼틀 밑을 유심히 살펴보았다. 흙속으로 기둥이 파묻혀 있고, 기둥 끝에는 콘크리트로 단단히 포장까지 해 놓았는데 기둥째 뽑혀 있었다. 아무리 살펴도 상식적으로 이해가 되지 않았다. 다른 사람들은 관리사무소의 관리 소홀 탓으로 돌렸지만 내가 보기엔 그런 단순한 문제로 빚어진 사고는 아닌 것 같았다.
나는 벤치에 앉아서 훌쩍이는 은희를 데리고 은희 집으로 향했다.
"뭐 하러 나와 있었어? 집에 가만히 있지!"
"아저씨, 만나려고. 흐흑!"
은희네 집으로 가는 길에 은희 부모님을 만났다. 소식을 듣고 허겁지겁 달려 나온 모양이었다. 은희를 구해줘 고맙다면서 자기네 집에 가서 저녁이나 먹고 가라고 잡아끌었다. 은희도 같이 가자고 재촉해서 나는 마지못해 은희네 집으로 갔다.

은희 어머니는 이것저것 사 와서 새로 저녁상을 차렸다. 배가 고파 대충 먹자고 했지만 잠시면 된다며 은희 어머니는 분주히 손을 놀렸다. 기다린 지 거의 한 시간 반이 지나서야 나는 식탁에 앉을 수가 있었다. 허기가 질대로 져 있던 터라 음식이 기가 막히게 맛있었다. 허겁지겁 저녁을 먹는데 은희 어머니는 오늘 병원에 갔던 일을 들려주었다.

"의사 선생님이 애가 몸이 허약해서 그렇대요. 크게 신경 쓰지 않아도 된다고 하시더군요."

나는 건성으로 들으며 배가 터지도록 밥을 먹었다. 과일에다 커피까지 한 잔 먹고서 집으로 돌아오니 만사가 귀찮았다. 침대에 누워 잠을 자려는데 갑자기 검은 옷을 입은 사람이 내 앞에 나타난다면 어떤 기분이 들까 하는 생각이 들었다. 누군가 나를 정말로 지켜보고 있는 것만 같았다. 눈을 뜨기가 겁이 났다.

가까스로 눈을 떴다. 다행히 아무 것도 없었다. 이마에 손을 대보니 식은땀이 흘러내리고 있었다. 나는 창문을 꼭 닫고 다시 침대에 누웠다. 하지만 쉽게 잠을 이룰 수가 없었다. 잡념에 시달리다가 새벽녘에 가까스로 잠이 들었다. 눈을 떠 보니 방안이 환했다. 시계를 보니 12시 10분이었다. 토요일이라서 수업이 없었다. 느긋하게 화장실에 가서 양치질을 하는데 갑자기 서클 사람들과 1시에 만나기로 한 약속이 떠올랐다.

후다닥 세수를 하고 아파트를 나섰다. 식사를 포기하고 나니 그런 대로 약속 시간에는 도착할 수 있을 것 같았다. 정류장 쪽으로 바삐 걸음을 옮기는데 맞은편에서 앙증맞은 가방을 메고 걸어오는 은희의 모습이 보였다. 걸음이 무척이나 경쾌해 보였다.

나는 은희에게 손을 흔들어 아는 체를 했다. 은희도 싱긋 웃으며 손을 흔들었다. 은희와의 거리가 십여 미터 정도로 좁혀졌을 때였다. 한편에 서 있던 생수 배달 트럭이 후진하기 시작했다. 은희가 빠른 걸음으로 뛰어왔지만 트럭이 후진하는 속도가 은희가 뛰는 속도보다 훨씬 빨랐다. 경사가 그리 심하지 않은데도 차의 속도가 이상할 정도로 빨랐다. 후진등도 켜져 있지 않았다. 나는 섬뜩한 예감이 들어 은희에게 뛰어갔다. 은희는 아무 것도 모르고 나를 보며 웃으면서 뛰어왔다.

나는 분명히 운전사가 은희를 못 봤다고 생각하고 재빨리 달려가 은희를 안고 옆으로 굴렀다. 간발의 차이로 트럭이 옆으로 비켜갔다. 트럭은 한쪽에 서 있는 승용차 위를 덮쳤다. 요란한 굉음과 함께 승용차의 보닛이 휴지처럼 심하게 밀렸다. 트럭은 소나타를 완전히 깔아뭉갠 뒤에야 멈춰 섰다.

"어떤 자식인데 운전을 이따위로 해!"

화가 치솟을 대로 치솟은 나는 벌떡 일어나 멈춰서 있는 트럭 쪽으로 다가갔다. 트럭 안을 살펴보았더니, 놀랍게도 운전사가 없었다.

"어? 내 차."

저쪽에서 한 사내가 허겁지겁 뛰어왔다. 승용차 주인도 나타나서 트럭 바퀴를 걷어차며 온갖 욕설을 내뱉었다.

"이상하네? 분명히 사이드 브레이크를 잡아놓았는데, 그리고 나서도 왠지 불안해서 돌까지 괴어 놓았는데."

운전사가 풀 죽은 목소리로 중얼거렸다. 승용차 주인이 당장 찻값을 물어내라며 삿대질을 했다. 트럭 운전사는 속상해 죽겠으니 가만히 있으라고 도리어 호통을 쳤다. 구경꾼들이 하나둘 모여들었다.

난 아수라장에서 벗어나 은희를 데리고 아파트로 되돌아갔다. 약속도 약속이지만 무릎과 팔꿈치가 까진 은희부터 치료해 줘야겠다는 생각이 들어서였다. 난 은희를 집으로 데리고 가서 약을 발라준 뒤 붕대를 감아 주었다.

"아저씨도 치료해야지."

은희가 바닥에 긁혀 상처가 난 내 오른손을 잡아끌었다.

"난 괜찮아."

난 휴지로 거의 다 말라버린 피를 닦으며 말했다.

"치료해, 아저씨."

"알았어, 치료할 테니까 울지 마."

은희가 조그만 고사리 손으로 내 손에 약을 바른 뒤 붕대로 정성껏 감아 주었다. 은희는 자기에게 심상치 않은 사건이 연이어 일어나고 있다는 것을 눈치 챘는지 파르르 떨면서 울음을 삼켰다. 나는 은희와 함께 집을 나섰다.

"은희야, 집에 꼼짝 않고 있으면 아무 일 없을 거야. 내가 곧 돌아와서 놀아 줄 테니까 집에서 문 꼭 닫고 있어, 알았지?"

은희는 입술을 꽉 깨문 채 고개를 끄덕였다. 나는 은희를 집까지 데려다 준 뒤에 약속 장소로 가기로 했다.

우연일까? 아니면, 홍석만 씨가 말한 대로 저승사자들이 은희를 데려가려고 한 것일까? 서클 사람들과 만나 모임을 갖는 도중에도 연이은 사고에 대한 생각이 머리를 떠나지 않았다. 둘 다 우발적인 사고라고 하기에는 사건의 정황이 심상치 않았다. 아까 사고만 해도 그랬다. 사이드 브레이크가 풀려서 경사진 길을 밀려 내려오는 트럭치고는 속도가 너무 빨랐다. 누군가 트럭 안에서 후진 기어를 넣고 액셀러레이터를 힘껏 밟지 않았다면 그렇게 빨리 달려올 수는 없을 것 같았다.

모임이 끝나자 서클 사람들은 술집으로 갔지만 나는 은희가 걱정돼 집으로 향했다. 차에서 내려 걷다 보니 사고 현장이 나타났다. 트럭도, 짓뭉개진 승용차도 보이지 않았지만 여기저기 흩어져 있는 깨어진 유리조각이 사고 현장임을 짐작케 했다. 놀이터에는 미끄럼틀이 여전히 쓰러진 채로 놓여 있었다. 도저히 쓰러질 수 없는 것이 쓰러졌다는 느낌이 강하게 들었다. 나는 미끄럼틀을 바라보다가 무심코 고개를 들었다.

왠지 온몸을 감싸오는 이상한 기분. 난 다급히 시선을 들어 허공을 올려다보았다.

누군가 베란다에 아슬아슬 매달려 것이었다. 높이로 보니 11층쯤 되어 보였다. 퍼뜩 은희가 떠올랐다. 자세히 올려다보니 정말로 은희였다. 나는 재빨리 아파트 안으로 뛰어 들어갔다.

엘리베이터 앞에서 다급히 버튼을 눌렀다. 엘리베이터는 9층에 서 있었다. 내려오기를 기다릴 여유가 없었다. 계단을 타고 뛰어 올라갔다. 서너 계단씩 한 번에 밟고 올라가면서 나는 신에게 기도했다.

'제발 아무 일도 없게…… 아무 일도 없게만 해 주십시오…….'

허파가 터질 것만 같았다. 담배를 끊어야겠다는 생각이, 날아가듯 뛰어올라가는 중간에 퍼뜩 스쳐갔다. 층마다 열린 창문이 보였지만, 밖을 내다보기는 겁이 났다. 결국은 떨어지고 마는 은희의 모습이 보일 것만 같아서였다.

다리가 후들후들 떨렸지만 11층까지 단숨에 뛰어올라가 현관문을 열었다. 문이 잠겨 있었다.

"은희야, 문 열어!"

"아저씨, 살려줘요!"

다급하게 문을 두들기니 은희의 외침이 들려왔다. 문을 부수기 위해서 사방을 둘러보았지만 아무 것도 보이지 않았다.

"은희야, 기다려! 잠깐이면 돼!"

엘리베이터로 달려갔지만 그것은 일층에 멎어 있었다. 다시 계단으로 허겁지겁 뛰어 내려갔다. 두 번이나 발을 헛 딛어 구를 뻔하다가 가까스로 일층으로 내려갔다.

"아저씨! 1136호! 열쇠주세요…… 빨리요!"

"왜, 왜 그러세요?"

관리인이 눈을 동그랗게 뜨고 반문했다. 내가 다시 한번 재촉하자 그는 서랍을 열고 열쇠꾸러미를 만지작거리다가 비상 열쇠를 내밀었다.

은희야, 조금만 참아! 입안이 바짝바짝 타들어갔다. 승강장으로 갔다. 엘리베이터 문이 닫히려 했다.

"잠깐만요!"

내가 다급히 외쳤지만 엘리베이터 문이 닫혔다. 젠장! 주먹으로 굳게 닫힌 문을 힘껏 치고 돌아서려는데 거짓말처럼 문이 열렸다. 엘리베이터 안에는 스물 두셋 정도 되어 보이는 아가씨가 서 있었다. 예쁘장한 얼굴이었다. 나는 안으로 타자마자 닫힘 버튼을 누르고 11층을 눌렀다.

엘리베이터는 천천히 상승하기 시작했다. 아주 느린 속도로.

"저, 어디 아프세요?"

여자가 핸드백에서 손수건을 꺼내 내밀었다. 난 그제서야 내 전신이 땀으로 흠뻑 젖어 있다는 것을 깨달았다.

"됐어요!"

나는 소매로 이마에서 흘러내리는 땀방울을 닦았다. 그녀가 머쓱한 표정으로 수건을 다시 핸드백에 집어넣었다. 11층에서 엘리베이터가 멎자마자 나는 1136호로 뛰어갔다. 그리곤 허겁지겁 현관문을 열었다. 보조키가 잠겨 있으면 어떡하나 내심 걱정했는데 천만다행으로 보조키는 잠겨 있지 않았다.

신발을 신은 채 베란다로 달려갔다. 은희는 여전히 베란다에 매달려 처절한 사투를 벌이고 있었다. 손을 내밀어 은희의 팔목을 낚아챘다. 그 순간, 내 손목에 엄청난 통증이 왔다. 마치 망치 같은 것으로 손목을 내리치는 듯한. 하마터면 은희를 놓칠 뻔했다. 난 왼손으로 재빨리 은희를 잡아서 끌어올렸다. 천천히 위로 올리는데 믿기지 않는 일이 벌어졌다. 어떤 강력한 힘이 내 손가락을 풀어버린 것이다. 나는 은희를 놓치지 않으려고 안간힘을 썼지만 역부족이었다. 엄지, 검지, 중지, 약지, 새끼손가락이 차례대로 풀어졌다.

"아악!"

거의 다 올라왔던 은희가 주루룩 미끄러졌다. 나는 재빨리 허리를 숙여 미끄러지는 은희의 오른손을 잡았다. 베란다에 오랫동안 매달려 사투를 벌인 까닭에 은희의 손은 땀에 젖어 미끈거렸다. 게다가 내 상체는 베란다 밖으로 반은 넘어가 있는 상태여서 힘을 쓰기가 어려웠다. 끌어올리는 건 고사하고 손을 잡고 있기도 힘들었다.

아파트 밑으로 사람들이 모여들었다. 그들은 어찌할 바를 모른 채 발을 동동 구르고 있었다. 은희를 잡은 손아귀에 힘이 점점 빠져 갔다. 낮에 다친 상처가 다시 터져 손목에서 핏방울이 흘러내렸다. 핏방울은 은희의 손과 은희를 잡은 내 손 사이로 비집고 들어갔다. 비집고 들어온 핏방울은 땀과 엉겨 흐르며 은희를 잡은 손을 더욱 미끄럽게 했다.

나는 은희를 놓치지 않기 위해서 손아귀에 전신의 힘을 모았다. 만약 이대로 은희를 놓쳐버린다면 나는 평생을 죄책감에 시달리며 고통 받으리라.

은희는 남은 한 손으로 내 손을 잡기 위해서 버둥거렸다. 하지만 오랫동안 난간에 매달려 있느라고 힘이 빠졌는지 연신 한 손으로 허공만 휘저을 뿐이었다.

안 돼! 저 어린 것을 포기할 순 없어.

나는 입술을 꽉 깨물고 전신의 힘을 모아 은희를 당겨 보았다. 팔목이 빠져버릴 것처럼 고통스러웠으나 조금 꿈틀거리며 움직였다. 그 순간, 누군가 내 손가락을 다시 푸는 것처럼 느껴졌다.

"아, 안 돼!"

흩어지려는 의식을 다시 하나로 모으면서 마비된 듯한 손가락에 힘을 주었지만 아무 소용이 없었다. 손가락이 다시 하나씩 벌어지고 있었다. 엄지, 검지, 중지……

"오, 신이시여!"

난 참담한 절망감에 휩싸여 외마디 비명을 내뱉었다. 그때였다. 누군가 나를 쑤욱 위로 끌어올리는 믿기지 않는 일이 일어났다. 은희의 몸이 가볍게 들려졌다. 난 재빨리 왼손으로 은희의 몸을 끌어안아 베란다 안쪽에 내려놓았다. 은희의 몸무게가 하나도 느껴지지 않았다.

그야말로 순식간에 일어난 일이었다. 저 밑에서 박수와 환호성이 아련하게 들려왔다. 바닥에 주저앉아 우는 은희를 내려다보다가 나는 베란다에 털썩 주저앉고 말았다.

"은희야, 이젠 괜찮아."

울고 있는 은희를 꼭 안았다. 살아있음을 더없이 잘 증거해주는 심장의 고동소리가 느껴졌다. 얼마나 고마운 소리인가.

나는 땀으로 범벅이 된 채 역시 땀으로 흠뻑 젖어 있는 은희를 꼭 안았다. 등 뒤에서 요란한 발소리가 들려왔다. 관리인과 아파트 주민들이 허겁지겁 들어서고 있었다. 그들은 걱정스러운 얼굴로 다가와 나를 부축해 주었다. 나는 은희의 손을 꼭 잡고 거실로 들어갔다. 관리인과 주민들은 큰일 날 뻔했다며 저마다 한마디씩 떠들다가 돌아갔다.

"베란다에는 왜 나갔어?"

나는 아찔했던 순간을 떠올리곤 베란다 쪽을 힐끗 돌아보며 물었다.

"내가 나간 거 아냐, 아저씨."

은희가 손등으로 아직도 흘러넘치는 눈물을 닦으며 말했다.

"네가 나간 게 아니라니?"

"난 아저씨 말대로 방안에서 꼼짝도 안 하고 있었어. 그러다가 잠이 들었는데, '꼬마야 같이 가자' 하면서 허공에서 무서운 목소리가 들려 왔어. 나는 겁이 나서 잔뜩 웅크리고 있는데, 갑자기 바람이 불어오더니 방문이 덜컹 열렸어. 내가 정신을 차려 보니 검은 옷 입은 사람이 내 손목을 잡아끌고 있었어. 끌려가지 않으려고 힘을 써 봐도 소용없었어. 그가 베란다 문 앞에 서자 문이 '드르륵' 열리는 거야. 그는 나를 베란다로 끌고 갔어.

그리곤 베란다 밖으로 떠밀었어. 난 아저씨를 부르며 필사적으로 베란다에 매달렸어. 그런데 검은 옷을 입은 사내는 아저씨를 기다리는지 대롱대롱 매달려 있는 나를 바라보고만 있었어. 너무 너무 무서웠어…… 엉엉 울고 있는데 아저씨가 허겁지겁 뛰어왔어. 검은 옷을 입은 사람은 아저씨가 나를 끌어올리는 걸 차갑게 지켜보고 있다가 갑자기 달려들어 아저씨 손가락을 풀었어. 난 다시 베란다에 매달리고, 그 무서운 아저씨가 히죽거리다가 다시 아저씨 손가락을 풀기 시작하는 거였어. 내가 겁이 나서 막 울자 그때 죽은 할아버지하고 또 다른 할아버지가 나타났어. 수염이 무성한 할아버지가 아저씨와 함께 내 손을 잡고 번쩍 들어 올렸어. 그리곤 순식간에 사라졌어."

"또 다른 할아버지? 그분은 어떻게 생기셨는데?"

"할아버지하고 많이 닮으신 분인데 나이는 훨씬 더 많이 먹어 보였어."

"그래?"

나는 순간적으로 홍석만 씨가 말한 '수호령'이 나타난 게 아닐까 라는 생각을 했다. 죽은 할아버지가 강한 힘을 발휘할 수 있는 조상신을 데리고 와서 은희를 구해 준 모양이었다.

　은희의 베란다 소동으로 인해 은희 어머니는 직장을 그만뒀다. 그 후로 아파트 단지 부근에서 어머니의 손을 잡고 학교나 문방구로 가는 은희의 모습을 자주 볼 수 있었다. 어머니가 늘 함께 있기 때문인지 그 뒤로 은희에게 이상한 사건은 더 이상 일어나지 않았다.

　그 일이 일어나고 한 달가량 지난 어느 날, 은희네 가족의 이사 소식이 들려왔다. 아버지 직장이 갑자기 부산으로 발령이 나서 이사를 가게 되었다는 것이었다. 희한한 일로 엮이긴 했지만 모처럼 정든 이웃이 생겼는데 떠난다고 하니 몹시 서운했다. 은희 어머니는 극구 사양하는 나에게 그동안 여러모로 고마웠다며 봉투를 하나 내밀었다. 은희 어머니가 돌아가시고 나서 꺼내보니 구두 티켓이었다.

　난 괜히 빚진 기분이 들어서 다음날 아침 일찍 은희네 집으로 가서 이삿짐 내리는 걸 도와 드렸다. 이삿짐센터에서 사람이 나와 짐 내리는 건 그리 오래 걸리지 않았다. 트럭에 짐을 모조리 싣고 나서 난 은희와 작별 인사를 했다.

　"은희야, 부산 가서 잘 지내. 이제 아무 일도 없을 테니 공부 열심히 하고, 놀기도 열심히 놀고."

　은희는 고개를 푹 숙인 채 내 이야기가 끝나기를 기다리고 있다가 편지를 불쑥 내밀었다. 그리곤 후다닥 뛰어서 차에 올라탔다. 트럭은 금세 떠났다. 나는 편지를 들고 떠나는 차의 뒷모습을 향해 손을 흔들었다. 은희는 눈물을 글썽이며 열심히 작은 손을 흔들어 댔다.
 차가 시야에서 완전히 사라지고 난 뒤에 편지봉투를 뜯어보았다. 정성스럽게 쓴 은희의 글씨가 보였다.

 오빠에게.

 너무너무 고맙습니다.
 저를 잘 보살펴 주셔서…….
 저는 오빠 덕분에 무척 행복합니다.
 부산에 가서도 오빠 생각 많이 할 거예요.
 저도 금방 자라서 예쁜 언니처럼 될 테니까
 그때는 꼭 저랑 데이트해 주세요.
 약속할 수 있죠?
 오빠 다시 만날 때까지 몸 건강하세요.
  ― 은희 올림

 나는 읽고 또 읽었다. 내가 지금까지 받아 본 연애편지 중에서 가장 순수하고 아름다운 마음이 담긴 그 편지를……. 은희와는 이제 다시 만나기 힘들다는 걸 알기에 자꾸만 드는 아쉬운 마음. 하지만 나는 마음을 차분히 다잡자고 다짐하며 편지를 고이 접어 주머니에 넣었다. 그때는 전혀 알 수 없었다. 은희와 나는 다시 만나게 될 기구한 운명으로 묶여 있다는 것을.
 은희를 보내고 집으로 돌아가기 위해 엘리베이터를 탔다. 서서히 문이 닫히려는 순간, 나는 그동안 차마 실재한다고 확신할 수 없었던 존재를 보았다.

그것은 검은 그림자였다. 검은 옷을 입은 사내가 아파트 광장에 서서 은희네 트럭이 떠난 저편을 바라보고 있었던 것이다. 나는 다급히 열림 버튼을 누르곤 아파트 광장으로 달려 나갔다. 아무리 둘러봐도 그 어디에도 검은 옷을 입은 사내는 보이지 않았다. 투명한 가을 햇살만 이곳저곳에 쏟아져 내리고 있었다. 나는 텅 빈 광장에 우두커니 선 채 알 수 없는 불길한 예감에 몸을 떨었다. 그리곤 은희가 탄 트럭이 떠난 저쪽을, 눈을 부릅뜬 채 한참 동안 바라보았다.

산타를 믿으십니까?

산타……산타가 없다는 사실을 알게 될 때 어른이 되기 위해 한 걸음 다가선다.
대신, 순수하고 아름다운 어린 시절과는 두 걸음 멀어진다.
하지만 어른들도 삶에 지칠 때면 산타가 실제로 나타나 주기를 바란다.

그날의 술자리는 조금도 즐겁지 않았다.

친구들과의 망년회여서 술자리에 끼기는 했지만 처음부터 기분이 그리 좋지 않았다. 실컷 마신 뒤 잔뜩 취하기 위한 술자리라 처음부터 폭탄주로 시작하였다. 한 사람이 마시면 곧바로 옆 사람이 따라 마시는 소위 '파도타기'란 걸 하며 마신 터라 두 시간 남짓 지나자 모두들 몸을 가누기 힘들 정도로 술에 취해 버렸다.

멀쩡한 사람은 나뿐인 것 같았다. 그 전날 잠을 제대로 못 자, 몇 잔 마시면 금세 나가떨어질 거라고 예상했는데 전혀 그렇지 않았다. 술을 마시면 마실수록 정신이 또렷해졌다. 취하고 싶은데 취하지 못하니 그것도 고역이었다. 친구들은 모두들 흥겨워했다. 한 해를 보내는 게 신나는 모양이었다. 하지만 난 그럴 수 없었다. 한 가지 걱정이 고장 난 전축처럼 머릿속을 계속해서 맴돌았다.

　술을 마시면 마실수록 고통스러웠지만 분위기를 깰 수 없어 노래방까지 따라갔다. 친구들은 춤도 추고 크리스마스를 코앞에 둔 때문인지 단체로 어깨동무하고 캐럴도 불렀다.

　크리스마스?

　제기랄!

　속으로 대상을 알 수 없는 누군가에게 욕설을 퍼부어 대다가 노래방을 나왔다. 친구들은 손가락 세 개를 활짝 펴서 허공으로 휘저으며 삼차를 제의했다. 난 피곤하다는 이유를 들어 그들의 제의를 단호히 뿌리쳤다. 친구들과 헤어져 집으로 가다 보니 피로가 삽시간에 엄습해 왔다. 술을 그렇게 마셔댔어도 한시도 내 뇌리를 떠나지 않던 그 일을 떠올리자 발걸음이 무거워졌고, 극심한 피로와 함께 술기운이 올라오기 시작했다. 아무리 흔들어도 끄덕할 것 같지 않던 세상이 휘청거렸다.

　멀리 아파트가 보였다. 비틀거리며 걸어가고 있는데 갑자기 '우웅!' 하는 소리와 함께 하이 빔을 켠 자동차가 맞은편에서 빠른 속도로 나에게 달려왔다. 밤늦은 시간인데다 아파트 단지 안의 길이라 과속을 해서는 안 될 것 같은데 자동차는 무시무시한 속도로 나를 덮쳐왔다. 눈이 부시고 어지러워서 나는 자리에 털썩 주저앉았다. 점점 가까이 다가오는 헤드라이트 불빛을 멍하니 보고 있었다. 피하기에는 몸도 정신도 너무 지쳐 있는 상태였다.

　이렇게 죽는 건가? 죽는 것도 나쁘진 않지. 불빛이 덮쳐 오기를 기다리고 있는데, 바로 내 앞에서 '끼익' 하고 타이어가 타는 듯한 소리를 내며 차가 멈췄다. 그것도 마치 영화에서 나오는 것처럼 스핀 턴을 하면서.

나는 비로소 그 차를 볼 수 있었다. 한눈에 보기에도 날렵한 게 외제 스포츠카 같았다. 차문이 열리는 소리가 들려왔다.

한마디 듣게 생겼군.

나는 욕먹을 각오를 하고 몸을 일으켰다. 바로 몸을 세우기가 힘들었다. 차에서 내린 사내의 복장은 취중에 봐도 너무 이상해 보였다. 흐릿한 가로등 때문에 정확한 건지는 모르겠지만 내가 제대로 봤다면, 그는 빨간색 양복에 빨간색 중절모, 검은 부츠를 신고 있었다. 술에 취해 헛것을 보는 게 아닌가 싶어 고개를 흔들고 다시 보았으나, 사내의 복장은 처음에 본 것과 변함이 없었다.

"자네가 일한이지?"

나는 얼떨결에 고개를 끄덕이며 사내를 유심히 보았다. 나이는 한 서른쯤 되어 보였다.

"한참 찾았네. 잠깐 기다려 주게. 내 급히 전화할 데가 좀 있어서 그러니……"

사내는 품안에서 휴대폰을 꺼내더니 돌아서서 어딘가에 전화를 했다. 말소리는 간간이 들렸으나 무슨 내용으로 어디다 하는지는 짐작조차 할 수 없었다. 몹시 혼란스러웠다. 난생 처음 보는 사람이 차를 무섭게 몰고 와서는 알은 체를 하다니…… 그것도 나를 잘 아는 사람처럼 반말로…… 이 황당한 상황을 제대로 이해하려면 우선 술이 어느 정도 깨야 할 것 같았다. 나는 관자놀이를 양손 엄지손가락으로 꽉 눌렀다. 그리고 머리를 흔들고 나서 물어 보았다.

"저…… 누구…… 시죠?"

비록 혀 꼬부라진 소리긴 하지만 진지하게 던진 질문인데 그는 검지손가락을 입술에 갖다 대며 조용히 하라고 주의를 줬다. 그리곤 다시 통화에 열중했다. 나는 그의 통화가 끝나기를 기다릴 수밖에 없었다. 마침내 통화를 끝낸 그는 나를 향해 몸을 돌리더니 황당한 말을 늘어놓기 시작했다.

"윽! 술 냄새…… 많이도 마셨군. 하여튼 이렇게 만나서 반갑네. 내가 반말해서 기분 나쁜가? 표정이 왜 이렇게 떫은 감씹은 표정인가. 기분 나빠도 참게. 내가 자네보다 300년은 더 살았으니까. 자, 내가 오늘 자네를 찾아온 것은 한 가지 묻고 싶은 게 있어서라네. 자네가 이번 크리스마스 때 받고 싶은 게 뭔가?"

그가 무슨 말을 하는 건지 제대로 이해가 가지 않았다. 3년을 더 살았다고 한 건지 300년을 더 살았다고 한 건지도 제대로 분간이 가지 않았다.

"뭘 그렇게 망설이나? 크리스마스 선물을 준다는데……"

순간, 크리스마스 철을 맞아 등장한 새로운 서비스 업종에 종사하고 있는 사람이 아닐까 하는 생각이 스쳤다. 가족 중의 누군가가 나에게 선물을 하고 싶다고 신청을 하면, 나에게 접근해 내가 갖고 싶은 선물을 알아본 뒤에 신청한 사람에게 대금을 청구하는……

나는 사내에게 흥미를 느끼고 타고 온 차를 돌아보았다. 차도 역시 빨간색이었는데 가로등 아래 반짝반짝 빛나고 있었다. 차가 눈에 익어 자세히 보니 놀랍게도 전설적인 차, 빨간 색 페라리였다. 페라리 테스타로사. 12기통에 배기량 4922cc 최고속도 219km/h…… 가까이서 보니 정말로 멋졌다. 우리나라에 들어왔다는 얘기는 못 들었는데 믿기지 않게도 내 앞에 있었다. 넋을 잃고 차를 보고 있는 나에게 그가 다시 말을 걸었다.

"이봐, 그 차는 선물로 줄 수 없어. 그건 내 공무집행용 차야. 다른 선물을 생각해 봐."

순간, 혼란이 왔다. 이렇게 좋은 차를 타고 다니면서 크리스마스를 맞이하여 신종 서비스업을 할 수도 있을까 싶었다. 페라리는 보통 차와는 달라서 엄청난 부자가 아니라면 절대 탈 수 없는 차 아닌가?

"도대체 댁은 누구시죠? 나에게 갖고 싶은 선물이 뭐냐고 물으시는데 그건 도대체 누가 주라고 한 겁니까?"

"난 산타클로스야. 여러 이름이 있지만 나의 본명은 레오나도 크리스 클링글 주니어. 만 이천 마흔네 번째 산타라고 할 수 있지. 아시아 지역 중 한국이 내 담당 구역이야. 솔직히 말하면 아직 정식 산타라고 할 순 없지. 수습 산타의 마지막 단계에 있어. 내가 수습으로서 치르는 마지막 시험이 바로 자네지.

이보게. 그런 눈으로 볼 것 없네. 난 정신병자도 아니고 자네가 생각하는 것처럼 백화점에서 선물 따위나 배달하는 그런 심부름꾼도 아니네. 그렇다고 자네처럼 술에 취한 것도 아니고. 믿을 수 없겠지만 이건 사실일세. 선물을 주는 것은 산타의 권한일세. 자, 어떤 선물을 갖고 싶은가?"

누군지 모르지만 나를 놀리고 있는 게 분명했다. 나는 그의 눈빛을 보았다. 아무리 봐도 눈빛이 따뜻하고 선한 게, 내게 악의를 가지고 접근한 건 아닌 것 같았다.

"이봐요. 정말 산타라면 크리스마스이브 날 굴뚝을 통해 선물을 나눠줘야죠? 그게 정상 아니에요? 그런데 크리스마스가 되려면 아직도 나흘이나 남았는데 애도 아닌 다 큰 어른에게 갖고 싶은 선물이 뭐냐고 묻다니, 연극치곤 너무 허술하다는 생각이 들지 않으세요?"

"역시 선배님들 말씀이 맞군. 확실히 나이를 많이 먹은 사람일수록 상대하기가 힘들군. 내 시간이 없어 산타에 대해 간단히 이야기해 주겠네. 인간 시간으로 25년 전 제296차 산타평의회가 열렸네. 전 세계의 산타들이 한자리에 모였지. 주요 안건으로 오른 것이 산타에 대한 인간들의 불신감이었어.

그 무렵 산타를 믿는 인간들이 급격히 줄어들고 있었거든. 이러한 현상은 어른은 물론이고 애들에게까지 퍼져 가고 있었지. 심지어는 산타가 없다고 생각하는 약은 아이는 똑똑한 아이로 간주되고, 산타가 있다고 믿는 순수하고 착한 어린이들은 바보 취급을 당하며 놀림을 받곤 했지. 이러한 현상이 인간 세계에서 급속도로 퍼져간 데는 산업화에 따른 개인주의, 상실되어 가는 가족의 의미, 메말라 가는 인간성 등을 비롯해서 여러 가지가 있을 수 있겠지만, 산타평의회에서 주요 안건으로 상정된 것은 산타가 크리스마스 때 주는 선물이었네.

흔히 인간들은 산타클로스가 성탄절 전날 밤 착한 아이들에게 장난감을 선물한다고 생각하지. 하지만 그것은 초대 산타가 자기가 살고 있던 마을에서 그렇게 한 것일 뿐 산타 본연의 임무는 아니었네. 그런데 그것이 오늘날 상업주의에 편승해서 크리스마스 때가 되면 부모들이 산타를 가장해서 아이들이 내건 양말에 물질을 넣는 것으로 와전되고 말았지. 하지만 산타 본연의 선물은 장난감이나 그런 물질이 아닌, 아름답고 따뜻한 마음씨와 사랑을 나눠 주는 것이었네. 물질적인 선물과는 비교할 수 없는 아주 소중한 것들이지.

아기 예수가 태어났던 바로 그날이 되면 주위를 한 번씩 돌아보고 감사의 마음을 갖는 것, 이것이 바로 산타가 어린 아이들에게 주는 최고의 선물이었어. 그런데 잣샛속에 밝은 몇몇 인간들이 산타의 선물을 물질적인 것으로 바꾸고 만 거라네. 하지만 우리들은 이런 악조건 속에서도 계속 아이들에게 꿈과 희망, 그리고 사랑을 선물해 왔네. 그들이 산타를 믿든 안 믿든 간에…… 하지만 상황은 갈수록 악화되어갔지. 각박한 세상 탓인지 산타클로스는 연말에 백화점 판촉 요원이라든가 손님의 시선을 잡아끄는 피에로처럼 전락해 버렸지.

그래서 산타평의회에서는 산타도 변신이 필요하다는 결론이 도출됐어. 그 산물이 뉴 산타 프로젝트(New Santa Project)야. 그 프로젝트를 통해 교육된 제1기 산타가 바로 나고…… 우린 산타 본래의 취지를 되찾기 위해 인간들에게 보다 현실적으로 접근하기로 결론을 내렸지. 그래서 산타의 복장과 썰매도 자네가 지금 보는 것처럼 현대식으로 바꾸었네. 또한 산타의 연령층도 700살에서 300살로 낮췄지.

물론 이 외에도 여러 가지가 바뀌었지만 가장 많이 바뀐 건 선물을 나누어 주는 대상과 선물의 내용일세. 예전에는 산타의 선물을 받는 대상을 주로 아이들로 한정했지만, 이제는 나이가 들

없어도 마음 한구석에 산타에 대한 동경이나 희망을 버리지 않았다면, 어른이라도 선물을 줄 대상에 포함시키기로 했네. 그래야 그런 사람들의 아들딸들도 부모들의 영향을 받아 산타를 믿고 사랑하게 될 테니까. 먼 미래를 내다 본 장기적인 계획이지.

 또한 선물도 예전에는 받는 사람의 취향에 따라 산타가 골랐는데 이제부터는 선물 받는 자의 의사를 존중해 그가 원하는 선물을 주기로 했네. 사랑이나 희망 같은 것도 되고, 물질적인 선물을 원한다면 그런 것도 가능하지. 내 설명이 충분했는지 모르겠네. 자, 나도 바쁜 사람이니 이제 자네가 갖고 싶은 선물이 무엇인지 말해 보게. 뭘 갖고 싶은가?"

 그는 진지한 표정으로 말을 했지만 도대체 무슨 소리를 하는 건지 알 수 없었다. 시간이 지날수록 술이 깨는 게 아니라 더 취하는 것만 같았다.

 "좋아요! 무슨 이야기인지는 도무지 모르겠지만 그렇다 칩시다. 그런데 말이죠, 많고 많은 사람 중에서 하필 제가 선물 받는 사람으로 선정된 거죠? 저는 솔직히 열 살 이후로 산타를 믿어 본 적도 없고, 특별히 착한 일을 한 적도 없어요. 그런데 왜죠?"

 나는 빈정거리는 투로 말했지만, 그는 나의 빈정거림을 못 알아차렸는지 묵묵히 고개를 끄덕였다.

 "그래? 잠깐만 기다려 봐라."

 그는 빨간 페라리로 돌아가 가방에서 PDA를 꺼냈다. 그리곤 빠른 손놀림으로 뭔가를 검색하기 시작했다. 산타와 PDA라? 나는 참으로 황당무계한 장면을 보고 있구만.

 "여기 기록이 있군."

볼을 손으로 꼬집고 있는데, 그의 음성이 들려왔다.

"자네는 겉으로는 부정하고 있지만, 마음 속 깊은 곳에 산타에 대한 그리움이 남아 있어. 매년 성탄절만 되면 자네는 마음 속 깊이 산타를 생각하며 뭔가를 선물해 달라고 했지. 물질적인 것이 아닌 사랑을…… 초등학교 4학년 때는 목발을 짚고 다니는 친구가 걸을 수 있게 해달라고 간청했다고 적혀 있군. 5학년 때는 집을 나간 친구 어머니가 돌아오게 해 달라고 빌었고…… 하지만 애석하게도 실질적으로 그 선물을 받아 본 적은 없군. 대신 사랑이나 따뜻한 마음씨 같은 소중한 감정을 선물 받아 왔어. 그리고 말야, 자네가 궁금해 하는 모래알처럼 많은 사람 중에서 자네가 선정된 이유가 여기에 나와 있군. 여러 가지 이유가 있지만 가장 큰 이유만 하나 이야기해 주지. 그건 바로 이 프로젝트가 실행되던 날 자네가 태어났다는 걸세. 자네는 하나의 상징성도 지니고 있는 거야. 알겠나? 그럼 이제 자네가 어떤 선물을 원하는지 말해 보게."

사내의 말을 전적으로 믿기에는 너무 황당했고, 그렇다고 무시해 버리기에는 사내의 표정이 너무도 진지했다. 그의 이야기를 귀담아 들은 때문인지 머리가 지끈지끈 아파왔다. 선물을 뺏겠다는 것도 아니고 선물을 주겠다니 굳이 못 댈 것도 없겠다 싶었다.

"어떤 선물이나 다 되는 건가요?"

"그렇진 않아. 자네가 진정한 행복을 느낄 수 있는 것이어야만 가능해. 예를 들어 왕이 되고 싶다든지 돈을 몇 천만 원 달라고 한다면 그건 받아들일 수가 없어. 그걸로 자네가 행복해지는 게 아니기 때문이지. 자 생각해 보게. 어떤 선물이 자네를 행복하게 할 수 있는지……"

"제가 행복을 느낄 수 있는 선물이라…… 아, 있어요! 제가 힘이 되어 줄 수 있는 여자 친구 한 명만 만들어 줘요."

어차피 밑져야 본전이라는 생각으로 농담 반 진담 반으로 말했다. 그런데 말해 놓고 나자 갑자기 가슴이 아파왔다. 제기랄……

"여자 친구라……"

사내는 고개를 끄덕이더니 다시 노트북을 두들겨 댔다. 그리곤 금세 고개를 저었다.

"원래는 가능한 선물인데 자네의 경우에는 그 선물이 불가능하군. 그 이유는 본인이 더 잘 알고 있을 거야. 지금 자네는 새로운 여자 친구를 만날 마음의 여유가 없지 않은가? 좋아하는 사람이 따로 있는데 그런 선물이 자네에게 진정한 행복을 주리라 생각하나?"

나에 대해서 잘 알고 있다는 듯한 그의 말을 듣는 순간, 나는 깜짝 놀랐다. 술기운 때문인지 금세 감정이 복받쳤다.

"좋아하는 사람이라고요? 난 그런 거 필요 없어요! 당신이 산타라면 더 잘 알겠군요. 누구를 좋아한다면 그 사람을 행복하게 하기 위해서 무언가 해주고 싶어 한다는 것을…… 그런데 괴로워하는 그 애에게 아무것도 못해 줄 때 얼마나 가슴이 아픈 줄 아세요? 무력하다는 것이 이렇게 괴로운 건 줄은 미처 몰랐어요. 뭔가 해주고 싶은데 아무런 도움이 안 될 때…… 오히려 나라는 존재가 방해가 된다고 느낄 때 얼마나 가슴이 미어지는지…… 이렇게 괴로운 시간이 찾아올 것 같아 다시는 다른 사람에게 마음을 안 주리라 결심했었는데…… 이제 다 필요 없어요. 내가 도와주고 힘이 되어줄 수 있는, 그런 여자 친구나 하나 만들어 줘요! 그것도 못한다면 앞으로 내가 그 누구에게도 몰두하지 않게 해주세요!"

지금껏 누구에게 하소연 할 수도 없었던 가슴 속의 말들을 자칭 산타라는 우스꽝스러운 사내에게 털어놓고야 말았다. 술 때문에 정신이 흐릿했지만 가슴이 찢어지는 듯이 아파왔다. 흐르는 눈물을 참으며 산타라는 사내를 바라보았다. 그는 나를 따뜻하고 안쓰러운 시선으로 바라보고 있었다.

"역시 자네가 선정된 데는 그만한 이유가 있었군. 다른 사람 때문에 그렇게 괴로워할 수 있는 감정은 우리가 예전에 자네에게 몰래 선물했던 것 가운데 하날세. 그런데 자네는 아직도 그때 준 선물을 고스란히 마음속에 간직하고 있군. 한 사람을 좋아하면서도 아무것도 못 해주는 데서 오는 무력감이라…… 참으로 아름다운 감정이야. 하지만 일한 군, 이렇게 생각해 보게. 자네가 그 사람에게 아무것도 못 해주었다고 하더라도, 그 사람 입장에서 보면 힘들고 괴로울 때 옆에 있어 주었다는 것 자체가 큰 힘이 되지 않았을까?"

"그래요, 물론 그렇게 합리화해서 편안하게 생각할 수도 있겠죠. 하지만 아직도 그 애는 괴로워하고 힘들어하고 있어요. 나는 여전히 아무것도 못하고 있고…… 그 애는 나의 마음을 알고 더 힘들어하고 있어요. 나에게 부담을 주지 않으려는 건지 나를 피하기만 하고…… 나도 이제 더 이상 그 애 옆에 있어 줄 자신이 없어요. 아무런 힘도 못 되어 주고, 고작 할 수 있는 거라곤 공허하기 짝이 없는 위로의 말뿐이죠. 내가 그 애 옆에 있다는 것이 현실적으로 도움이 하나도 안 된다는 걸 알았어요. 이렇게 의미 없이 옆에 있어 줄 날도 며칠 남지 않았지만……

이봐요! 당신이 진짜 산타라면, 내가 그 애를 다시 볼 수 없어도 좋으니 제발 그 애 얼굴에 행복한 미소를 떠오르게 해줘요. 그래 줄 수 있나요?"

나의 두 눈에서는 언제부터인지 눈물이 흘러내리고 있었다. 어느 누구에게라도 털어놓고 싶었던 이야기를 해 버리고 나니 마음이 한결 후련했다. 달라진 건 아무것도 없었지만…… 사내는 어딘가로 전화를 했다. 그리곤 알아듣기 힘든 이상한 언어로 뭐라고 떠들어 댔다.

나는 손등으로 눈물을 훔치며 돌아섰다. 현실 감각이 들자 낯선 사내 앞에서 눈물을 흘렸다는 사실이 부끄럽게 느껴졌다. 걸음을 옮기려는데 그의 목소리가 들려왔다.

"자네는 행운아야. 자네의 선물은 가능할 것 같네. 사실 자네는 올해도 크리스마스 선물을 받았네. 자네가 느끼는 아름다운 감정이 바로 그것이지. 하지만 올해는 자네에게 특별히 별도의 선물을 주지. 그러니 힘내고 술 좀 작작 마시게. 산타로서 가장 행복한 순간은 선물을 받은 사람이 기뻐할 때지. 남에게 뭘 해줄 때 가장 커다란 행복을 느끼는 법이라네. 지금의 마음을 결코 잃어버리지 말게.

자, 나의 임무는 여기까지네. 보고서도 써서 제출해야하니 난 이만 가보겠네. 앞으로도 산타에 대한 믿음을 계속 간직해 주기 바라네. 훗날 아이를 갖게 되면 그 마음을 전해 주고. 그렇게 되면 그 아이들도 내 선물을 받고 자랄 테니까. 그럼, 메리 크리스마스!"

사내는 나에게 악수를 청했다. 나는 얼떨결에 그의 손을 잡았다.

'메리 크리스마스' 라는 말이 입 안을 굴러다녔다.

그는 내가 망설이고 있는 사이에 페라리에 올라타더니 차를 몰았다. 차는 놀랍게도 지면 위를 달리다 허공으로 떠올랐다. 그리곤 이내 사라져 갔다.

저럴…… 수가?

아무리 취중이라고는 하지만 도저히 납득할 수 없는 광경이었다. 페라리가 사라진 곳을 바라보고 있는데 하늘에서 눈이 내리기 시작했다. 그 다음부터는 하얗게 비워져 있었다.

다음날, 나는 타는 갈증 때문에 눈을 떴다.

과음한 때문인지 몸이 말이 아니었다. 속은 쓰리고 머리는 지끈거리며 아팠다. 어떻게 집에 들어왔는지 아무리 더듬어도 기억이 나지 않았다. 자칭 산타라는 사내와 이야기를 나눴던 기억이 어렴풋이 났으나 그건 현실이 아니라 꿈속에서 있었던 일 같았다.

창문을 여니 하얀 눈이 쌓여있는 게 보였다. 아침 햇빛을 반사하는 하얀 눈을 보니 지영이 생각이 났다.

불쌍한 자식……

문득, 오늘이 그 애와 마지막 만나는 날이 될지도 모른다는 생각이 들었다. 지영이는 내일, 그러니까 24일 아침에 어머니 수술 때문에 미국으로 떠나려고 비행기 표까지 끊어 놓은 상태였다. 언제 돌아올지 모르는 기약 없는 여행이었다.

지영이 어머니가 갑자기 쓰러진 것은 한 달 전이었다. 중풍처럼 전신마비였다. 종합병원으로 옮겨 검진을 받은 결과 중풍은 아니었다. 국내에서는 잘 발병하지 않는 아주 희귀한 병이었다. 의사는 미국 오리건 주에 전문가가 있으니 그곳으로 건너가 물리치료와 약물치료를 병행해서 받아보라고 권했다. 하지만 얼마나 오랫동안 치료를 받아야 완치될지는 누구도 알 수 없다는 것이었다. 지영이 아버지는 의사의 권고를 받아들였다. 아버지는 지영에게는 서울에 남아 있으라고 했지만, 지영은 마음이 안 놓인다며 함께 가겠다고 자청했다.

지영은 아버지와 의논을 한 끝에 일단 미국으로 건너가서 의사의 소견을 들어본 뒤에, 장기적인 치료를 받아야 된다고 하면 아예 이민을 가기로 결정을 보았다. 어머니가 쓰러진 뒤부터 지영은 매일 울며 지냈다. 병석에 누워서 꼼짝 못 하는 어머니가 너무도 안쓰럽다는 것이었다. 난 우는 지영을 물끄러미 바라볼 수밖에 없었다. 아무 힘도 되어 주지 못한 채…… 남들은 설레는 마음으로 맞이할 성탄 전날에 우리는 이별을 해야 할 처지였다.

지영아, 미안해…… 아무것도 해주지 못해서……

등 뒤에서 전화벨이 울렸다. 아무도 받지 않아서 수화기를 들었다. 낯익은 음성이었다.

"오빠, 저 지영인데요. 오늘 어쩌면 못 나갈지도 몰라요. 방금 병원에서 연락이 왔는데…… 어머니에게 무슨 일이 생겼는지…… 빨리 와 보라는 거예요. 가 봐서 큰일이 아니면…… 제가 다시 전화할게요. 미안해요, 오빠……"

지영이 목소리는 어머니에 대한 걱정 때문인지 자주 잠겼다.

"지영아, 아무 일도 아닐 거야. 힘내……"

나는 무력감을 느끼며 가까스로 말했다. 전화는 이내 끊겼고 공허한 나의 음성만이 귓가에 메아리쳤다. 가슴이 다시금 쓰려왔다. 나는 하루 종일 아무 것도 못 하고 멍하니 앉아 있었다. 속도 쓰리고 머리도 아팠지만 가슴의 상처에 비하면 아무것도 아니었다.

자정이 가까워지도록 지영이로부터는 전화가 없었다. 아무래도 어머니에게 큰일이 생긴 것 같았다. 앞으로 아홉 시간 뒤면 지영이는 나와 함께 밟고 있었던 이 땅을 떠나리라. 떠나기 전에 한마디라도 해주고 싶었지만, 심각한 일이 생겼을지도 모르는데 공허하기 짝이 없는 몇 마디 위로의 말을 하고자 병실로 전화 걸 수는 없는 일이었다.

책상에 머리를 박고 앉아있는데 전화벨이 울렸다. 전화벨 소리가 그토록 반갑게 들리기는 처음이었다. 나는 재빨리 뛰어가 수화기를 들었다. 짧은 순간, 제발 지영이에게서 온 전화이기를 빌었다. 그리고 또한 좋은 소식이기를.

"오빠! 저 지영이에요."

지영의 음성은 전에 없이 생기에 차 있었다.

"기적이에요, 기적! 어머니가 다시 의식을 차렸고 손발을 움직이기 시작했어요. 그것도 놀라운 속도로 회복하고 계세요. 의사 선생님이 그러시는데 이 정도 속도면 2주 뒤면 완치되실 거래요. 참, 그리고 우리 내일 안 떠나도 되게 되었어요. 아버지가 예약을 취소하려고 항공사에 전화했는데 뭐가 잘못되었는지 이미 예약이 취소되어 있다는 거예요.

오빠, 우리 오늘 못 만난 거 내일 만나요. 내일은 시간 낼 수 있을 것 같아요. 나 교회 가서 감사 기도드릴 건데 오빠가 같이 가줘요. 제 부탁 들어 주는 거죠? 아, 믿기지가 않아요. 도저히 못 일어나실 것 같던 어머니가 일어나시다니…… 아무리 생각해도 산타클로스의 선물 같아요! 오빠, 우리 내일 봐요."

지영은 흥분된 목소리로 자기 얘기만 하고 전화를 끊었다.

수화기를 내려놓고 나니 그제서야 지영이가 느꼈던 기쁨이 가슴속으로 전해져 왔다.

기적, 기적이라고?

난 기쁨에 들떠서 소식을 전하던 지영의 생기발랄한 목소리를 떠올렸다. 그녀가 좋아하는 모습이 눈앞에 선했다. 가슴이 설레었다. 어머니가 일어나고 그녀가 다시 웃음을 찾다니……

아무리 생각해도 산타클로스의 선물 같아요!

불쑥 지영의 목소리가 귓가에 메아리쳤다. 꿈속에서 만났던 이상한 산타가 떠올랐다.

설마……

나는 잠시 생각해 보다가 고개를 저었다. 꿈이 현실이 될 수는 없는 일이었다. 자리에서 일어나 라디오를 틀었다. 흥겨운 크리스마스 캐럴이 흘러나왔다. 볼륨을 높이자 캐럴이 내 몸과 내 방 안을 가득 채웠다.

나는 다음날, 축하의 꽃다발을 사 들고 지영이 어머니에게 병문안을 갔다. 어머니는 정말로 많이 좋아져 있었다. 믿기지 않을 정도로. 병실에는 웃음소리가 넘쳤고 가족들의 얼굴은 꽃보다도 더 환했다. 지영이 아버지께선 아내와 단 둘이서 크리스마스 추억을 만들겠다면서 지영이와 나의 등을 떠밀었다. 우리는 크리스마스 이브에 짧지만 아주 소중한 추억을 만들었다. 내 인생에서 가장 행복한 크리스마스였다.

그로부터 사흘 뒤, 이상한 메일이 와 있었다. 이름은 새 산타, ID는 NewSanta였다.

일한에게.
자네가 크리스마스 날 행복해 하는 것을 보고 무척 뿌듯했네. 우리는 자네의 모습에서 현대인에 대한 많은 가능성을 발견할 수 있었네. 아직도 대다수의 사람들 가슴 속에, 남을 위하고 아끼는 마음이 남아 있다는 것을 발견했다고나 할까?
그래서 우리는 뉴 산타 프로젝트를 백지화시켰네.
인간에게 진정 중요한 것은 가시적인 결과가 아닌, 남을 생각하는 아름다운 감정이라는 원천적인 결론에 도달한 거지. 그래서 비록 힘들더라도 소중하고 아름다운 감정들을 선물해 주는 옛날의 산타로 돌아가기로 결정했다네.
자네에 대한 나의 보고서가 이런 결론을 도출해 내는 데 결정적인 역할을 했지. 자네가 남을 진정으로 생각하는 성인으로 자랄 수 있었던 결정적인 요인은, 선배 산타들이 선물한 순수한 감정들이었다는 나의 보고서가 먹혀 들어간 거야. 그래서 우리는 비록 힘들고 어렵더라도 하나하나 고귀한 감정의 씨앗을 뿌리기로 결정했네. 그러기 위해서는 최신형 페라리 대신 다시 썰매를 타야하는 불편 사항이 뒤따르겠지만, 즐거운 마음으로 산타의 임무를 수행하겠네.
나는 이번에 정식 산타로 승진했네. 앞으로 자네는 나를 보기 힘들겠지만 나는 항상 자네를 지켜보겠네. 왜냐하면 자네는 내 첫 번째 선물을 받은 인간이니까. 여하튼 앞으로도 산타를 믿는 마음을 버리지 말게. 그리고 우리가 오랜 세월 동안 선물했던 아름다운 감정들도……

잘 지내게나.

메일의 내용은 내 머릿속을 온통 들쑤셔 놓았다. 나는 일단 메일을 저장한 뒤 ID를 조회해 보았으나 등록되지 않은 사용자라고만 나왔다. 그래서 저장한 메일을 다시 읽어보려 했다. 그러나 저장한 메일은 흔적도 없이 사라져 버리고 없었다. 귀신이 곡할 노릇이었다. 피곤해서 헛것을 본 것인지도 몰랐다. 아니면 내가 상상을 하고 있다가 그 상상을 현실로 생각하게 된 것인지도…… 그도 아니면 내가 꿈이라고 생각했던 것이 전부 사실이고, 진짜 산타가 존재하는지도……

나는 컴퓨터를 켜 놓은 채 온갖 추측을 다 해 보았다. 하지만 아무리 생각해도 현실감은 느껴지지 않았다. 산타가 페라리나 타고 다니면서 메일을 보낸다는 것은 너무도 황당했다. 쓸데없는 꿈과 상상력이 빚어낸 망상일 가능성이 높았다.

산타의 존재를 믿나?

나는 생각을 바꿔서 나에게 조용히 물어 보았다. 나는 고개를 끄덕였다. 누가 뭐래도 나는 산타의 존재를 믿고 있었다. 아니 믿고 싶었다. 이 세상 어딘가에는 어린이들과 삶에 지친 어른들에게 꿈과 희망, 그리고 아름다운 감정을 나누어 주는 산타가 분명 존재할 거라고……

1분간의 사랑

― 그를 위해선 남아 있는 네 삶도 버릴 수 있다고.

    내가 기억하고 있는 것 중에 가장 오래된 것은 흑백텔레비전이다.
    난 흑백텔레비전 속에서 뛰어노는 아이들의 활기찬 모습을 기억하고 있다. 언제 어디서 보았는지, 현실이 아닌 어느 드라마 속의 한 장면이었는지 모르지만.
    내가 이렇게 누워 있은 지는 한 20년쯤 될까. 난 20년이란 세월 동안 단 한순간도 움직여 보지 못했다. 온몸은 물론이고 심지어는 입도 제대로 벌려본 적이 없다. 내가 자유롭게 할 수 있는 행동이란 고작 눈꺼풀을 깜박거리는 정도뿐이다. 하지만 사람들은 모른다. 진정한 나의 불행은 움직일 수 없는 육체로도 듣고, 보고,

생각할 수가 있다는 데서 온다는 것을.

테레사 수녀님이 붙여 준 내 이름은 사무엘이다. 하지만 사람들은 수위 할아버지가 나를 화창한 봄날에 주워 왔다고 해서 '상춘'이라고 부른다. 난 처음엔 모든 사람들이 나처럼 움직일 수 없는 삶을 살아가고 있는 줄로 알았다. 움직이는 것은 텔레비전에 나오는 그림뿐이라고 생각했었다.

하지만 나는 복지원에 온 지 얼마 되지 않아서 움직일 수 없는 사람은 나뿐이라는 걸 깨달았다. 그 사실을 처음 알았을 때 나는 아이러니컬하게도 기뻤다. 세상은 움직일 수 없는 나에게도 의외로 지루하지 않은 곳이었기 때문이다. 하지만 나중에 이런 생각들은 날 괴롭히는 창이 되어서 내게 되돌아왔다.

세월이 흐르면서 나는 많은 것을 알게 되었다. 테레사 수녀님이 나를 낳아 준 친어머니가 아니라는 사실을 알았고, 나를 낳은 친부모는 나를 이 복지원 앞에다 버렸다는 것을 알았다. 수녀님의 기도도 나에게 많은 진실을 알려 주었다. 수녀님은 나를 '어린 양'이라 표현했고 나를 버린 친부모를 '죄인'이라 불렀다. 수녀님은 항상 하나님께 기도할 때 나에게는 축복을 내려달라고 기원했고, 나의 친부모에게는 죄를 사해달라고 갈구했다. 수녀님이 기도를 끝마치고 '아멘!'을 외칠 때 나 역시 마음속으로 '아멘!'을 외쳤다.

하지만 내가 이십여 년 동안 줄곧 깊은 신앙심을 지녔던 것은 아니다. 나는 사춘기인 열여섯 살 무렵에는 심한 방황을 했다. 그 시절 난 식물이나 다름없는 내 처지를 한탄하며 나를 버린 부모들에게 원망과 저주를 퍼붓곤 했다. 그 당시 내가 할 수 있는 최대한의 반항은 음식을 거부하는 것이었다.

나는 꼼짝도 할 수 없었지만 소화 기관만은 스스로 통제할 수 있었다. 입가에 넣어주는 죽을 거부하려고 마음먹자 위장이 곧바로 속에 것을 토해내 주었다. 먹는 족족 토해 내자 수녀님들은 내가 병에 걸렸다고 판단한 모양이었다. 그들은 나에게 약을 먹였지만 나는 약까지 토해 버렸다. 수녀님들의 걱정은 이만저만이 아니었다. 나는 배가 고파 고통스러웠지만 죽기로 작정하고 묵묵히 참았다. 그런데 그때 나를 살려 낸 것이 바로 기도였다.

식음을 전폐한 채 바짝바짝 말라가던 어느 날, 나는 혼수상태 속에서 테레사 수녀님의 기도를 들었다. 테레사 수녀님의 진실한 기도는 나의 심금을 울렸다. 수녀님의 기도에는 사념이 없었다. 오로지 나에 대한 걱정으로 가득 차 있었다. 수녀님의 눈물이 굳게 닫힌 내 마음의 문을 연 것이다. 아, 내 작은 이기심이 착한 수녀님의 마음을 괴롭혔구나!

나는 한순간 잘못 먹은 내 마음을 뉘우쳤다. 내가 마음을 열고 음식을 받아들이자 수녀님은 무척이나 기뻐하셨다.

그 이후로 나는 내 처지에 대해 더 이상 슬퍼하지도 괴로워하지도 않았다. 테레사 수녀님 같은 분을 만나게 해 주신 하나님께 감사했고, 아름다운 세상을 보고 느끼고 만물에 대해 내 머리로 생각할 수 있다는 사실에 만족해했다.

나의 세계는 내가 누워 있는 방과 가끔씩 휠체어를 타고 나가 보는 복지원 앞마당이 전부이다. 내가 아는 사람도 나와 비슷한 처지의 아이들과 우리를 돌봐 주는 수녀님들, 수위 할아버지가 전부이다. 가끔씩 낯선 사람들이 찾아오지만 그들은 텔레비전 속의 인물들처럼 스쳐 지나가는 사람들에 불과했다.

그 밖의 세계와 그 밖의 인물들은 텔레비전을 통해서 보고 만난다. 텔레비전은 이제는 할머니가 되어 버린 테레사 수녀님 다음으로 나와 가장 친한 친구이다. 우리 방의 친구들은 대부분이 텔레비전을 광적으로 좋아한다. 우린 텔레비전을 통해서 꿈을 꾸고 상상의 나래를 펼친다.

나는 거의 모든 지식을 텔레비전을 통해서 얻었다. 텔레비전이 들려주는 여러 가지 이야기는 수녀님들께서 들려주는 성경보다 훨씬 더 재미있었다. 나는 텔레비전을 통해서 많은 것을 해낼 수 있었다. 야구선수가 되어 홈런을 날릴 수 있었고, 마이클 조던이 되어 덩크슛도 할 수 있었다. 그것뿐이랴, 달나라도 바다 속도 거칠 것이 없었다.

하지만 내가 텔레비전을 통해서도 못해 본 것이 있었는데 그것은 다름 아닌 '사랑' 이었다. 사랑만은 아무리 상상력을 동원해도 도대체 어떤 건지 알 수 없었다. 드라마를 보면서 줄거리를 쫓아가다가, 주인공들은 사랑이라는 감정에 부딪치면 되면 늘 괴로워하는 동시에 행복해했다. 난 '저게 뭔데 저러는 걸까?' 하고 되물어 보곤 했지만, 사랑은 생각하고 생각해도 여전히 풀리지 않는 수수께끼였다. 나는 한동안 보이지도 않고 만져지지도 않는 '사랑' 이라는 것을 붙들고 정체를 캐내기 위해 씨름을 했었다. 그러다가 이내 체념하고 말았다.

하긴 해 본 적이 없는데 어떻게 알 수 있으랴. 그리고 아무리 생각해도, 음식을 소화시키는 것을 제외하고는 모든 것에 다른 사람의 도움을 받아야 하는 나에게 사랑이란 건 너무나 사치스럽다는 결론이 나왔다. 남의 도움 없이는 생존할 수도 없는 주제에 사랑은 무슨 사랑.

하지만 나의 체념은 천사를 만난 그날 사라졌다.
내가 그녀를 만난 것은 햇살이 침대 난간을 막 넘어오려고 기웃거리고 있을 때였다. 난 천장을 보고 누워 있었지만 20년이 넘게 보아 온 햇살의 움직임 같은 것은 보지 않고도 감지할 수 있었다. 방문이 열리는 소리가 들려왔다. 나는 발자국 소리를 듣고 이곳에 자주 오는 김 신부님과 테레사 수녀님, 그리고 낯선 사람 한 명이 방에 들어왔다는 것을 알았다. 낯선 사람은 날렵한 몸매를 지닌 여자인 것으로 짐작되었는데 문득 그 사람이 내 시야 속으로 불쑥 들어왔다.

순간, 나는 심장이 멎는 듯한 충격을 받았다. 그녀는 수녀님의 들려준 이야기를 듣고 머릿속으로 그렸던 천사의 모습, 바로 그 자체였다.

"이쪽은 사무엘 형제예요. 선천성 뇌성마비로 조금도 움직이지 못해요. 사무엘, 인사해요, 이쪽은 서지영이라는 학생이에요. 대학생인데 여기서 자원 봉사를 하고 싶대요. 앞으로 사무엘님도 보살펴 줄 거예요."

김 신부님의 목소리가 아련하게 들려왔다. 아가씨가 싱긋 미소를 지었다. 마치 혼이 모조리 빨려 들어가는 느낌이었다.

"사무엘님, 잘 부탁해요."

그녀는 나긋나긋한 음성으로 인사를 하며 고개를 살짝 숙였다. 나는 순간 꿈을 꾸고 있다고 생각했다. 심장은 빠르게 뛰기 시작했고 핏줄기는 혈관 속을 좌충우돌 뛰어다녔다.
　그녀가 옆 침대의 친구에게 인사하기 위해 내 시야에서 사라졌을 때, 나는 처음으로 그녀에게 고개를 돌릴 수 없다는 사실에 괴로워했다. 나는 신열에 들떠서 천장만을 올려다보았다. 아지랑이가 피어오르는지 세상이 온통 아른아른거렸다.

　그녀는 일주일에 두 번씩 와서 올 때마다 다섯 시간가량 머물다 갔다. 그녀는 얼굴 한번 안 찡그리고 우리들을 돌봐 주었다. 징징거리는 아이들을 달래기도 하고, 똥오줌도 못 가리는 우리들의 속옷을 찡그리는 표정 한번 안 짓고 갈아입혀주는 등, 한시도 쉬지 않고 우리들의 손발이 되어 주었다.
　나는 그녀의 따뜻한 시선을 받을 때면 마음 한구석이 따뜻한 물에 몸을 담갔을 때처럼 포근해지는 것을 느꼈다. 그녀는 가끔씩 내가 측은한지 눈물을 글썽거렸는데, 나는 그때마다 마음속으로 속삭이곤 했다. 울지 말아요, 나의 천사여, 그대가 곁에 있는 한 나는 이 세상 누구보다도 행복하답니다. 하지만 그녀는 나의 이런 마음을 전혀 모르는지 여전히 따뜻한 시선으로 나를 대할 뿐이었다. 그녀의 변함없는 눈길을 대하면서 나는 차츰 가슴이 찢어질 듯한 고통을 느끼기 시작했다.
　아, 단 한마디라도 그녀에게 말을 건넬 수 있다면, 단 한번이라도 그녀의 따뜻한 손을 잡아볼 수 있다면. 나는 비로소 사랑이라는 게 어떤 감정인지 알 수 있었다. 사랑은 사막을 걷는 여행자가 느끼는 갈증, 복권에 당첨된 순간의 기쁨, 소풍을 가기 전날 아이가 느끼는 설레임을 동반하는 거라는 것을.

날이 갈수록 그녀에 대한 나의 감정은 깊어만 갔다. 언젠가 수녀님이 '이 세상에서 사랑보다 아름답고 행복한 것은 없다'고 했지만 내가 느끼는 사랑은 결코 아름답고 행복한 것만은 아니었다. 그것은 심한 고통을 동반하는 괴로움 덩어리였다. 그녀가 오지 않는 날은 세상이 온통 암흑 천지였다. 그녀가 찾아오는 날은 그녀가 모습을 드러내기까지의 순간순간이 살을 베는 고통의 연속이었다. 그러다 그녀가 가고 나면 모래를 쥐었을 때 손가락 사이로 금세 모래가 빠져나가듯 허전하기 그지없었다. 그녀를 만나고부터는 그토록 재미있던 텔레비전도 보기가 싫었다. 그녀에 대한 생각을 하는 사이에 해가 뜨고 해가 지곤 했다.

나는 그녀에게 다가갈 수 없는 나의 처지를 한없이 원망했다. 나를 낳아 준 부모를 저주했으며 나를 이 땅에 보낸 신에게 온갖 악담을 퍼부었다. 보고 느끼고, 생각할 수 있다는 사실이 더없이 괴로웠다. 차라리 내가 입에 들어오는 밥을 삼킬 줄밖에 모른다면 이런 고통은 없을 터인데.

괴로움에 몸부림을 치다 보면 그녀는 아무 것도 모르는 천진난만한 아이 같은 웃음을 머금고 방으로 찾아왔다. 내 가슴속의 증오는 그녀를 보자마자 눈 녹듯 사라졌고 순한 한 마리 짐승이 되었다.

나는 그녀를 통해서 천국의 향기를 맡았다. 그녀의 머리카락이 흩날릴 때마다, 그녀가 몸을 움직일 때마다 나는 그녀를 감지할 수 있었다. 그녀의 얼굴에 미소가 떠오를 때 나의 인생은 환희에 넘쳤고, 그녀의 얼굴에 미소가 사라질 때 내 인생도 절망적으로 변하곤 했다. 그녀는 시간이 지날수록 점점 나의 모든 것이 되어

갔다. 그녀가 내 가슴속에 가득 차면 찰수록 나의 고통은 심해져 갔다.

아, 나는 한 송이 꽃보다도 못하구나. 내가 꽃이라면 향기로운 꽃을 피워 내 사랑을 전할 수 있으련만 나는 아무 것도 할 수 없으니. 나는 참담한 절망 속에서 내가 그녀를 위해 할 수 있는 게 뭘까를 궁리해 봤다. 천만다행으로 내가 그녀에게 할 수 있는 것이 한 가지 있었다. 그것은 그녀에게 내가 표현할 수 있는 가장 애정 어린 눈빛을 보내는 것이었다. 나는 그녀가 없을 때도 그녀를 생각하며 행복에 잠겼다.

그녀를 만난 지 보름째 되는 날이었다. 그녀는 그날도 평상시와 같이 열심히 일을 했다. 하지만 얼굴 한구석이 어딘지 모르게 슬퍼 보였다.

난 그런 그녀가 너무도 안쓰럽게 느껴져, 왜 그렇게 우울한지 나에게 말해 보라고 끊임없이 텔레파시를 보냈다. 그녀를 만나기 전에는 이런 것들을 믿지 않았지만 그녀를 만난 뒤로 나는 내가 알고 있는 모든 지식을 동원해 그녀에게 다가가기로 마음먹고 있었다. 나의 텔레파시가 그녀에게 전달된 걸까? 내 침대 옆에서 꽃병을 정리하던 그녀가 나를 물끄러미 바라보았다. 그녀의 시선을 받으니 내 심장이 터질 듯이 빠르게 움직이기 시작했다.

말해 보세요, 모두. 다시 한 번 그녀에게 정신을 집중해서 텔레파시를 보냈다. 그녀는 슬픈 표정으로 창밖을 잠시 멍하니 올려다보았다. 그러더니 나에게 다가와 아름다운 입술을 열었다.

"사무엘님, 움직일 수는 없다고 해도 제 말은 알아들으실 수 있나요?"

나는 그녀를 향해 힘차게 고개를 끄덕였다. 하지만 내 몸은 안타깝게도 미동도 하지 않았다.

"항상 느끼는 거지만 사무엘님은 참으로 따뜻한 눈빛을 가지고 계세요. 주변을 따뜻하게 해 주는. 힘드시죠. 손끝 하나 움직일 수 없으시니. 사무엘님의 고통에 비하면 내 고통은 아무 것도 아닌데. 하지만 털어놓고 싶어요. 사무엘님의 눈빛이 모두 말해 보라고 재촉하는 것 같아요."

나는 그 순간만은 분명히 이 세상 그 어떤 존재보다도 행복했다. 그녀가 나의 마음을 알아 준 것이었다. 그녀는 듣지 못했겠지만 나는 분명히 들었다. 내 몸의 전 세포들이 '야호!' 하고 외치는 소리를.

"사무엘님은 누구를 사랑해 보신 적이 있나요? 저는 요즘 누군가를 좋아하고 있는 것 같아요. 짝사랑이지요. 그 사람은 제가 자기를 좋아한다는 걸 모르고 있을 거예요. 전 용기가 없어서 다가가지 못하고 먼 발치에서 그를 지켜보고만 있답니다. 제 감정을 털어놓고도 싶지만 그 사람과의 관계가 멀어질까봐 두려워요. 그 사람에게는 슬픈 추억이 있대요. 그 사람은 아직도 바보처럼 과거 속에서 살고 있답니다. 그래서 제가 그의 가슴 속으로 비집고 들어갈 틈이 없나 봐요.

휴우…… 전 사실 사랑을 처음 해 봐요. 전 남을 좋아한다는 것이 행복한 일인 줄로만 알았어요. 그런데 아니더라고요. 언젠가 읽은 책에 이런 구절이 있었어요. '왜 우리는 항상 서로의 등만 쳐다보고 살게 되는 거죠' 라는. 정말로 그런 것 같아요.

어떡하면 좋을까요. 저는 도저히 그에게 내 마음을 털어놓을 자신이 없어요. 그러다 보니 만나도 마음에 없는 말만 꺼내게 되고 헤어지고 나면 몹시 후회하죠. 그 사람이 나를 사랑하게 해 달라고 기도도 해 봤지만, 그런 사실을 알 리 없는 그 사람은 여전히 나를 좋은 후배로만 대해 주는 거예요. 이렇게 계속 가다가는 그 사람이 제 곁을 떠나고 말 것만 같아요. 휴우…… 고마워요. 제 이야기를 들어 주셔서. 그래도 사무엘님에게라도 털어 놓으니 마음이 좀 편해지네요. 사무엘님, 그럼 다음에 봐요."

그녀는 이야기를 마치자 화병을 들고 일어났다. 물을 갈러 가는 모양이었다.

나는 숨도 쉬지 않고 그녀의 이야기를 들어야 했다. 그녀의 얘기를 듣는 동안 정말이지 미칠 것만 같았다. 그녀는 내가 하고 싶은 말을 대신하고 있었다. 나는 있는 힘껏 소리쳤다.

지영 씨, 사랑해요! 나는 당신을 사랑하고 있어요. 나의 외침이 한 마디도 제대로 표현되지 않는다는 것을 깨닫고 나니 울고 싶었다. 하지만 나에겐 그런 상황에서 눈물을 흘리는 것조차 불가능했다. 그녀가 다른 사람을 좋아하고 있다니.

하루 종일 나는 그녀가 한 말을 되씹었다. 그녀가 좋아한다는 그 사람에게 대한 적개심과 증오도 끓어올랐다. 하지만 그런 적개심과 증오는 금세 질투와 부러움으로 바뀌고 말았다.

'왜 우리는 항상 서로의 등만 쳐다보며 살게 되는 거죠?'

나는 그녀가 한 말을 수없이 되뇌었다. 그 말은 나의 가슴속 깊은 곳에 들어와 자리 잡았다. 나는 그녀를 제외한 이 세상 모든 사람과는 등을 쳐다보고 살아도 좋지만 그녀의 등을 쳐다보며 살고 싶지는 않았다. 단 한순간이라도 그녀 앞에 마주 서서 대화를 나누어 보고 싶었다. 그럴 수만 있다면 그대로 죽어도 좋을 것 같았다.

하루하루 지날수록 내 사랑은 깊어만 갔다. 그녀의 고백을 듣고 나니 그녀에 대해서 많이 알고 있는 듯한 기분이 들었다.

다시 일주일이 흘렀다.

그날 그녀는 무척이나 행복해 보였다. 지난번 보았을 때 얼굴에 가득 차 있던 슬픔이나 그늘 같은 것은 찾아볼 수 없었다. 그녀는 콧노래를 흥얼거리며 방안을 환한 향기로 가득 채웠다.

그녀의 흥겨운 기분을 감지한 사람은 나뿐만이 아니었다. 김 신부님이 한마디 했다.

"오늘 무슨 좋은 일 있는 모양이지? 애인이라도 만나기로 했어?"

"애인은요, 정말 애인이라도 있었으면 좋겠어요."

"내 눈은 못 속여. 눈빛을 보니 사랑에 빠져도 보통 빠진 게 아닌데."

"신부님 놀리지 마세요."

그녀는 부끄러운지 얼굴이 금세 빨개졌다.

김 신부님이 방을 나가자 그녀는 다시 콧노래를 흥얼거리며 걸레로 방안을 깨끗이 닦았다. 그녀가 즐거워하자 나도 괜히 흥이 났다. 나는 그녀가 콧노래로 흥얼거리는 리듬을 따라했다.

그녀의 봉사시간이 끝나갈 때쯤이었다. 그녀는 약속이라도 있는지 김 신부님 몰래 수시로 시계를 들여다봤다. 나는 그녀가 누군가를 기다리고 있다고 판단했다. 텔레비전 드라마를 통해 나 역시 사랑에 빠진 여자가 하는 행동 몇 가지 정도는 알고 있었다.

그때였다. 그 사람이 나타난 것은. 나는 그날 침대에 비스듬히 기댄 채 앉아 있어서 모든 광경을 생생히 볼 수 있었다. 스웨터에 청바지를 입은 젊은이가 문가에 나타나자 그녀는 단걸음에 달려갔다.

난 그녀의 반응을 보고 그 남자가 얼마 전에 그녀가 고백했던 '그 사람'이라는 것을 눈치 챘다.

"일한이 오빠, 정말 왔네요. 난 안 올 줄 알았는데."

"야, 여기 찾기 힘들더라. 찾아오느라고 애 좀 먹었다."

"그래서 찾아오지 말래니까."

"야, 그래도 후배가 좋은 일 하는데 모르는 척할 수 있냐. 더 열심히 하라는 뜻에서 맛있는 거라도 좀 사 줘야지."

나는 다정한 그들의 모습에서 질투를 느꼈다. 질투는 이내 증오심으로 바뀌었다. 만약 내가 소리라도 지를 수 있었다면 나는 쉬지 않고 고함을 질러댔으리라.

그들이 이야기를 나누고 있는데 김 신부님이 방으로 들어왔다. '그 사람'이 인사를 하자 김 신부님이 고개를 끄덕이며 미소를 지었다.

"그럼 그렇지. 어쩐지 지영이 오늘 하루 종일 안절부절 못하더라니. 지영아, 오늘은 손님도 오셨으니 그만 들어가 봐라. 수고 많았다."

"죄송해요, 신부님."

그녀는 수줍은 미소를 짓고는 김 신부에게 작별인사를 했다. 그리고 우리들을 향해서도 가볍게 인사를 했다. 그녀는 우리하고 헤어지는 것이 더없이 기쁜 모양이었다.

찢어지는 듯한 내 가슴은 아랑곳하지 않고 그녀는 가방을 챙기더니 그 사람과 함께 방을 나가버렸다. 종달새처럼 노래하는 듯한 그녀의 밝은 음성이 점점 멀어져 갔다. 나는 그녀의 발자국소리를 들으면서 심한 무력감과 좌절감을 느꼈다. 나는 그날부터 잠을 제대로 이룰 수가 없었다. 도무지 내가 살아 있다는 기분이 들지 않았다.

어떻게 날짜가 흘렀는지도 알 수 없었다. 그 동안은 나 나름대로의 생존 방식을 지니고 살았지만 이제는 그 방법마저도 잃어버렸다. 내 마음속엔 즐거움이 어느덧 사라져 버리고 없었다. 그 대신 시도 때도 없이 허망한 바람들만 횡하니 불었다.

아, 그 둘은 얼마나 행복할까? 그녀는 나 같은 건 전혀 생각하지 않을 거야. 마음껏 그들만의 행복을 누리겠지.

나의 외로움은 점점 깊어갔다. 그녀는 변함없이 일주일에 두 번씩 방을 찾아왔지만 나는 그녀가 있는 동안 내내 눈을 감았다. 그녀를 보는 것 자체가 내겐 더 없는 고통이었다. 하지만 난 오래 지나지 않아, 보고 싶어 하면서 애써 외면하는 것 자체가 더 큰 고통이라는 것을 깨달아야 했다.

차라리 그녀를 만나지 않았더라면 좋았을 것 같았다. 나는 그녀를 잊으려고 안간힘을 썼다. 하지만 그녀를 말끔히 지워버리기에는 그녀의 자리가 너무도 컸다. 내가 평생을 열심히 문질러 지운다 해도 지워질 것 같지 않았다. 나는 그녀를 되도록 편하게 대하자고 마음을 다잡았다.

그러던 어느 날이었다. 돌아가려는 그녀의 손을 테레사 수녀님이 꼭 붙잡았다.

"이번 주 토요일까지만 나오신다고요. 그동안 정말 고마웠어요. 너무 열심히 일해 주셔서 뭐라고 감사해야 될지 모르겠어요. 정들었는데 이렇게 헤어진다니 몹시 서운해요."

나는 순간, 눈앞이 깜깜해지는 것을 느꼈다. 결국 그녀가 나의 곁을 떠나가겠다는 것이었다.

차라리 잘된 거야. 눈물이 나오려고 했지만 나는 쉽게 체념해 버렸다. 하지만 그것은 서운함의 다른 모습이라는 걸 난 인정해야 했다. 언젠가 이런 날이 올 거라는 걸 알고 있었다. 일부러 그 사실을 외면하고 있었는지도 몰랐다. 그런데 막상 이렇게 눈앞에 닥치니 암담하기만 했다. 돌아보지 않고 끊임없이 흘러가는 시간이 원망스러웠다. 영원히 토요일이 오지 않으면 좋을 것 같았다. 시간이 가는 것이 두렵기만 했다. 토요일이 지나면 그녀는 멀리 떠나고 말리라. 다시는 못 만날 지도 모르는 그녀를 평생 그리워하며 가슴에 안고 살아야 하겠지.

나는 도저히 그녀를 이대로 보낼 수 없었다. 무력하게 그녀를 떠나보내고 나면 평생 회한의 눈물을 흘려야 할 것만 같았다. 그녀에게 말을 붙여 보고, 그녀가 내 물음에 대답하고, 그렇게 한순간만이라도 함께 할 수 있다면.

나는 내 소원이 이루어질 수 없는 터무니없는 거라는 걸 알고 있었지만 그녀를 그대로 포기할 수 없었다. 난 기도를 하기 시작했다. 그대가 신이든 악마든 가리지 않겠습니다. 저의 간절한 기도를 들어 주십시오. 저의 영혼을 달라고 하면 기꺼이 드리겠습니다. 저의 팔다리를 원하신다면 잘라 가십시오. 저의 두 눈을 원하신다면 즐거운 마음으로 빼드리겠습니다. 보잘 것 없는 육체를 지닌 인간이지만 생명을 달라고 하면 흔쾌히 그렇게 하겠습니다. 단 한 번만이라도 좋으니 내 사랑하는 그녀 앞에 제대로 된 인간으로 서게 해 주십시오. 그녀에게 한 마디 말이라도 건넬 수 있게 해 주십시오. 그녀와 함께 단 1분이라도 마주 설 수 있게 해 주십시오. 제가 원하는 것은 오직 그것뿐입니다. 천 년, 아니 백만 년 동안 당신의 노예가 되어야 한다고 해도 후회하지 않겠습니다. 수억 년에 다시 수억 년을 곱한 세월 동안 지옥의 유황불 속에서 살라 해도 거절하지 않겠습니다. 제발 저의 소원을 들어 주십시오. 처음이자 마지막으로 드리는 부탁입니다. 부디 저의 간청을 저버리지 말아 주소서.

한시도 쉬지 않고 지성으로 기도를 드렸지만 당연하게도 어떠한 신으로부터도 응답을 받을 수 없었다.

마침내 토요일이 왔고, 잊을 수 없는 특유의 향기를 풍기며 그녀가 다가왔다. 그녀는 두 달 동안 해 왔던 일들을 능숙한 손길로 하나씩 처리했다. 밥을 떠먹여 주고, 기저귀를 채워 주고, 옷을 갈아입혀 주고, 시트를 갈아 주고, 물걸레로 바닥을 청소하고, 동화책을 읽어 주고.

내가 이 세상에서 보낸 그 어떤 순간보다도 빠르게 시간은 흘러갔다. 그녀는 마침내 침대를 하나씩 돌면서 작별 인사를 했다.

"사무엘님의 따스한 눈빛이 저에게 많은 힘이 되어 주었어요. 용기 잃지 마시고 행복하세요."

나의 천사는 인사말을 남기고 옆 침대로 갔다.

아, 나보고 행복하라고, 자기가 그렇게 떠나면서…….

난 이제 그녀에게마저 적개심과 증오가 느껴졌다. 가슴 깊은 곳에서 흐르는 눈물을 주체할 수 없었다. 눈물은 하염없이 흘러 금세 강물이 되었다.

그녀는 테레사 수녀님의 배웅을 받으며 방을 나섰다. 나가기 전에 그녀는 마지막으로 병실을 휘 둘러보았고 그것으로 그만이었다. 그녀는 내 곁을 떠난 것이었다. 아주 간단하게. 이제 남은 것은 그녀에 대한 그리움을 평생 동안 껴안고 살아가는 것뿐이었다.

안 돼! 이대로 보낼 수는 없어, 제발. 나는 절규했다. 그때였다. 허공에서 이상한 울림이 들려왔다. 그것이 무슨 말인지 정확히 들을 수는 없었지만, 누군가 나의 소원을 들어 준 것 같다는 예감이 들었다.

그 울림이 선한 것인지 악한 것인지 구분해 보려고 했지만 쉽게 분간이 되지 않았다. 하지만 내가 제시한 흥정을 누군가가 받아 준 것 같았다. 내 영혼과 생명을 건 계약이 체결된 것이다……. 이상한 기분이 들었다. 생전 처음 느껴 보는…… 결코 돌이킬 수 없는 계약서에 서명을 한 듯한.

움직여 봐.

이번에는 그 음성이 똑똑하게 들려왔다. 손을 들어 올려 보았다. 놀랍게도 내가 그동안 수없이 해온 상상이 현실로 이루어졌다. 손이 허공을 향해 들어 올려졌다.

이럴 수가. 22년 동안 한 자리를 지키고 있던 손이 허공에서 내가 마음먹은 대로 움직이고 있었다. 나 스스로도 믿기지 않는 광경이었다. 이번에는 몸을 뒤틀어보았다. 어깨가 움찔하는 것을 느낄 수 있었다. 오, 세상에! 나는 천천히 침대에서 일어났다. 기적, 기적을 내가 행하고 있었다. 옆 침대에 누워 있던 기철이 나를 발견하곤 '우우!' 하고 늑대 같은 울음을 토해 냈다.

나는 천천히 침대에서 내려왔다. 두 발로 설 수 있다는 게 너무도 신기했다. 걸음을 옮겨 보니 움직임도 아주 오래 전부터 그렇게 움직여 왔던 사람처럼 아주 자연스러웠다. 병실 친구들의 눈이 휘둥그레졌다. 나는 그들의 시선을 받으며 거울로 다가갔다. 거울 속의 얼굴은 수녀님들이 가끔씩 손거울로 비춰 주던 추하고 일그러진 얼굴이 아니었다. 얼굴 역시 깔끔하게 펴져 있었다. 눈빛은 무엇을 열망하는 것처럼 빛났다.

나는 거울에 손을 비춰 보았다. 그리곤 천천히 움직여 보았다. 신기했다. 내 몸이 내 마음대로 자유롭게 움직일 수 있다는 사실이 참으로 신기할 뿐이었다. 온 세상이 마치 내거라도 된 기분이었다. 나는 거울을 바라보다가 문득 스치듯 그녀의 환영을 보았다.

아차, 내가 이러고 있을 때가 아니지!

놓치기 전에 그녀를 따라가야 한다는 생각이 들었다. 서둘러야 할 것 같았다. 본능적으로 내게 주어진 시간이 얼마 되지 않는다는 것이 느껴졌다.

옷을 갈아입어.

허공에서 다시 음성이 들려왔다. 나는 침과 음식물 자국 등으로 지저분하게 얼룩진 환자복을 내려다보았다. 새삼 이런 차림으로 그녀를 쫓아갈 수는 없다는 생각이 들었다. 나는 방을 나갔다. 22년 동안 누워 있던 나의 세계를 뚜벅뚜벅 걸어서 벗어난 것이다.

창고로 내려가니 여기저기서 기증해 온 헌옷 상자가 여기저기 쌓여 있었다. 난 무슨 옷을 입을까 고르다가 병실에 찾아왔던 일한이라는 사람의 옷차림을 떠올렸다. 주저 없이 일한이 입었던 감색 스웨터와 비슷한 모양의 스웨터에 청바지를 걸쳤다.

어서 가야지.

허공에서 누군가 다시 재촉했다. 나는 그의 말대로 서둘러서 복지원을 나섰다. 그녀가 테레사 수녀님과 나간 지 20분쯤 되었으니 그리 멀리 가지는 못했으리라. 복지원을 나섰지만 한 번도 나가 보지 않은 길이라 어디로 가야 할지 감을 잡을 수 없었다. 우두커니 서 있는데 목소리가 다시 들려왔다.

오른쪽으로 가.

나는 그 목소리에 따랐다. 목소리가 지시하는 대로 달리니 큰길이 나왔다. 테레사 수녀님과 그녀의 모습이 보였다. 그녀는 막 택시에 올라타고 있었다. 나는 택시를 향해 미친 듯이 달려갔다. 숨을 헐떡이며 택시 앞까지 뛰어갔으나 택시는 '부르릉' 하는 요란한 엔진 음과 함께 출발했다.

나는 그녀를 놓쳤다는 허탈감에 휘청거리는 육체를 가까스로 바로잡았다. 이대로 끝내기는 너무 억울했다. 테레사 수녀님이 고개를 갸웃거리며 나를 쳐다봤으나 알아보는 것 같진 않았다. 인사를 할까 말까 망설이는데 다시 음성이 들려왔다.

저기 오는 택시를 잡아!

고개를 들었다. 정말로 빈 택시 한 대가 달려오고 있었다. 나는 무작정 도로로 달려가 두 팔을 쩍 벌리고 택시를 세웠다. 택시가 내 앞에서 미끄러지며 급정거했다.

"뭐야? 죽고 싶어!"

택시 운전사가 창문을 내리고 삿대질을 했다. 나는 아무 말도 하지 않고 차에 급히 올라탔다.

"미안해요. 그, 급한 일이 있어서."

내 목소리를 내가 들은 것이 그때가 태어나서 처음이었다. 굵고 남자다운 음성이었다.

"아무리 급해도 그렇지 차도로 뛰어들면 어떡해요?"

"저, 저 앞 차 좀 쫓아가 주세요!"

운전사는 내 말에 재빨리 기어를 넣고 액셀러레이터를 밟았다. 택시 운전사는 아무래도 내가 좀 이상하게 보이는지 룸미러로 내 얼굴을 힐끔거리며 쳐다봤다.

나는 처음 타보는 택시 안에서 텔레비전을 통해서만 보아 오던 수많은 것들을 볼 수 있었다. 이 세상은 내가 텔레비전과 접하던 것과 너무도 똑같았다. 하지만 나는 한가하게 세상 구경만 하고 있을 수는 없었다. 어쩌면 마지막이 될 지도 모르는 기회이지만 말이다.

내 머릿속은 온통 그녀 생각뿐이었다. 그녀를 놓치면 어떡하나 하는 조바심에 발이 절로 동동 굴러졌다. 수많은 차들이 중간에 끼어들었지만 택시는 앞차를 용케 놓치지 않고 쫓아갔다. 그녀가 탄 차는 복잡한 네거리에서 멈춰 섰다. 그녀를 놓칠 세라 재빨리 택시에서 내리려는데 택시 운전사가 뒷덜미를 낚아챘다.

"학생, 돈 내고 내려야지!"

순간, 나는 당황했다. 텔레비전에서 본 광경들이 떠올랐다. 차에서 내릴 때 뭔가를 주고 내리는. 이럴 때는 어떻게 대처해야 할지 난감하기만 했다. 그 순간, 허공에서 다시 음성이 들려왔다.
 바지 주머니에 손을 넣어 봐.
 나는 알 수 없는 음성이 시키는 대로 주머니에 손을 넣었다. 뭉툭한 것이 잡혔다.
 그걸 줘.
 주저 없이 주머니에서 꺼낸 것을 운전사에게 내밀었다. 운전사의 내민 손 위에 뭉툭한 것을 내밀자 칼날이 '찰칵' 하고 펴졌다. 뭔가 했더니 잭나이프였다. 운전사의 얼굴이 파랗게 질렸다.
 "내, 내리세요!"
 나 역시 깜짝 놀라서 손 안에 든 것을 살피는데 운전사가 말했다.
 "죄송합니다. 이거라도 가지세요."
 "아니, 됐, 됐습니다!"
 운전사가 극구 손을 저으며 사양했다. 나는 어쩔 수 없이 칼을 들고 내렸다. 사방을 둘러보았다. 그녀가 대리석으로 만든 문 안으로 들어가고 있었다. 그녀를 따라 뛰어갔다. 사람들이 갑자기 비명을 지르며 물러섰다. 나는 뒤늦게 내 손에 들린 칼 때문에 사람들이 겁먹고 있다는 걸 깨닫고는 칼날을 접어서 주머니에 넣었다.
 문 안에는 수많은 젊은이들이 걸어 다니고 있었다. 손에 책이나 가방 같은 것을 들고 있기도 했다. 그녀의 뒤를 따라서 뛰어올라가다 보니 고풍스러운 건물들이 눈에 띄었다. 아마도 여기가 그녀가 다니는 학교인 모양이었다.
 3~4미터 앞에 그녀가 혼자 걸어가는 것이 보였다. 나는 걸음을 늦추었다. 막상 여기까지 쫓아오긴 했지만 이제부터 뭘 어떻게 해야 좋을지 막막하기만 했다. 그녀는 로마시대의 건축물 같

은 거대한 건물 앞에 멈춰 섰다. 그리곤 누구를 찾는 건지 연신 사방을 두리번거리다가 시계를 들여다보았다. 그녀는 누군가를 기다리듯 벽에 등을 기대고 섰다.

나는 그녀의 아름다운 모습을 넋 놓고 바라보았다. 가슴이 두근거리고 호흡이 막혀 왔다.

아름답지? 그녀를 갖고 싶나?

귓가에 은근한 말투의 음성이 또다시 들려왔다. 나는 솔직하게 고개를 끄덕였다.

내가 그녀를 영원히 소유할 수 있는 방법을 가르쳐 줄까?

나는 다시 고개를 끄덕였다. 그녀를 바라보고 있는 것만으로 행복한데 영원히 소유할 수 있다면 정말 얼마나 행복할까 하는 생각이 스쳤다.

그럼 주머니에 손을 넣어 봐. 그래, 그 동그란 버튼을 눌러.

시키는 대로 주머니에서 칼을 꺼내 버튼을 눌렀다. 날카로운 칼날이 빛살을 튕겼다.

이제 그녀에게 살금살금 다가가서 심장을 찌르는 거야. 그 다음에 그 피를 혀로 핥으면 너는 그녀를 영원히 소유할 수 있지. 아무도 너희들을 갈라놓을 수 없어. 어때?

나는 칼과 그녀를 바라보다가 칼날을 편 채로 잭나이프를 바지 주머니에 넣었다. 그리곤 그녀에게 다가갔다.

인간의 사랑은 참으로 짧지. 그들의 사랑은 대체로 십 년도 지속되지 못하지. 하지만 내가 시키는 대로 하면 너와 저 여자는 영원히 사랑할 수 있어. 천 년, 아니 수백만 년이 흐르도록.

그녀는 내가 다가서는 것을 전혀 모르고 있었다. 주머니 속에 넣은 칼의 차가운 감촉이 생생하게 느껴졌다. 나는 그녀 옆에 섰다. 그녀의 머리카락에서 잊을 수 없는 그녀만의 향기가 느껴졌다. 이토록 가까이에서 그녀를 대하기는 처음이었다.

찔러, 이때야!

나는 칼을 꼭 움켜쥐었다. 그 순간, 그녀가 나를 돌아보았다. 그녀의 눈동자가 한순간 흔들렸다. 난 내가 그녀를 처음 본 날부터 하고 싶었던 것을 하기로 결심했다. 그러자 갑자기 이명처럼 귓속에서 어떤 울림이 내 귀를 심하게 울렸다.

나는 의아한 표정의 그녀에게 말을 걸었다.

"저, 죄송합니다만, 지금 시간이 어떻게 되죠?"

그녀는 내 얼굴을 빤히 쳐다보다가 손목을 들어 시계를 보았다. 이제 그녀를 난도질하라고 유혹하던 그 음성은 당황한 듯 아무 소리를 내지 못했다.

그녀는 내 질문에 시계를 보더니 친절하게 대답했다.

"3시 43분인데요."

나는 유혹을 이겨내고 내가 하고 싶었던 말을 했다. 그녀와 함께 꼭 하고 싶었던 일, 이젠 할 수 있었다.

"아, 그래요? 그런데 한 가지 부탁이 있는데요, 지금부터 1분 동안 시계를 보고 있다가 1분이 지나면 저에게 가르쳐 주시겠어요?"

"네?"

그녀가 무슨 말인지 언뜻 이해가 안 가는지 반문했다.

"간단한 거예요. 그냥 1분 동안 시계만 들여다보고 계시다가 제게 가르쳐 주시면 돼요. 아무 것도 안하고 단지 1분 동안만 가만히 시계만 보고 계시다가 제게 가르쳐 주시면 됩니다. 이상하게 생각되시겠지만 부탁입니다……."

그녀는 나를 말똥말똥 쳐다봤다. 나의 엉뚱한 부탁에 그녀는 놀라는 것 같았다. 이제 허공과 내 귓속에서 울리는 음성은 점점 커져가고 있었다. 빨리 그녀를 난도질하라고…….

잠깐 동안 망설이던 그녀는 고개를 숙이고 시계를 들여다보았다. 다시 음성이 들려왔다.

이때야! 그녀의 심장을 빨리 찔러! 어서.

"뭐, 어려운 부탁도 아닌데. 그러죠, 뭐. 자, 지금은 정확히 3시 45분이에요."

그녀는 시계를 들여다보며 말했다. 나는 시계를 들여다보고 있는 그녀의 모습을 가만히 쳐다보았다. 나만의 부탁을 충실히 들어주고 있는 그녀를.

그 순간 주변의 시끄러운 소음도 내 귀엔 들리지 않았다. 허공에서도 더 이상 그녀를 찌르라는 목소리가 들려오지 않았다. 마치 비눗방울처럼 밀폐된 공간 속에서 그녀와 단 둘이 서 있는 느낌이었다. 우리를 방해하는 것은 아무 것도 없었다. 그녀는 나를 위해 시계를 들여다보고 있었고, 나는 사랑스런 그녀의 모습을 한없이 애정 어린 눈길로 바라보았다. 비록 대화나 육체적인 접촉은 없었지만 나는 그녀와 완벽한 합일을 이루고 있었다. 이 세상에서 존재하고 있는 것은 오직 그녀와 나뿐이었고, 나머지는 모두 숨을 죽인 채 우리를 지켜보고 있었다. 나는 아주 짧은 순간이지만 황홀할 만큼 짜릿한 카타르시스를 느낄 수 있었다.

사실 내가 그녀에게 시계를 1분 동안 보아 달라고 한 제안은 나의 아이디어가 아니라 홍콩영화의 한 장면이다. 비디오를 보면서 나에게도 사랑하는 사람이 생긴다면 한번 써 먹어 보리라고 마음먹고 있었는데, 택시 안에서 퍼뜩 떠올라 실행에 옮긴 것뿐이었다.

영원히 계속될 것 같던 1분이 지나가고 있었다. 바쁘게 살아가는, 그러다 보니 삶의 소중함을 잊고 사는 수많은 사람들에게, 1분은 아주 보잘 것 없는 시간이리라. 하지만 지금 내가 살고 있는 1분은 나의 지난 전 생애보다도 더 값진 시간이었다.

숫자 12에서 출발했던 시침이 다시 제자리를 찾아 돌아왔다. 결국 1분은 그렇게 끝났다. 그녀는 고개를 들고 호기심 가득한 표정으로 나를 보았다.

"1분이 지났는데요. 지금은 3시 46분이에요."

"아, 감사합니다. 그런데 오늘이 몇 년도 몇 월 며칠이지요?"

그녀는 나의 뚱딴지같은 질문에 고개를 갸우뚱거리더니 또박또박 대답해 주었다.

"아, 그렇군요. 그럼 이렇게 되겠군요. 2002년 5월 13일 3시 45분부터 46분까지 나는 당신과 같이 시간을 보냈습니다. 단 둘이서……. 이 시간은 아무도 내게서 빼앗을 수 없게 되었습니다. 신마저도……. 정말 감사합니다. 나에게 이처럼 소중한 추억과 시간을 만들어 주셔서……."

그녀는 처음엔 내 말을 제대로 못 알아들은 것 같았다. 그녀는 미간을 살짝 찌푸리며 잠시 생각하는 듯한 표정을 띠곤 나를 경계의 눈빛으로 쳐다보았다.

"그럼, 행복하십시오."

나는 정중하게 인사를 하고 돌아섰다. 고개를 드니 병원에서 보았던 일한이라는 사내가 저편에서 바삐 다가오고 있었다.

나는 더 이상 그에게서 질투를 느끼지 않았다. 나에게도 아무도 빼앗을 수 없는 소중한 추억이 생겼기 때문이었다. 비록 1분에 불과했지만, 난 불성실한 사람이 평생을 바쳐서 한 사랑보다 더 깊이 그녀를 사랑했노라고 자신할 수 있었다. 마음속은 더없이 평온했다. 그동안 험악하게 몰아치던 분노와 시기의 태풍도 피눈물을 동반한 비바람도 멎어 있었다. 나는 마지막으로 그녀의 행복을 간절히 빌었다. 나는 모든 것을 이룬 사람처럼 행복했다. 이제 그녀의 행복을 빌 수 있게 되었다. 왜냐하면 나도 아주 짧지만 그녀 인생의 일부를 소유하게 되었으니까……. 아무 여한도 없었다.

이제부터 무엇을 해야 하나 생각해보았다. 가을날의 화사한 햇살이 학교 안을 내리쬐고 있었다. 젊은이들로 북적거리는 곳을 발길 닿는 대로 걷다 보니, 더 살고 싶은 욕구가 은근히 고개를 쳐들었다. 나에게 이런 기적을 일어나게 해준, 그 음성의 분노의 울림이 들리는 것 같았다. 영원히 내 소유가 된다고 하더라도, 사랑하는 사람을 죽일 생각은 추호도 없었다. 그 음성이 잘못 생각한 것이다. 나는 상관하지 않았다. 어떻게 되겠지 하는 생각도 들었다.

나는 천천히 학교 안을 거닐었다. 그때 그 음성의 자신만만한 목소리가 들려왔다. 나는 순간적으로 불길한 예감이 들어 주위를 둘러보았다. 저 앞이었다. 그녀가 보였다. 그녀 옆에는 일한이라는 사람이 걷고 있었다. 좁은 도로를 건너오던 그녀의 몸이 갑자기 휘청거렸다. 그녀는 일한의 몸을 잡고 가까스로 섰다. 다리를 접질린 모양이었다. 그녀가 그대로 주저앉아 구두를 벗어들었다. 뒷굽이 떨어져나가 너덜거리는 게 보였다.

나는 그들의 모습을 보다가 무심코 고개를 골목 안쪽으로 돌렸다. 봉고차 한 대가 무서운 속도로 도로 한가운데 서 있는 그녀와 그를 향해 돌진해오고 있었다. 차는 멈춰 설 것 같지 않았다. 나는 순간적으로 그쪽으로 걸음을 옮겼다.

가만히 있어! 세상을 더 살아 보고 싶지 않나?

허공에서 예리한 음성이 날아왔다. 나는 걸음을 우뚝 멈추었다. 봉고차는 점점 무서운 속도로 달려오고 있었다. 브레이크가 고장 났는지 어찌할 줄 모르는 운전사의 얼굴에 당황한 기색이 역력했다. 아무 것도 생각할 여유가 없었다. 나는 더 이상 주저하지 않고 달려오는 봉고차 앞에 두 팔과 두 다리를 쫙 벌리고 섰다.

운전사의 놀란 얼굴이 한눈에 들어왔다. 그는 두 눈을 질끈 감고 운전대에 머리를 박았다.

바보 같은 자식!

허공에서 몹시 분개한 듯한 목소리가 들려왔다. 그 순간, 가슴과 얼굴에 엄청난 통증이 왔다. 난 몸이 허공에 붕 뜨는 느낌, 이어서 뒤통수에 엄청난 충격이 왔다. 아스팔트 위에 길게 드러누운 나의 팔과 다리 위로 봉고 차가 지나갔다. 지금까지 한 번도 느껴 보지 못했던 끔찍한 통증이 뇌 속으로 파고들었다. 봉고는 내 몸을 밟고 지나가다가 진로를 바꿔 가로수에 '쿵!' 하는 소리와 함께 부딪혔다.

"아악! 사람이 치었어!"

"도와주세요!"

"빨리 구급차를 불러!"

사람들이 웅성거리는 소리가 아련하게 들려왔다. 나는 봄날의 아스팔트 위로 내 몸 안에서 나온 뜨거운 피가 고이는 것을 보았다.

눈을 떠 보았지만 한쪽 눈밖에 보이지 않았다. 그녀가 놀란 얼굴로 나를 보고 있었다. 다행히도, 그녀는 무사해 보였다. 나는 그녀를 한번 쳐다보는 것을 마지막으로 그때까지 힘겹게 붙들고 있었던 의식의 끈을 놓아버렸다. 의식이 점점 흐려져 갔다. 온몸은 고통으로 조금씩 꿈틀거렸지만 그것조차 그리 오래 지속되지 않으리라는 것을 알 수 있었다.

그제서야 나는 비로소 목소리의 임자가 누군지 알 수 있었다. 그는 악마였다. 인간을 끊임없이 유혹하는. 고맙습니다…… 나는 악마에게 진정으로 고마움을 표했다. 사랑하는 사람을 위해서 생명을 바칠 수 있는 기회를 만들어 준 악마에게.

점점 의식은 흐려져 가고 고통 때문에 온몸엔 심하게 경련이 일어나고 있었다. 숨쉬기도 힘들어졌다. 이제 정말 죽는다는 것을 알 수 있었다. 사람들이 더욱 내 주위로 모여드는 것이 보였다. 그 사람들 중에 그녀와 그 사람의 얼굴도 보였다. 다행이었다…….

죽는 것은 두렵지 않았다. 오히려 행복했다. 단 한번뿐인 삶을 사랑하는 사람을 위해서 버릴 수 있다는 것이……. 후회도 없었다. 그저 숨만 쉬며 생존하는 인간에서 적극적으로 삶을 영위하는 인간이 된 것 같았기 때문이다. 내 자신을, 내 자신의 의지로, 내 자신이 소중해하는 사람을 위해 바칠 수 있었기에……. 난 22년 5개월 11일 5시간 생존해오다가, 1시간 23분 건강한 육신을 지닌 인간으로 살았고, 1분 동안 사랑했다…….

허공에서 들리는 음성은 이제 모든 것이 끝났다고 말하는 듯했다. 점점 주위가 어두워졌다. 이제 모든 것이 끝난다는 것을 알 수 있었다. 하지만 내 짧은 인생에 후회는 없었다. 내 생명과 영혼이 내 육체로부터 빠져나가는 것이 느껴졌다.

어쨌든 계약은 완료되었다.

지영이와 도서관 앞에서 3시 반에 만나기로 했는데, 좀 늦는 바람에 서둘러 도서관 앞으로 갔다. 지영이는 이미 와 있었고, 어떤 남자와 이야기하고 있었다. 누군가 싶어 다가가는데, 그 사람은 지영이에게 정중히 인사하고 내 옆을 스쳐갔다. 짧은 순간이었지만 그 사람은 이상할 정도로 따뜻한 눈빛을 하고 날 쳐다보며 지나갔다. 옷차림도 어색하고 뭔가 움직임이 부자연스러웠지만 눈빛만은 인상적이었다. 나는 지영이에게 다가갔다.

"지영아, 늦어서 미안하다. 그런데 지금 그 사람 누구니?"

"일한이 오빠, 왜 맨날 늦어요. 그러니까 이상한 사람도 만나잖아…… 처음 보는 사람인데, 이상하게 친숙했어요. 시간을 묻더니, 다시 1분 동안 가만히 있어달라더니 그 시간을 영원히 간직하겠다고 하더니 그냥 갔어요. 이상한 사람이야……"

"어, 그거 왕가위 감독의 〈아비정전〉에 나오는 장면인데…… 저 사람 그 영화를 감명 깊게 보고, 아무나 잡고 흉내 내는 건가……"

좀 이상한 느낌이 들었지만, 우리는 그 자리를 떠났다. 지영이의 자원봉사도 끝나고 해서, 우리는 오랜만에 서클 사람들과 술을 마시러 가기로 했다. 그런데 길거리에 한복판에서 지영이가 갑자기 넘어졌다. 발목이 접질린 듯했다.

그 순간 저쪽에서 부웅하는 차 소리가 들렸다. 봉고였다. 학교 안 도로라 저렇게 과속하는 차가 없을 텐데 하는 생각도 잠시, 운전석 안을 보고 나는 심장박동이 빨라지는 것을 느꼈다. 차에 이상이라도 생겼는지, 운전사가 당황한 표정으로 사람들에게 비키라는 손짓을 필사적으로 하고 있는 것이었다. 차는 우리 쪽으로 돌진하고 있었다. 나는 지영이 손을 잡고 그 자리에서 피하려 했다. 하지만 완전히 주저앉은 지영이를 쉽게 일으킬 순 없었다. 지영이도 달려오는 봉고를 보고 얼굴이 새파랗게 되었다. 꼼짝없이 사고가 나는구나 생각했다.

그때 전혀 예상치 못한 일이 일어났다.

어디선가 사람 하나가 튀어나오더니, 마치 예수가 십자가에 못 박히는 것처럼 두 팔을 벌린 자세로 트럭 앞에 선 것이다. 1초나 될까 싶은 짧은 순간이 지나자, 그 사람은 봉고에 치어 튕겨나갔다. 그리고 바로 우리 앞에서 봉고에 깔렸다. 그 사람을 치어서 그런지, 봉고는 아슬아슬하게 우리를 빗겨 옆 가로수를 박은 뒤 멈췄다.

나는 멍해있는 지영이를 일으켜 차에 치인 사람이 쓰러진 쪽으로 다가갔다. 그 사람은 완전히 만신창이가 되어 있었다. 얼굴과 가슴은 피투성이였고, 팔다리는 차에 깔려서 뭉그러져 있었다. 피는 누워있는 그 사람의 몸에서 쉼 없이 흘러나와 아스팔트 위에 흥건하게 적셨다.

치인 사람은 한쪽 눈만 힘없이 깜빡거렸지만 이내 그 눈도 움직임을 멈추었다. 끔찍한 광경이었다. 그런데 이상하게도 피투성이 얼굴은 편해 보였다. 평소 끔찍한 것이라면, 쳐다보지도 못하는 지영이도 그 사람의 시체를 물끄러미 보면서 한마디 했다.

"죽을 때 심하게 고통스러웠을 텐데, 왜 이렇게 편안해 보이지?"

"지영아, 너 이 사람 아니?"

"아뇨. 어딘가 친숙한 느낌은 느껴지지만, 전혀 모르는 사람이에요. 전생에 만난 적이 있나?"

"그래도 고마워하자, 결과적으로 이 사람 덕분에 우리가 목숨을 구했으니까."

지영이와 나는 황망한 얼굴로 아까 그 사람은 끔찍하지만 편안한 죽음을 맞은 것 같다느니, 십 년 감수했다느니 하는 이야기를 두서없이 나눴다.

나는 자리를 뜨다가 문득 뒤를 돌아보았다. 피 흘리며 죽어가는 이름 모를 사내에게서 슬픔과 동정심이 솟아났다. 이 사람은 왜 갑자기 봉고 앞에 뛰어들었을까 하는 당연한 의문이 이제서야 들었다. 설마 우리를 구해주기 위해? 그렇게 생각되지는 않았다. 모르는 사람을 구하기 위해 자기 생명을 내던질 리는 없을 테니까…….

그렇다면 왜 그런 식으로 목숨을 버렸을까? 자살이었나?

그 사람의 죽음은 아마 영원한 수수께끼로 남아있을 것이다. 그와 아무런 관계도 없고, 그에 관해 아무 것도 모르는 우리들에게…….

투사의 죽음

이 사회가 올바르게 되기 위해 얼마나 많은 피와 생명을 요구하는 줄 아는가……
— 준석이 형과의 술자리에서

회의 중에 휴대폰으로 문자가 하나 도착했다. 너무 중요한 회의여서 회의가 끝나고 나서야 문자를 확인했다.

〈준석이 형 10주기 모임. 목요일 8시 신촌에서……〉

준석이 형이라…… 바쁜 일상에 묻혀 한동안 머릿속을 떠났던 기억이었다. 형의 죽음을 연락받았던 날이 기억났다.

십 년 전 그날, 늦겨울비가 정말 지겹게 내리고 있었다. 밤에 추적추적 내리는 비는 사람을 감상적으로 만들곤 한다. 나도 창밖을 바라보며 오디오에 걸어둔 platters의 'Smoke Gets In Your

Eyes'를 반복시켜 들으면서 옛 추억을 생각하고 있었다.

갑작스런 전화벨이 나를 옛 생각으로부터 빠져나오게 했다. 과 선배 동원이 형이었다. 의외였다.

"일한아, 집에 있었구나. 별일 없으면 지금 성모병원 영안실로 와라. 준석이 형이 돌아가셨다."

놀랐다.

준석이 형이라니…… 이럴 수가……

어떻게 돌아가셨냐는 나의 질문에 동원이 형은 말을 얼버무리면서 와서 얘기하자고 했다. 나는 검은 양복으로 갈아입고 황망히 집을 나왔다. 병원 가는 길은 비 때문인지 꽤 막혔다. 앞차의 브레이크 등을 보고 있으려니, 준석이 형에 대한 생각이 떠올랐다.

내가 준석이 형을 처음 본 것은 1학년 때의 일이었다.

여느 때와 마찬가지로 단과대 앞에서 작은 집회가 있었다. 나는 무심코 지나가는데 박수소리와 함께 한 사람이 소개를 받는 것이었다. 훤칠한 키에 준수한 외모, 수수한 옷차림에도 불구하고 눈에 확 띄는 사람이었다. 그 사람이 바로 준석이 형이었다. 나중에 알고 보니, 후배들을 격려하러 온 전설적인 우리 과 선배였다.

준석이 형과 직접 인사를 하고 대화를 한 것은 그로부터 며칠 후였다. 우리 과 1학년들은 위한 무슨 세미나가 있었다. 나는 그 자리에서 1학년의 설익은 열정으로 친일파 처단에 관해 비분강개한 목소리를 토하고 있었다. 지금 생각해 보면 웃음이 나오지만, 그때의 나로서는 우리나라의 현대사의 왜곡은 친일파를 처벌하지 못한 것에서 출발했다고 생각했기 때문이었다.

세미나가 끝나고 뒷자리에서 어느 선배가 나를 부르는 것이었다. 술 한 잔 살 테니 같이 가자고. 그때만 해도 선배는 하늘과 같은 존재라 나는 황송한 듯이 따라갔다. 그 형을 따라간 허름한 소주 집엔 낯선 선배 서넛이서 벌써 술판을 벌이고 있었다. 그 중의 한 사람이 내가 들어가서 인사하자 반갑게 맞이하면서 자기소개를 했다.

"반갑다. 나 85학번 김준석이야. 너보다는 오 년 선배구나. 너무 어려워하지 마. 아까 세미나에서 네 얘기 훌륭하던데. 그래서 술 한 잔 사줘야겠구나 생각하고 내가 널 부른 거야. 괜찮지?"

괜찮지 않을 리가 없었다. 하늘같은 선배들과의 술자리라 처음에는 불편했다. 하지만 형들은 여자 얘기서부터 교수들 뒷담화들을 장황하게 늘어놓으면서 편안한 분위기를 만들었다. 나도 긴장이 풀리면서 형들이 주는 술을 주는 대로 받아마셨다. 취한 와중에서도 준석이 형의 인상은 강렬했다.

호감 가는 외모와 서글서글한 성격, 엄청나게 똑똑한 것 같으면서도 결코 잘난 척 하는 것도 아니고, 왠지 모르게 분위기를 주도하는 듯한 힘을 가진 것 같았다. 그날 나는 준석이 형의 편안함에 취해 과음을 했다. 필름도 끊기고. 정신을 차려보니 밤하늘이 보였다. 옆에서 준석이 형의 목소리가 들렸다.

"일한아, 정신이 드니? 자식 어쩐지 술 잘 받아먹더라. 너 인사불성이 돼 여관에 데려가다가, 학교에 잠깐 들어왔어. 야, 하늘 좀 봐봐. 서울의 하늘이 아무리 더럽다 하더라도 가끔은 별이 보일 때가 있단다. 오늘이 그런 날 같구나. 아름답지 않니?"

별빛 아래의 준석이 형의 얼굴이 얼마나 멋있던지, 나도 형 같은 선배가 되고 싶었다. 그 이후로 가끔씩 준석이 형에게 술을 얻어먹으면서 많은 얘기를 들었다. 또 다른 선배들로부터 준석이 형의 '전설'도 많이 들었다. 경찰에도 많이 잡혔고, 감격의 87년을 현장에서 주도했다고. 또한 아무리 고되고 힘들어도, 시위 현장에서 공포에 떨 때도 준석이 형이 나타나면 왠지 모르게 힘이 나고, 뭔가 성취할 수 있는 것처럼 느껴지더라고. 여하튼 준석이 형은 많은 이의 존경과 사랑을 받고 있었다.

91년도에 한 학우가 곤봉에 맞아 죽는 일이 발생했다. 우리는 순수한 분노로 거리로 나갔다. 준석이 형은 이런 우리들의 실패를 예감하고 있었으면서도, 나타내지 않고 격려해 주었다. 좌절감과 실패감이 우리를 둘러쌌을 때 격려해 주던 사람도 준석이 형이었다. 그런데 검거 선풍이 불더니, 준석이 형이 시위주동과 국가 보안법 위반으로 경찰에 연행되었다. 사실 형은 이번 일과 전혀 관계없었다. 그 후 나는 군대를 갔고, 문민정부 출범과 함께 형이 풀려났다는 얘기를 들었다. 복학해서 들은 형의 근황은 투옥 후유증으로 몇 달 고생하다가 이제는 취직 준비한다고 했다.

그리고 몇 달 전에 만난 준석이 형은 친구들과 함께 어느 작은 출판사를 만들었다고 했다. 형은 거기서 '좋은' 책들을 만들겠다고 호언장담했다. 많이 초췌해 보였지만 형의 눈은 아직도 빛나고 있었다.

문득 몇 달 전 형과의 전화 통화가 생각났다.

"일한아, 너 영화 좋아하니까 '브레이브 하트' 봤겠구나. 나도 어제 봤는데, 관객들이 너무 좋아하더구나. 물론 멜 깁슨이 멋있긴 하더구나. 하지만 하나의 유치한 영웅주의로 보이기도 했어.

또 한편으로는 우리나라에도 멜 깁슨 같은 멋있는 투사들이 얼마나 많았는데 하나도 기억 못하는 것 같아 서글퍼지기도 하고. 난 꼭 이 분들을 위한, 그리고 이분들의 신념을 위한 좋은 책들을 만들 거야. 오래 살 수만 있다면……."

영안실에는 많은 사람들이 와 있었다. 동원이 형은 나를 보더니 준석이 형의 영전으로 안내했다. 형의 해맑은 미소를 보니, 가슴이 콱 막혀왔다. 형의 약혼자인 주연이 누나도 검은 소복을 입고 있었다. 몇 번 본 적이 있어 서로 얼굴은 아는 사이였다. 준석이 형과는 유명한 커플로 결혼 날짜도 잡아놨다고 했다. 주연이 누나는 슬픔이 가득 찬 얼굴로 나의 인사를 받았다.

나는 영안실 주변을 둘러보며 동원이 형에게 도와드릴 것 없냐고 물어보는데, 뒤에서 민준이 형이 나를 불렀다. 옆에는 주연이 누나도 있었다.

"일한아, 너 마침 잘 왔다. 안 그래도 내가 동원이에게 너에게 전화하라고 했어. 너 주연 씨는 알지?"

준석이 형과 같은 학번인 민준이 형은 주연이 누나에게 나를 정식으로 소개시켜주더니, 뜻밖의 한마디를 덧붙이는 것이었다.

"아 그리고, 너 귀신 공부하는 친구 있지? 지난번에 김 교수님 사건에 도움 준 친구 있잖아?"

"윤석이요. 그런데 갑자기 그건 왜요?"

나는 엉뚱한 민준이 형의 얘기에 순간 어리둥절했다. 그때 주연이 누나가 끼어들더니 나를 더 혼란시켰다.

"일한 씨, 부탁이 하나 있는데요. 혹시 제가 그 친구 좀 만나게 해줄 수 있나요. 뭐 물어 볼 것이 있어서요."

"예? 무슨 일이죠? 그 친구 지금 일본에 가 있는데……"

"아 그래요…… 그럼 일한 씨라도 괜찮으니까 연락처 좀 주시겠어요. 장례식 다 정리되면 제가 연락하죠."

난 엉겁결에 내 전화번호를 적어주었는데, 주연이 누나의 얘기는 도무지 이해할 수 없었다. 그녀는 내 전화번호를 받기가 무섭게 자기 자리인 준석이 형 사진 옆으로 돌아갔다. 멍해 있는 나에게 민준이 형이 충격적인 말을 던졌다.

"준석이 이 자식, 너무 이상하게 죽었어. 직접적 사인은 심장마비이긴 한데…… 주변에 이상한 일이 많았나 봐. 그래서 주연 씨가 네 친구에게 뭔가 물어보려고 하는 거지……"

무슨 일인지 궁금해졌다. 하긴 그토록 건강하고 굳건하던 준석이 형이 그렇게 쉽게 죽다는 것은 뭔가 석연치 않았다.

윤석이는 몇 달 전 일본에서 있었던 식인 사건의 결말을 받아들일 수 없다며 다시 일본으로 갔다. 아마 그 의대생이 다시 식인 사건을 저지르자 뭔가 이상한 느낌이 들었나 보았다. 이번에는 마쓰다 다까히로와 아주사 요꼬에 관계된 모든 의문을 풀어오겠다며 자기 돈을 들여 일본으로 떠난 것이다. 벌써 몇 달이 돼 가는데 전화 한 통 없었다.

죽은 자는 기억에 잊혀지기 마련인지, 나도 바쁜 일과에 파묻혀 감에 따라 점점 준석이 형의 죽음을 잊기 시작했다. 그러던 어느 날, 생각지도 않게 주연이 누나로부터 전화가 왔다. 준석이 형의 죽음에 대해 얘기하고 싶다는 것이다. 나는 물어보고 싶은 것이 산더미 같았으나 만나서 얘기하기로 했다.

　약속 장소는 압구정동의 한 카페였다. 주연이 누나는 먼저 나와 있었다. 창백한 얼굴에 슬픔이 가득 차 보였으나, 여전히 아름다웠다. 나를 보더니 얼굴을 약간 펴면서, 나와 줘서 고맙다고 했다.

　"말 편히 하세요. 제가 나이도 어리고, 준석이 형의 까마득한 후배인데요. 뭘……"

　"그래도 될까…… 그렇게 해요. 일한이를 만나 얘기하고 싶은 것은 사실 준석 씨의 죽음에 관해서야. 그 심령학 공부한다는 친구도 같이 있었으면 좋았을 텐데…… 일한이한테 얘기하면 되겠지. 준석 씨가 제일 좋아하던 후배기도 했으니까. 준석 씨가 심장마비로 죽은 것으로 들었지……"

　주연이 누나는 복받쳐 오르는 눈물을 잠깐 참더니 얘기를 계속했다. 슬픔에 가득 차 있는 주연이 누나의 모습을 바라보고 있으려니 은영이 생각이 났다. 부질없는 그 애의 모습이 떠올랐다. 주연이 누나의 괴로움을 어느 정도 알 수 있는 나는 가만히 그녀를 바라보고만 있었다. 주변에 앉아있던 사람들은 우리를 평범한 연인간의 다툼으로 여겼던지, 호기심 있는 눈길로 힐끔힐끔 쳐다보았다.

　"어쩌면 준석 씨는 자살한 것일지도 몰라. 아냐, 타살일 거야…… 그렇게 쉽게 죽을 사람이 아닌데. 너무 이상하지? 심장마비로 죽은 사람 가지고 타살이니 자살이니 하는 것이. 그래서 남에게 함부로 얘기를 못 꺼내는 거야. 준석 씨 부모님도 단순한 심장마비로 알고 계시니까. 그것 때문에 그래도 이런 쪽에 관심이 많고 경험이 많은 일한이에게 얘기를 꺼낸 거야. 너는 유령이나 악령을 믿지?"

나는 주연이 누나의 말에 당황할 수밖에 없었다. 사실은 그렇게 절실히 그 존재를 믿는 것은 아니었지만, 아니라고 할 처지는 아니었다.

누나는 얘기를 계속했다.

"준석 씨나 나나 처음엔 안 믿었어. 사실 나는 아직도 잘 믿기지 않지만. 너도 알듯이 준석 씨는 똑똑하고 합리적인 사람이잖아. 그런데 그런 사람이 영의 존재를 믿게 되다니…… 아마 준석 씨는 그 사악한 영에 의해 죽었을 거야. 끌려갔을지도 모르지. 아니면 준석 씨 뜻대로 준석 씨가 끌고 갔을지도 모르지…… 일한 이는 이런 말 하는 나를 이상하게 생각하지 않겠지?"

누나는 그 말을 마치며 드디어 눈물을 흘리기 시작했다. 나는 점점 무슨 얘기인지 감을 잡아갔다. 하지만, 어떤 악령이 하필 준석이 형을 대상으로 잡았을까 의문이 생겼다. 주연이 누나는 핸드백을 열었다. 나는 손수건을 꺼내는 줄 알았는데, 손수건이 아니라 편지였다. 누나는 편지를 건네주었다.

편지봉투에는 받는 사람에 준석이 형 이름이, 보내는 사람에는 아무것도 쓰여 있지 않았다. 단지 소인과 도장에 의하면 수원 구치소에서 보내진 것으로 보였다. 봉투 안에는 편지지 한 장이 들어 있었다. 펼쳐보니 시 같은 것 한 귀절만 적혀 있었다.

'만약 피에 주린 살인자가 스스로 살인을 했다고 생각하더라도, 혹은 살인을 당한 자가 스스로 살인 당했다고 생각하더라도, 그들은 그 미묘하고 불명확한 행위를 아주 잘 이해한 것은 아니다.

　나는 살아 있다가, 그리고 죽어가다가, 다시 돌아온다……'

　이것이 전부였다. 서늘한 기분이 드는 시였다.
　누나는 설명을 해 주었다.
　"이 시 아니? 이 시는 애머슨의 '브라마' 란 시야. 어떤 의미를 가진 것 같니? 잘 모르겠지. 이렇게 얘기하면 쉬울까. 이 시는 죽은 사람으로부터 배달된 거야. 그것도 자기 몰락의 책임이 모두 준석 씨에게 있다고 굳게 믿은 어떤 악한 사람으로부터…… 그러니까 준석 씨를 죽도록 미워하던 죽은 사람으로부터 온 시야……"
　나는 그 말을 이해한 순간 온몸에 소름이 쫙 끼치는 것을 느꼈다. 나는 호기심과 두려움을 동시에 느끼며 주연이 누나에게 물었다.
　"도대체 어떻게 된 일이지요?"
　"어디서부터 시작해야 할지…… 86년, 그러니까 거의 십 년 전으로 거슬러 올라가봐야겠네. 그때는 나도 아직 준석 씨를 만나기 전이었어. 준석 씨가 나중에 얘기해 주었던 일이야. 군사 독재의 서슬 퍼렇던 그때부터 준석 씨는 학생운동에 열심이었나 봐. 그런데 그때의 학생운동은 거의 목숨을 내놓고 할 정도로 위험한 시절이었잖아. 많은 학생들이 의문사나 실종을 당했으니까. 준석 씨도 예외는 아니었어. 어딘가 점거 사건의 주동으로 체포되었대. 그 다음 순서는 뻔하지. 남산의 지하실로 끌려 갔는데…… 그 악명 높은 고문실로.

거기서 준석 씨는 그 악귀를 처음 만났대. 인간이 인간에게 상상할 수도 없는 가혹한 고통을 가하는 지옥에서…… 그 사람은 운동권 학생들 사이에 '악귀'로 통하며 악명을 떨치던 고문 전문가 김인근이었어. 그 악귀의 고문에 많은 사람이 병신이 되거나 식물인간, 때로는 시체가 되었대. 그때는 대충 실종 처리로 넘어갔으니까…… 그놈 손에 걸리면 대부분 자기가 모르는 것도 사실처럼 말하고 시인할 정도였대. 언젠가 준석 씨는 그 만남의 순간을 이렇게 묘사했어.

'나는 지칠 대로 지쳐서 어느 지하실로 끌려갔지. 너무 어두워 하나도 안 보이는 방이었어. 그때 눈부시게 빛이 내 얼굴로 쏟아지더구나. 그리곤 음침하고 소름끼치는 목소리가 들려왔어. 마치 지옥에서 악마의 목소리처럼.

'다 포기해.'

그러곤 한참 아무 말 안하더라. 곧 불이 꺼지고 한동안 아무 소리나 인기척이 안 들렸어. 나는 꿈꾸는 것 같더구나. 그러다 갑자기 얼굴에 강한 충격을 느꼈어. 놀라고 너무 아프더구나. 뺨에 뭔가 박혔어. 흐르는 피와 함께 고통스러워했는데, 갑자기 불이 켜지데. 그때 알았어. 뺨에 박힌 것은 양식용 포크였어. 나는 침묵과 갑작스런 공격에 아픔보다는 공포를 느꼈어. 그놈은 진짜로 악마 같았어. 손은 묶여 있어 아무런 저항을 못했고, 소리도 잘 안 나왔어.

그러더니 다시 불이 꺼졌어. 나는 극도의 공포심이 느껴졌어. 어디서, 어떻게 어떤 고통이 덮칠 것인지 너무 두려웠어. 뺨의 통증이 잊혀질 정도였으니까. 갑자기 휙 소리가 나더니 내 왼쪽 복숭아 뼈가 으스러지는 것을 느꼈어. 너무 고통스럽고 무서웠는데 다시 불이 켜지고, 내 발목을 부쉬 논 것이 보였어. 야구 방망이었어. 나는 통증과 두려움에 제정신이 아니었어.

그때 두 번째 말을 던지더구나.

'다 털어놔.'

순간 다 말하고 싶은 충동을 느꼈어. 내 영혼을 팔아서라도 이 두려움에서 해방되고 싶었어. 하지만 친구들과 선배들의 환한 얼굴들이 떠오르더라. 그네들에게 이런 고통과 두려움을 내가 줄 수는 없더라.

나는 반항했어. 그 다음의 고문들은 기억하기도 싫다. 여하튼 시간이 얼마나 지났을까…… 내 몸은 문자 그대로 만신창이가 되었어. 혀와 온몸이 담배 불로 지져졌고, 뺨에는 아직 포크가 박혀 있었고, 발목뼈는 으스러진 것 같고, 갈비뼈 서너 대 정도는 부러진 것 같았어. 그제서야 그놈이 처음 얼굴을 드러내더구나.

'여기까지 버틴 놈은 네가 처음이야. 점점 재미있어지는데.'

이런 말과 함께 나타난 그의 얼굴은 악귀 그 자체였다. 그 눈에는 광기와 희열도 엿보이더구나. 나는 순간 죽음을 예감했어. 그놈이 뭔가를 준비하고 있는데, 문이 열리면서 누군가가 그놈을 부르더구나. 그리곤 나는 다른 데로 끌려갔어.

상처를 치료해주더구나. 몇 주 이상한데다 입원시켜주더니, 대충 뼈들이 붙고 완쾌되니 내보내주더구나. 다른 친구가 다 불었대. 그리고 대통령의 특별사면이 내려졌대. 사실은 빌어먹을 미국의회의 압력 때문이라더구나…… 여하튼 나는 그것이 그놈과의 마지막 만남일거라 생각했지. 그리고 그러길 바랬어. 하지만 악마는 우리를 질긴 인연으로 묶어놨더구나……'

준석 씨는 고문에서 풀려나고 한 달 동안 앓았대. 하지만 그때는 그런 일이 비일비재에 어디 하소연할 데도 없었고, 준석 씨는 몸이 채 낫기도 전에 다시 학생운동에 뛰어 들었어. 그때가 87년 초였어. 나도 그때 준석 씨를 처음 만났어……"

주연이 누나는 준석이 형과의 첫 만남 얘기가 나오려하자, 잠시 말을 멈추고 창밖을 바라보는 것이었다. 뺨에는 눈물이 흘렀다.

전에 준석이 형은 주연이 누나를 어떻게 처음 만났냐는 우리들의 질문을 쑥스러운 듯 얼버무리곤 했다. 그래서 우리들은 그 둘이 어떻게 만났는지 모르고 있었다.

"나는 아무것도 모르는 일학년이었어. 학교 앞에서 데모를 하길래 겁나서 옆길로 피해가고 있었어. 사방에서 최루탄은 터지고 너무 무서웠어. 그때 전경들과 백골단들이 달려오더니 몽둥이로 학생들을 막 때리는 거야. 나도 삽시간에 그 행렬에 휘말리게 되었어. 전경 서너 명에 잡혀 머리채를 끌리며 어딘가로 끌려가고 있었어. 나는 아무 상관없다고 울부짖어도 개의치 않는 거야.

그때였어. 누군가가 나타나더니 전경들을 때려눕히고 내 손을 잡고 막 뛰는 거야. 한참 정신없이 뛴 다음에 주위가 조용해진 후, 나를 구해준 사람을 처음 쳐다봤어. 어깨에는 최루탄 파편이 박혔는지 피가 흐르던 그 사람은 나를 돌아보더니 편안하게 미소 짓는 거야. 바로 준석 씨였어.

1학년 같은 여학생이 무자비하게 경찰에 끌려가는 것을 보고 못 참고 달려들었다는 거야. 그때 내 눈에 준석 씨가 얼마나 믿음직스러웠던지…… 이게 우리의 첫 만남이었어. 나는 태어나서 처음으로 좋아하는 감정이 무엇이란 것을 느끼게 됐고…… 왜 이 얘기가 나왔지……

하여튼 87년은 승리의 해였어. 한 학생이 고문 받다 죽고, 한 학생이 최루탄에 맞아 죽었어. 온 국민의 분노는 기적을 일으켰지. 국민들과 학생들은 승리의 기쁨으로 도취되었어. 그러나 준석 씨는 앞으로의 일들을 걱정했었어. 준석 씨 걱정대로 기쁨은 한순간, 양 김 씨의 배신으로 다시 나라는 어두워졌어. 준석 씨는 이듬해 다시 경찰에게 잡혀갔어. 통일관련 활동 때문이었어.

거기서 그 악귀를 두 번째로 만났대.

그놈은 준석 씨를 기억하고 있었대. 자기의 고문을 견디어낸 독종으로. 사실 준석 씨도 그놈의 이름을 많이 접했었어. 진실 축소, 은폐 때문에 허사가 되었으나, 박종철 고문치사에도 그놈이 관련되었다는 얘기가 있었거든…… 여하튼 그놈은 준석 씨에게 노골적으로 악의를 드러내고 고문을 하려 했대. 그 당시 고문은 거의 사라졌을 때인데도, 그놈은 대통령과 같은 고향 출신이라는 이유로 무자비한 고문을 개인적으로 자행하고 있었어. 그놈은 준석 씨를 게임 상대자로 여기고 고문을 시작했대.

이번에는 밝은 화장실에서 물고문과 전기고문을 가했대. 물어보는 것도 없었대. 그냥 이유 없이 새디스트처럼 고문을 즐기는 것 같더라는 거야. 준석 씨는 참았대…… 질 수 없다는 생각에.

그 악마는 육체적 고문에 지쳤는지, 아예 준석 씨의 인격을 망가뜨리는 정신적 고문을 자행했대. 거기에는 내 사진도 쓰였데…… 나쁜 놈. 준석 씨가 거칠게 항의하자 그놈은 더욱더 즐거워하면서 고문했대. 준석 씨 말로는 고문 자체의 고통보다 자기를 고문할 때 희열을 보이는 그놈의 모습이 더 무서웠다는 거야.

결국 그놈은 준석 씨를 죽이기로 결심했대. 다행히 어떻게 된 건지, 그놈이 이제 끝내겠다고 말한 다음날에 다른 데로 호송되었대. 형식적인 재판을 받은 끝에 준석 씨는 3년의 실형을 받았어. 재판정에 간 나는 왜 그리 눈물이 나오던지.

준석 씨는 그 모진 고문을 받은 후였는데도, 면회 간 나를 오히려 위로해 줄 정도였어. 나중에 알았는데, 그 악귀는 고문사실이 상부에 알려져 다른 데로 좌천되었다는 거야. 여하튼 우리들의 기억 속에서 그놈은 잊혀져갔어. 아니 준석 씨는 아니었어. 그 악귀 때문에 악몽을 꾸었던 적도 많았대. 끝나지 않을 것만 같던 3년의 시간도 지나가고, 드디어 준석 씨는 자유의 몸이 됐어. 준석 씨는 나와 약속했지…… 이제 더 이상 나를 가슴 아프게 안 하기로. 거짓말쟁이…… 약속도 못 지키고……

준석 씨는 한 가지 일은 마무리하겠다고 했어. 바로 그건 그 김인근이라는 고문 기술자를 법의 심판대에 올리는 것이었어. 우선 준석 씨는 그에게 고문을 당한 사람들을 찾아다니면서 증언을 수집했어. 나는 헛된 일이지도 모른다고 말렸어. 그랬더니 이렇게 대답해 주었어.

'내가 개인감정으로 이럴 수도 있어. 하긴 한 사람에게 두 번 고문당한다는 것으로 그놈을 증오하게 되는 것은 당연하지. 하지만 절대로 개인적인 이유에서 출발하지는 않았어. 그놈은 분명히 큰 죄를 저질렀어. 인간의 육체를 파괴하고 정신을 파괴하는 끔찍한 일을. 그런 사람이 잘못을 처벌 못 받는다면 사회는 하나도 달라진 것 아니잖아. 더군다나 이제까지의 나의 노력은 무의미해지고. 많은 사람들이 그놈 손에 모든 것을 잃었어.'

불가능할 것 같아 보이는 그 악귀에 대한 기소도 점점 희망이 보이는 것 같았어. 그때 문민정부가 출범했어. 개혁의 본보기를 찾던 문민정부는 그 대상으로 악명 높던 고문 기술자 김인근을 희생양으로 잡았지. 물론 준석 씨의 집요한 노력도 일조를 했지. 재판 끝에 김인근은 직권 남용과 폭행죄로 7년형을 선고받았어. 결정적인 역할을 한 것은 물론 준석 씨가 수집한 자료와 증언이었어.

나도 그 판결 때 재판정에 있었는데, 그놈이 잊지 못할 말을 외치더구나. 판결이 나자, 고개를 숙이고 있던 그놈은 갑자기 방청석에 있는 준석 씨를 살기 띤 눈으로 쳐다보더니 말하는 거야.

'이것이 너의 승리라고 생각하겠지. 웃기지 마. 이건 단지 시작일 뿐이야. 너는 내 노리개였어! 결코 노리개는 주인을 이기지 못해. 내가 끝난다면 너도 끝이야……'

무서웠어. 하지만 준석 씨는 담담하게 받아들였지. 그러곤 자기의 일을 하나 끝냈다며 홀가분해 했어. 그리고 준석 씨는 자기 일을 찾기 시작했어. 그러다가 마음이 맞는 후배와 친구들을 모와서 작은 출판사를 만들었어. 그때쯤 나와의 결혼 준비도 시작하고. 그때가 내 생애 중에 최고로 행복한 기간이었어. 매우 짧았지만……

그러던 어느 날 준석 씨가 피곤한 모습으로 내게 말했어. 요즘 그 악귀에게 고문당하는 악몽을 매일 꾼다는 거야. 나는 고문의 후유증으로 여기고 푹 쉬라고 했어. 그런데 그 악귀가 감옥에서 죽었다는 소식과 아까의 그 에머슨의 시가 도착한 거야. 형기를 1년도 채 못 채우고 자살했다는 거야. 좀 이상했어. 그런 희생양으로 잡혀 들어가면 곧 사면으로 풀려나갈 것이 거의 분명한데, 자살을 한 것이. 그리고 그것을 아니까 그 시가 끔찍해 보이더구나. 준석 씨는 그 시를 읽어보곤 꽤 유식한 놈이네, 하고 무시해 버렸어. 그런데 그건 정말 시작에 불과했어.

 며칠 후에 준석 씨가 다급한 목소리로 만나자고 했어. 나도 놀라 약속 장소에 나갔지. 준석 씨는 잠을 한숨도 못 잔 푸석푸석한 모습으로 나타났어. 그리고 우리에게 닥쳐온 악몽을 얘기했어.

 '그놈이 꿈이 아닌 실제로 나타났어. 주연아, 나 헛소리하는 것 아냐…… 그놈이 실제로 내게 나타나기 시작했어. 다시 고문을 시작하는 거야. 며칠 전이었어. 나는 평상시와 같이 잠자리에 들어갔어. 눈을 감고 있는데, 왜 그런 거 있잖아, 갑자기 인기척이 느껴지는 거야. 나는 본능적으로 눈을 떴지. 아무것도 없는 거야. 다시는 눈을 감았는데 이번에도 느껴지는 거야. 그래서 다시 눈을 떴지. 처음에는 가로등의 반사라고 생각했어. 그런데 파란 불이 두개 보이는 거였어. 소름이 쫙 끼쳤어. 그래서 일어나서 불을 켜려고 했는데 몸이 움직여지지 않는 거야. 마치 가위에 눌린 것처럼. 소리도 못 지르겠는 거야. 다시 자세히 보니 그건 단지 파란 불이 아니라 사람의 눈처럼 보이는 거야. 그것도 증오로 불타는.

 점점 그것이 가까이 오며 전체의 형체가 드러나는데 나는 무서워서 기절하는 줄 알았어. 바로 그놈이었던 거야. 한손에는 갈고리를 들고 있었어. 침대 옆에 서서 나를 빤히 내려다보는 거야. 그러더니 그놈이 항상 고문할 때마다 보이는 희열의 미소를 차갑게 짓더니 갈고리를 높이 쳐드는 거야. 나는 악몽이라고 생각하고 눈을 감았어. 그러나 그건 악몽이 아니었어. '퍽' 하는 소리와 함께 그 갈고리는 진짜로 내 허벅지에 찍었어.

 나는 말도 못하게 괴로웠어. 다시 눈을 뜨고 움직이려 했지만 소용없었어. 단지 허벅지에 찍힌 갈고리와 그 파란 눈의 악귀만이 보일 뿐이야. 아팠지만, 두려움이 먼저였어. 그놈은 갈고리로 서너 번 내 허벅지를 찍었어. 실제로 아팠어. 피도 튀고, 살점도 튀고…… 나는 거의 실신 상태였어. 그놈은 내 얼굴로 다가오더니 그 피 묻은 갈고리를 높이 쳐들더니 내려쳤어. 나는 생생하게 느껴졌어. 나의 왼쪽 눈을 꿰뚫고 들어온 갈고리의 싸늘함을. 나는 고통과 함께 죽음을 느꼈어. 그리고 정신을 잃었어.

 다음날 아침에 깨어나 보니, 온 몸이 아무렇지도 않은 거야. 나는 생생한 악몽으로 생각했지. 그런데 그것은 그날 밤만의 일이 아니었어. 잠자리에 들기만 하면 그놈이 나타나는 거야. 그러나 나는 움직일 수도 없이 그놈의 고문을 당하는 거야. 나는 계속되는 악몽으로 생각했어. 하지만 나중에 깨달았지만 그것은 꿈일 수가 없었어. 왜냐하면 나는 잠들지도 않았거든……'

 그 얘기를 하는 준석 씨에게서 나는 처음으로 준석 씨가 공포에 질린 모습을 발견할 수 있었어. 경찰에 끌려갈 때도, 전경에 포위당했을 때도 항상 미소를 잃지 않고 자신감에 넘치던 그였는데……"

 나는 주연이 누나의 얘기를 듣고 서늘한 느낌이 들었다. 준석이의 형의 죽음에 대한 의문의 이유를 이해할 수 있었다.

 주연이 누나는 얘기를 계속했다.

 "나는 두려움에 떨고 있는 준석 씨를 병원으로 데려갔어. 그는 한사코 반대했지만, 나로서는 그가 신경쇠약에 걸린 것으로 밖에는 여겨지지 않았어. 그러나 병원에서는 아무런 이상이 없었어. 준석 씨는 걱정하는 나와 헤어지면서 이렇게 말하더군.

'걱정 마. 솔직히 나도 무섭지만. 그놈이 원하는 대로 되지는 않을 거야. 이미 나는 그놈의 고문에 두 번이나 견디어 냈어. 이번에도 질 수 없어.'

나는 그의 말에 혼란스러워지는 것을 느꼈어. 혹시 그가 미친 것이 아닌가 걱정도 되고. 하지만 얼마 안 가 나도 알게 되었어. 준석 씨는 결코 미친 것이 아니었다고······"

주연이 누나는 점점 얘기하기가 힘들어지는 것 같았다. 얘기하면 얘기할수록 준석이 형이 생각나는지, 자꾸 얘기를 멈추는 경우가 많아졌다.

"준석 씨는 정말 힘들어했어. 그 악귀에게 매일 밤마다 고통을 받으면서 낮에는 자기가 벌여 놓은 출판사 일들을 처리하느라고 고생했어. 나는 준석 씨가 하도 열심히 일하길래 그 악령이 사라졌는 줄 알았는데, 그게 아니었어. 준석 씨 말에 의하면 더 심해졌대. 밤에 혼자 있을 때 뒤에 뭔가 느껴져 돌아보면 그 악귀가 자기를 노려보고 있다는 거야. 그리곤 준석 씨는 못 움직이고, 온갖 고문을 당하다 기절했다 깨어나면 그 악령은 사라지고 상처도 말끔히 나아져 있다는 거야.

무서워서 샤워도 잘 못했대. 머리를 감고 있으면 아무것도 안 보이잖아. 그리고 물소리 때문에 아무것도 안 들리고. 그런데 그 때 갑자기 살기가 느껴지고 그 악귀가 나타난다는 거야. 여하튼 준석 씨에게 혼자 있는 시간은 공포 그 자체였어. 그런데도 잘 버티었어. 나는 수척해져가는 준석 씨의 모습을 보고 너무 걱정이 되었어. 하지만 함부로 남에게 얘기할 것은 아니잖아. 미친놈 취급받을 것 뻔한데……

어느 날, 나를 만난 자리에서 준석 씨는 뭔가 결심한 듯이 보였어. 그때 준석 씨는 현실에 대한 회의를 가지고 있었던 것 같아. 자기의 젊음과 신념을 바쳐 노력한 결과가 그저 그런 모양으로 나타나고…… 죄를 지은 자들은 아직도 떳떳하게 자기 목소리를 내고 있고, 소위 문민정부라는 것은 그 자들의 비호에 급급하고…… 아마 자기 세대들에게 뿌리 깊게 심어져 있던 절망감을 준석 씨 자신도 느끼고 있었는지 몰라. 항상 정의는 꺾이고, 오직 권력자만이 승리자가 되는 세상……

준석 씨는 적어도 이 세상에 옳고 그른 것에 대한 정의만은 제대로 세워지길 열망했던 사람이야. 그런데 죄 지은 자가 자기 합리화에 큰소리 치고, 피해자였던 국민은 다시금 기만당할 수밖에 없는 현실에 가슴이 찢어지는 것 같은 고통을 느꼈을 거야. 올바른 사회를 위해 자기의 모든 열정을 바쳤는데…… 자기뿐만 아니라 온 사회가 김인근과 같은 일그러진 과거에 고통 받는 것으로 느껴졌을 거야. 여기서 가만히 김인근의 악령에게 고통 받는다는 것은 준석 씨에겐, 이 사회가 아무런 저항 없이 계속해서 잘못된 방향으로 가고, 정의가 실천되지 않아 당하고만 있는 것처럼 느껴졌을 거야. 그래서 그때 준석 씨는 자기만이라도 그런 비겁한 길을 걸을 수 없다는 그런 결심을 한 것 같아.

'이대로는 도저히 안 되겠어. 우선 그놈이 원하는 것이 무엇인지 알아야겠어.

그리고 절대로 그놈 뜻대로는 되지 않게 할 거야. 이번에는 내 자신을 위한 투쟁을 해 볼 생각이야.'

그러더니 나를 데리고 대학로에 있는 허름한 술집으로 찾아갔어. 이 일을 해결할 수 있는 사람을 찾아가는 것이라고 말했어. 준석 씨가 학생운동 할 때 풍물패 일로 만난 적이 있는 박수무당이래. 그런데 이 무당은 여느 무당과 다르게 석사까지 마친 엘리트래. 어느 날 갑자기 신이 들려 그 길로 들어선 이상한 사람이라는 거야.

우리가 찾아간 술집은 대학로에 구석에 붙어 있는 작은 선술집이었어. 그 사람은 항상 거기에 있다고 들었대. 자욱한 담배연기와 소란스러움을 뚫고 들어간 그 술집에는 내가 보기엔 무당처럼 생긴 사람은 하나도 없고 다 인생의 낙오자 같은 주정뱅이밖에 안 보였어. 나는 그 사람이 없는 줄 알고 나가려 하는데, 준석 씨는 그 무당을 찾은 듯이 어느 주정뱅이 앞으로 성큼성큼 걸어갔어. 그 주정뱅이는 옆에 있는 사람들에게 큰 소리로 주정을 하고 있었어.

'이 바보 같은 놈들아! 세상에 이런 나라가 어디 있니? 아무리 큰 죄를 저질러도 역사가 해결해 준다는 나라! 이봐, 주인 오늘 술값 없어! 수천 명을 죽여도 법이 아무런 소용이 없는데, 까짓 술값쯤이야. 우리가 뭐 예수교 광신자인가! 원수를 사랑하게. 하긴 하나님도 역겨울 거야. 너희들이 일요일마다 해대는 그 위선적인 아첨들이 얼마나 더럽겠니…… 아아, 더럽다! 더러워……'

나에게는 완전히 미친 사람 또는 술에 만취된 사람으로 보였어. 하지만 그 사람 주변에 있는 다른 사람들은 그를 재미있어 하더

라. 준석 씨는 그 주정뱅이에게 정중하게 말을 걸었어.

'최 형. 저 김준석입니다. 기억하시겠어요. 옛날에 연대에서 집회관계로 제가 도움 청했을 때 만나 뵈었죠?'

나는 준석 씨가 말을 건 그 주정꾼을 유심히 봤어. 한 서른쯤 돼 보였을까. 한 손에 소주병을 든 게 완전히 알코올 중독자 같았어. 옷차림도 허름하고. 하지만 어딘지 모르게 지적인 분위기가 풍기긴 했어. 여하튼 준석 씨의 말을 들은 그 최 형이란 사람은 처음에는 어리둥절해 하다가, 준석 씨의 얼굴을 유심히 살펴보더니 알았다는 듯이 말하는 거야.

'아, 준석 씨. 오래간만이에요. 가석방되었다는 얘기는 들었는데. 여기는 웬 일이에요? 이 미친놈에게 술 한 잔 사려고 오셨나……'

'알아보시는군요. 예, 술도 사죠. 하지만 저 좀 도와주십시오.'

도와달라는 준석 씨의 말에 그 사람은 찬찬히 준석 씨를 살피는 거야. 그러더니 바로 전까지 술타령하던 사람이라는 것이 전혀 믿기지 않을 정도로 또렷한 목소리로 얼음물을 주방에 부탁하더니 자기 머리위에 끼얹는 거야. 놀라는 우리들에게 정신 차리기 위해 그런다며 아직도 서 있는 준석 씨를 살펴보는 거야. 한참을 보더니 입을 열었어.

'심각한 일 같군요. 언제부터죠? 내가 보기엔 준석 씨 주변에 죽음의 기운이 서려있어요. 아니면 준석 씨의 생명을 원하는 그 무언가의 사악한 기운이 맴돌고 있는 것 같은데…… 도대체 무슨 일이죠?'

그의 질문에 우리는 자리에 앉아 자초지종을 상세히 얘기했지.

그랬더니 그는 고개를 절레절레 흔들더니 한숨을 쉬며 말했어.

'휴…… 그런 일이었군요. 그 김인근이란 놈 나도 만난 적이 한 번 있는데. 정말 악독한 놈이던데. 우리식으로 말한다면 준석 씨에게 귀신이 든 거예요. 그것도 악귀가.'

'그럼 어떤 해결 방법이 없을까요?'

'글쎄요…… 음…… 오늘 밤은 이것 한번 써보세요. 그리고 내일 만나 한번 생각해 보죠.'

그러면서 그 무당은 주머니에서 누런 한지를 꺼내더니 잠깐 눈을 감고 뭐라고 중얼거리더니, 붓으로 뭔가 쓰더니 준석 씨에게 내미는 거야. 술집의 풍경과는 전혀 안 어울리는 모습이었어. 그러면서 덧붙였어. 오늘 하루의 임시방편이라고. 악귀를 쫓는 무당 고유의 부적인데 하루가 끝이고, 한 번 쓰면 더 이상 효과가 없다는 가장 일반적인 부적이래. 우리는 내일 약속을 정하고 그 사람과 헤어졌어. 준석 씨는 그날 헤어질 때 나에게 전혀 걱정하지 말라며 집까지 바래다주었어. 돌아서는 준석 씨의 모습에 왠지 모르게 비장함이 느껴졌어. 그때 왜 그렇게 눈물이 나던지……

다음날, 약속장소에 나온 준석 씨는 활기와 자신감이 넘쳐 보였어. 전날 밤 그 부적 때문인지 근 한 달 만에 처음으로 편안하게 잠을 잤대. 그 악령의 괴롭힘도 없이.

그 최 형이라는 무당도 전날과는 전혀 다른 분위기였어. 무당이라고 하면 대충 무슨 이상한 분위기에 이상한 옷차림에 요사스런 눈빛이 연상되었는데, 그 사람은 평범한 직장인처럼 보였어. 하지만 캐주얼한 차림에도 그의 눈빛은 좀 다르더라. 그 사람이 먼저 말을 꺼냈어.

'유령이나 귀신이란 것들은 일반적으로 알려진 것과는 달리 보통 사람들이 보기란 쉬운 게 아니에요. 우리 무당들은 이렇게 생각해요. 죽은 자는 죽은 자만이 볼 수 있다고. 다시 말하면 유령이나 귀신은 산 사람으로서는 볼 수 없어요. 죽은 사람이나 죽을 사람도 볼 수도 있어요. 가끔 몸의 기가 허한 사람이 보는 경우도 있긴 하지만.

　솔직히 말하면 준석 씨처럼 주변에 귀신이 그것도 악귀가 자주 출몰한다는 것은 준석 씨의 생명이 얼마 안 남았다는 얘기가 될 수도 있어요. 미안해요. 난 준석 씨도 알다시피 이런 거 돌려 말하는 성격이 아니잖아요. 예로부터 귀신이라고 하면 왜 사람들이 무서워했을까요? 단지 죽은 사람의 혼이기 때문이었을까요……그건 아니에요. 예로부터 사람들에게 나타나는 귀신들은 이승에 한이 많이 남아서 나타나는 거라고 해요. 그리고 그 한은 대부분 살아있는 사람들의 목숨들이죠. 그래서 우리는 귀신이란 존재에 본능적인 공포를 지니게 되었어요. 더구나 악한 성격이 그 집요함은 더 대단하죠.

　그래서 귀신이란 이미지는 착한 이미지보다 악한 이미지를 많이 가지게 된 거예요. 소위 착한 귀신은 드물죠. 착한 사람은 그 한을 많이 안 남기죠. 하지만 악인들은 그 탐욕으로 현세에 많은 욕심과 한을 남기는 경우가 많아요. 그래서 나쁜 귀신, 악귀가 우리가 들어왔던 귀신 얘기에 대부분이죠. 심심풀이로 들어왔던 귀신 얘기가 다 지어낸 것만은 아니거든요……'

　'그럼 어떻게 사람이 죽어서 귀신이 되어 사람을 괴롭힐 수 있게 되죠? 아무나 그런 것은 아닐 거 아니에요? 그리고 저는 그냥

앉아서 그 악귀 놈이 원하는 대로 죽을 수밖에 없나요?'

'서양에서는 그런 현상을 악마에게 영혼을 판다는 등으로 해석하지요. 하지만 우리는 달라요. 우리는 특별한 설명을 안 하고 있어요. 단지 강한 현세에 대한 욕구가 귀신을 만든다고 얘기하죠. 그래서 아무나 될 수는 없는 거예요. 동양에서는 귀신이 되고 싶다고 되기는 어렵다고 하고 있어요. 하지만…… 인간이 사는 데는 어디나 있듯이 흑마술이라든가 사이비 종교에서는 그런 방법을 쓰고 있죠. 아마 그 김인근이란 놈도 자연적으로 된 거보다 뭔가 술수를 쓴 거 같아요…… 잘은 모르겠지만. 준석 씨에게서부터 그 악귀를 떼어내는 방법이라…… 사실 무당이라는 것이 하는 일은 약한 귀신을 위로해 떠나게 해주는 거예요. 때로는 그 한을 해결해주거나…… 하지만 이번 경우는 다르죠. 완전히 악으로 똘똘 뭉친 악귀라……

흔히들 알고 있듯이 무당이 귀신을 잡는 것은 아니에요. 고스트버스터스도 아니고. 사실 귀신을 처치할 수 있는 능력은 인간이 가지기 있기 힘들어요. 성경에도 예수가 한마디로 귀신들린 사람으로 처리하는 얘기가 몇 번 나오잖아요. 예수 정도의 능력을 지녀야 귀신을 쉽게 처치할 수 있는 거예요. 서양에서는 엑소시스트라고 귀신 잡는 무당이 있긴 한데, 사실 하는 일을 살펴보면 우리 무당과 그리 크게 다르지 않아요. 너무 쓸데없는 얘기가 길어졌군요. 솔직히 말하면 저로서는 그 악귀를 처치하기가 쉽지는 않아요……'

'쉽지 않다는 것은 방법은 있다는 것 아닌가요. 그리고 제가 그냥 견디며 계속 버틴다면 그냥 사라지지 않을까요?'

'그것은 불가능해요. 이것은 시간이 해결해 줄 문제는 절대 아니에요. 그놈의 목적은 오직 하납니다. 바로 준석 씨의 목숨이죠. 그것을 얻기 전에는 절대로 준석 씨를 가만두지 않을 것입니다. 한 가지 다행인 것은 그놈이 물리력을 행사할 정도의 악령이 아니라는 것이죠. 살았을 때 영 능력이나 염력을 지녔던 사람들은 가끔 죽어서 사물을 직접 움직이거나, 사람에게 직접 해를 끼치는 능력을 지닐 때도 있어요. 그놈은 준석 씨의 정신으로 파고들어 고통을 주고 있는 상태 같군요. 그걸 보면 이놈은 아직 그 정도는 아닌 것 같은데…… 방법이라…… 있긴 있지만 우선 그놈의 욕구를 살펴봐야 돼요.

그놈은 지금 분노로 가득 차 있어요. 그놈은 고문 대상자를 벌레보다 하찮게 생각했어요. 그런데 그 벌레에게 당했다고 생각해 봐요. 얼마나 화나겠어요. 예를 들어 우리가 어렸을 때 이유 없이 잠자리 날개를 뜯다가 그 잠자리에게 물려 봐요. 당장 땅바닥에 내던져 쳐 죽이죠. 그놈은 거의 그런 기분이에요. 날개를 뜯다가 잠자리에게 물린 기분이죠. 그래서 그 잠자리를 쳐 죽이려 하고 있는 거예요. 그런 놈은 달래긴 힘들어요. 제가 다리가 돼 그놈에게 뭔가 알려주는 방법이 있긴 한데. 원귀를 달래기 위해서는 그놈의 죄과를 다 덮어주어야 하고, 심지어 칭송까지 해야 합니다. 그것도 준석 씨가 직접. 다시 말하면 그 악귀에게 목숨을 살려달라며 애원하는 거죠. 그리고 그놈이 자행한 모든 악행을 찬양해 줘야 하는 거죠. 만약 그러면 그놈이 떠날 수도 있어요. 그 외의 방법이라면 준석 씨가 목숨을 포기하고 하는 방법밖에 없는데.'

그 얘기를 심각한 표정으로 듣고 있던 준석 씨는 갑자기 호탕한 웃음을 터뜨렸어. 나는 영문도 모르고 그 둘을 바라봤어.

'하하하. 최 형도 뻔히 나를 잘 알면서. 그런 식으로 나를 자극할 필요 없어요. 알다시피 뻔하잖아요. 내가 선택할 방법은. 내가 그놈에게 목숨을 구걸할 수 없어요. 또 구걸할 수 있다고 하더라도 그놈이 자행한 뻔한 나쁜 짓을 칭송하라고요. 하하하…… 온 세상이 그렇게 돌아가도, 나만은 그럴 수 없어요. 다음 방법은 뭐죠? 내 목숨을 걸어야 된다는 것은?'

'하긴 준석 씨도. 그래도 다시 생각해봐요. 목숨을 건지면 이 세상을 위해 아직 할 일이 많잖아요? 주연 씨도 있는데.'

나는 둘의 대화에 순간 어리둥절했다. 별세계의 사람들 같았다. 자기의 생명 얘기를 무슨 백 원짜리 동전처럼 생각하듯이 얘기하고 있는 것이었다.

'주연이는 이해할 거예요. 그렇지? 주연아. 그리고 내가 세상을 위해 할 일 중에 가장 큰일은 기본적인 생각을 바로 잡는 거라고 생각해 왔어요. 바로 이런 거죠. 잘못을 한 사람은 반드시 처벌 받는다는 간단한 원칙 같은. 어떻게 보면 여기서 목숨을 포기하는 것은 비합리적일지 모르나, 합리라는 원칙보다 더 중요한 것이 있을 수 있잖아요. 그리고 인간적으로도 그놈한테 지기는 싫고…… 세상이 잘못 돌아간다고, 나도 잘못된 길로 갈 수 없어요. 이미 결심을 굳혔으니, 빨리 그 방법 알려줘요. 백 퍼센트 내가 죽으라는 법도 없잖아요.'

'역시 생각대로군요. 우리 한 번 해봅시다. 우리의 싸움은 여기서까지 계속되는군요. 그놈과 정면 대결하기 위해서는 준석 씨 자신이 직접 나서야 합니다. 죽은 자와 싸우기 위해서는 이쪽도 죽은 자가 돼야죠. 엄밀히 말하면 반쯤 죽은 자죠. 그놈은 준석 씨만을 지목했기 때문에 준석 씨만이 상대할 수 있게 된 거예요. 그런 상황을 만들기 위해서는 준석 씨가 자기의 목숨을 거의 포기해야 돼요. 그놈은 악귀이고, 준석 씨는 살아있는 사람이기 때문에 이제까지 준석 씨는 그놈에게 고통을 받아온 거예요. 산 사람이 죽은 사람을 당해낼 순 없는 거예요. 하지만 죽은 사람끼리는 그것이 가능하죠.'

'재미있군요. 싸움이라. 그런데 어떻게 싸우는 거예요? 때리거나 격투를 하는 것도 아닐 테고. 죽은 혼끼리 주먹질하는 것도 아닐 테고…… 그리고 내가 목숨을 건질 확률은 어느 정도죠?'

'싸우는 법이라. 사실 그게 마음에 걸리는데. 이런 상황에서는 현세의 관계가 사후까지 계속되지요. 그러니까 준석 씨 같은 경우에는 그놈에게 심한 고문을 당할 거예요. 고통도 마찬가지거나 더욱 심하겠죠. 하지만 이번에는 준석 씨가 그놈에게 자기 의지를 표시할 수 있어요. 고문을 버틸 수 있는 것이죠. 버티지 못 하면 그놈 뜻대로 준석 씨도 죽는 것이고…… 말하자면 정신력 싸움이죠. 고문하는 자와 고문당하는 자간의. 엄청나게 고통스럽고 위험할 것입니다. 저도 생존 확률에 대해선 장담 못하겠어요. 굳이 말하라면…… 십분의 일 정도.'

나는 옆에서 놀랐어.

십분의 일 정도라면 죽으라는 얘기잖아. 나는 준석 씨를 만류할 생각으로 준석 씨의 얼굴을 쳐다보았어. 그런데 준석 씨의 얼굴은 생기와 자신감으로 차 있었어. 그 얼굴을 보니 문득 준석 씨의 학생운동 시절이 생각났어. 거의 불가능하고 실패할 수밖에 없다는 시위계획을 세울 때의 자신감 넘치던 그의 얼굴이. 준석 씨는 그때 이렇게 친구들과 후배들을 격려했어. 실패할 수도 있지만 해보지도 않고 포기하는 것보다는 훨씬 낫고, 또 우리의 신념이 옳은 것은 확실하다며. 아무리 불리하고, 질 것 같아도 불의에 그냥 무릎을 꿇는 것은 젊은 우리로서는 할 수 없는 일이라며…… 늙으면 꺾이곤 하는데, 젊어서도 벌써 꺾이면 어떠하겠냐면서…… 부딪쳐서 깨지면 어떠냐…… 옳은 것을 위한 거라면……. 그런 준석 씨의 얼굴이 떠올려서 그를 만류 못 하겠더라.

'그 정도면 후하네요. 사실 우리가 가투(학교 밖 시내에서의 시위) 나갈 때는 그런 수치적 성공률이란 아예 없었잖아요. 한번 해봅시다. 나중에 일 나도 최 형 탓하지는 않을게요. 다시 한번 피가 뜨거워지는 기분인데요. 역시 나는 투사의 피가 흐르나 봐요. 그것도 확률 없는 싸움에 오히려 흥분하는……'

준석 씨는 아예 못을 박아버렸어. 그래서 우리는 다음날 목숨 건 사투를 실행하기로 하고 헤어졌어. 준석 씨는 우리 집 앞까지 나를 바래다주면서 이런저런 얘기를 했어. 나는 아무 말도 할 수 없더라. 자꾸 눈물이 나와 참느라 힘들었어. 집 앞에서 준석 씨는 나를 꼭 안아주더니 이렇게 속삭이던 거야.

'주연아. 고맙고 미안하구나. 사실 네가 나의 하나의 희망이었는데…… 내가 이렇게 될 줄은 몰랐어. 꼭 너를 행복하게 해주려 했는데. 옆에서 말려주지 않아서 고마워. 사실 네가 옆에서 한 마디만 했으면 나는 흔들렸을 거야. 내가 내 길을 선택하게 해줘서 고마워. 나 너무 이기적이지. 정말 미안해…… 아 이대로 시간이 멈추었으면……'

나는 멍하니 준석 씨의 품 안에 있었어. 아무 말도 할 수가 없었어. 그냥 눈물만 나고 정신이 아득해질 뿐이었어. 그런데 어깨 위로 물방울이 느껴졌어. 준석 씨의 눈물이었어. 준석 씨는 갑자기 휙 돌아 서더니 나를 놓고 떠나는 거야. 나는 준석 씨를 붙잡고 싶었어.

준석 씨는 골목 귀퉁이에서 나를 돌아보더니, 큰 소리로 외쳤어.

'주연아! 네가 있어준 거 신께 감사한다. 내일 일 걱정 마. 너 때문이라도 난 살아있을 거야. 잘 자라······'

나는 움직일 수 없었어. 한없이 눈물만 나더라······"

주연이 누나는 이 얘기를 하면서 눈물을 참느라 애쓰다가 결국 울음을 터뜨렸다. 나도 눈물이 나올 것만 같았다. 주변의 사람들은 우리를 이상하게 보았지만, 상관하지 않았다.

갑자기 준석이 형의 환한 웃음이 떠올랐다. 울고 있는 주연이 누나가 너무 슬퍼 보였다. 주연이 누나는 한참 동안 울음 때문에 말을 못하다가 이윽고 다시 말문을 열었다.

"결국 다음날은 찾아왔어. 나는 한숨도 못 잤어. 준석 씨 걱정 때문에······ 우리는 그 싸움을 준석 씨 방에서 하기로 했어. 마침 준석 씨 식구는 전부 동해안으로 여행을 가 집이 비었었거든. 준석 씨 집에 도착하니 벌써 그 최 형이라 불리는 무당은 와 있었어. 눈이 충혈된 것을 보니 그 사람도 잠은 자지 못한 것 같았어. 물론 준석 씨도 한숨 못 잤고······ 이렇게 잠을 설친 우리들은 준비를 하기 시작했어.

그 사람은 준석 씨의 방에 이상한 부적 같은 것을 붙였어. 나는 사실 그런 것이 마음에 안 들긴 했어. 무슨 사이비 같은 생각도 들었어. 하지만 그 합리적이던 준석 씨도 군말 없이 그 사람이 하는 것들 도와줬어. 그러더니 침대 주변의 방바닥에다 이상한 도형을 그렸어, 처음에는 분필로 그리더니, 준석 씨에게 손가락을 베라고 해 손가락에서 나오는 피로 침대 주위에 그 도형을 그렸어. 그 도형 가운데 침대에 준석 씨를 눕히고 침을 놓기 시작했어. 나는 그 광경이 매우 불쾌했어. 어떻게 보면 무슨 악마를 불러오는 듯한 의식처럼 보였거든. 그리고 무당이 이런 식의 의식을 거행한다는 얘기는 처음 들었어. 그는 나의 이런 불쾌한 의심을 알아차리기라도 한 듯이 얘기해 주었어.

'솔직히 제가 진행하는 의식의 방법이 이상하게 보이죠? 무당 같지도 않고. 사실 저는 서양의 흑마술이나 백마술과 동양의 주술을 접목하는 공부를 하고 있거든요. 이 방법도 서양과 동양의 주문을 같이 써보는 겁니다. 그래서 약간 사악하게 보일지도 모르죠. 하지만 이것이 제가 할 수 있는 최선의 방법입니다.'

그러더니 준비해온 천으로 창문을 가렸어. 완전히 방은 밤처럼 어두워졌어. 누워있는 준석 씨 곁에 굵은 초 몇 개를 켜놓았는데, 흔들리는 촛불이 우리들의 그림자를 만들어 음침한 기분을 자아냈어.

준석 씨는 가만히 누워있었어.

담담한 표정으로 사형을 기다리는 사형수처럼……

그런 준석 씨를 보니 왈칵 눈물이 나왔어. 그 무당은 계속 침을 준석 씨의 온 몸에 놓고 있었어. 준석 씨는 전혀 아프지 않다고 했지만, 수백 개의 침이 꽂혀 있는 준석 씨의 모습은 소름이 끼칠 정도로 무서워 보였어. 하지만 준석 씨는 나에게 미소를 보냈어. 걱정 말라며……

 이윽고 침을 다 놓았는지, 그 무당은 한숨을 쉬더니 땀을 닦았어. 침을 놓는데도 자기의 기를 썼는지, 엄청 지쳐 보이더라. 그런데도 얼마 쉬지 않고 준석 씨의 온 몸을 손으로 짚었어. 혈을 잡아주는 것이래.

 이때는 준석 씨도 고통스러운지 신음소리를 내더라. 나는 옆에서 안절부절 못하고 있었어. 고통스러워하는 준석 씨를 차마 눈 뜨고 볼 수 없었어. 그 무당은 혈을 잡는데 손이 보이질 않을 정도로 빨리 움직였어. 수백 개의 침들을 피해 준석 씨 온 몸 곳곳을 점혈했어. 준석 씨나 그 사람이나 온 몸이 땀으로 뒤범벅되었어. 그러더니 준비해온 밧줄로 준석 씨를 침대에다 꽁꽁 묶는 거야. 밧줄이 침을 놓은 자리를 눌러 고통스러운지 준석 씨도 얼굴을 찡그렸어.

 '밧줄로 동여맨 것은, 혹시 제가 고통을 못 이길까봐 그러시는 건가요? 그럴 필요 없는데…… 그 정도는 견딜 수 있어요.'

 '준석 씨의 의지를 못 믿어서가 아니라, 준석 씨가 떠난 후의 껍데기 육신을 보호하기 위해서요…… 고문이 시작되면 빈 육신이 엄청나게 움직일 것이거든요. 그래서 고정시켜 놓는 거예요…….'

 그 무당은 그렇게 대답하고는 다시 점혈에 열중했어. 이윽고 준비가 거의 막바지에 이르렀는지, 비장한 목소리로 준석 씨에게 말했어.

 '이제 중혈(中穴)만 눌러주면 준석 씨는 살아있는 사람이라 할 수 없게 됩니다. 반은 죽은 사람이 되지요. 그리고 그 악귀와 만나게 될 것입니다. 그 악귀는 아마 준석 씨를 보고 즐거운 듯이 온갖 고문을 다할 것입니다. 그것을 참고 견뎌야 합니다. 그놈이 준석 씨의 의지가 얼마나 강한가를 알고 스스로 의욕을 상실하고 물러가게 해야 합니다. 조금이라도 굴복하는 기색이 있으면 그놈 원하는 대로 준석 씨의 생명은 그놈이 거둬가게 돼요.

그리고 솔직히 이 의식은 매우 위험합니다. 그놈이 아니라도 준석 씨는 다시 못 깨어날 수도 있습니다. 나의 자만심이 준석 씨로 하여금 이런 위험한 행위를 하게 하는 것 같아 마음에 걸립니다. 지금이라도 늦지 않았으니 다시 한 번 생각해봐요.'

무당의 자신 없는 그 말에 나는 도저히 참을 수 없었어. 밤새 스스로에게 다짐했지만, 더 이상 준석 씨를 그렇게 떠나보낼 수는 없었어, 그래서 눈물을 흘리면서 준석 씨에게 호소했어.

'준석 씨…… 제발. 한 번만 더 생각해봐요. 어쩌면 쓸데없이 생명을 낭비할 수도 있잖아요. 이번 한 번만 지는 척해요. 그 다음에 다시 이 사회를 위해 노력하면 되잖아요. 이렇게 떠날 수는 없는 거잖아요. 나는 어떡하란 말이에요! 제발…… 준석 씨……'

나는 정신없이 흐느꼈어.

그런 내 손을 준석 씨는 고통스런 몸을 뒤척이며 팔을 뻗어 꼭 잡아주었어.

'주연아, 미안. 하지만 우리 약속했잖아. 이러지 않기로…… 걱정 마 꼭 돌아올 테니까…… 여기서 내가 굴복하면 지난 나의 투쟁은 헛된 것이라는 것을 잘 알잖아. 적어도 말야. 잘못한 자는 자기 잘못을 알고 처벌 받아야 해…… 어떻게 보면 이것은 나 개인만의 싸움이 아냐. 이런 식으로 우리가 악령에 굴복하는 삶을 살게 되면, 영원히 그 굴레에서 벗어날 수 없는 거야…… 정의는 항상 이기는 것은 아니었지만, 그것을 위해 싸울 가치는 있는 것 같아. 그런 올바른 사회를 만드는 것이 나의 꿈이었고. 너와의 아름다운 미래도 나의 꿈이야. 나는 그렇게 쉽게 꿈을 포기하는 사람이 아냐! 꼭 살아 돌아올 테니 걱정 마. 최 형, 시작하죠……'

준석 씨는 내 손을 잡은 채로 말했어. 최 형은 잠시 망설이다가 뭔가 굳게 결심한 듯이 두 손으로 준석 씨의 정수리 밑 부분을 꾸욱 눌렀어. 그 순간 준석 씨는 의식을 잃고, 나는 흘러내리는 준석 씨의 손을 꽉 잡았어. 아직 따뜻했어. 무당은 준석 씨 옆자리에다 준비해온 판에 모래를 깔았어.

나는 그 무당에게 물었어.

'그건 또 뭐죠?'

'이것을 통해 그 악령의 의지를 알 수 있을 것 같아요. 이 둘레에 그놈이 나타나면, 그놈의 생각이 아마 글자로 나타날 것이에요. 안 믿기죠? 한번 보세요.'

그러더니 그 무당이 눈을 감고 잠시 있었는데, 갑자기 그 모래가 휘익 움직이더니 마치 사람 손가락으로 쓴 것처럼 글씨가 나오는 거야.

〈믿어 보세요……〉

나는 그 현상이 믿기지 않았어. 무슨 속임수 같더구나. 그런데 그 무당이 눈을 뜨더니 자기 생각이 글로 나타났다고 말하는 거야. 그런 식으로 우리가 김인근이라는 놈의 생각을 불완전하나마 읽을 수 있다는 거야. 준석 씨는 옆에서 죽은 듯이 누워있었어.

나는 또 물었지.

'얼마나 걸릴 것 같죠?'

'얼마 안 걸릴 것입니다. 제가 그 악귀를 불러오는 부적을 여기 저기 붙여 놨으니까, 그놈이 준석 씨의 피 냄새를 맡고 곧 나타날 것입니다. 우리 시간으로 한두 시간이면 끝날 것입니다. 하지만 저 세상에서는 영겁과 같은 시간이지요. 준석 씨는 엄청나게 고통스러울 것입니다. 바로 이 방안에서 그 피의 향연이 벌어질 것입니다. 바로 우리 눈앞에서. 우리들은 볼 수 없지만, 그들은 우리를 볼 수 있을 것입니다. 언제나처럼…… 우리는 단지 신께 기도하며 기다릴 수밖에 없는 거죠……'

나는 준석 씨의 손을 잡고 마치 곤히 잠든 얼굴을 하고 있는 준석 씨를 바라보며 그동안의 행복했던 시간을 생각했어. 주마등 같이 머릿속을 지나갔어, 눈물은 하염없이 떨어졌어. 그때 나는 모든 신에게 기원했어. 제발 우리 준석 씨를 돌려달라고……

죽음 같은 적막이 어두운 방안을 흐리고 있었어. 촛불만이 조용히 타고 있었어. 그런데 갑자기 바람도 안 불었는데 촛불하나가 꺼졌어. 그러자 긴장된 목소리로 그 무당이 말했어.

'왔습니다!'

나는 온 몸에 소름이 쫙 끼치는 것을 느끼며 사방을 둘러 봤으나 아무것도 없었어. 하지만 그 악귀가 이 방 어디선가 그 파란 눈을 빛내며 나를 내려 본다는 것을 생각하자 한기가 느껴졌어. 그 무당은 아무렇지 않은 듯이 가부좌를 하고 옆에 앉아 있었지만, 이마에 땀이 흐르는 것을 보니 그도 역시 긴장하고 있었나봐.

나지막한 목소리로 나에게 말했어,

'이제 준석 씨에게 고통이 시작될 것입니다. 그 고통은 지금은 빈껍데기 같은 육신에도 전달돼요. 아마 경련을 일으키거나 땀을 많이 흘릴 테니 놀라지 말고 준비하세요.'

얘기가 끝나기 무섭게 준석 씨의 온 몸은 격렬한 경련을 일으키며 흔들렸어, 나는 겁나서 준석 씨의 손을 꼭 잡고 있었어. 밧줄이 끊어질 것처럼 흔들렸어. 모래판의 모래가 미친 듯이 요동했어. 우리는 옆에서 격렬하게 움직이는 준석 씨와 그 모래판을 불안하게 주시하고 있었어. 모래가 어지럽게 움직이더니 글자가 나오더라. 그 악령의 말이라 하니 소름부터 끼치더라.

처음에는 잘 알아볼 수 없는 글이었고 짧은 문장의 연속이어서 이해하기 힘들었지만, 시간이 갈수록 사람의 말처럼 써졌어. 이런 말들이었어.

〈……네, 가…… 원하…… 는 대로…… 해…… 주지……〉

〈고…… 통…… 이…… 그렇게…… 즐…… 겁…… 다면……〉

〈너…… 는…… 패, 배자…… 일뿐야…… 자신…… 은…… 인정…… 하기…… 싫지만……〉

〈……신…… 념…… 만…… 으론…… 아무…… 것도…… 못해……〉

〈나는…… 내…… 의무…… 에 충실했을…… 뿐야……〉

〈……너희…… 들은…… 우…… 리들…… 에겐…… 위…… 험한…… 존…… 재였어……〉

〈그…… 러니…… 나…… 는…… 그럴…… 수밖…… 에…… 없었어……〉

〈후…… 회…… 는…… 안한…… 다…… 난…… 잘못……

안…… 했어……〉

〈지독…… 한…… 놈…… 이…… 래도…… 버티냐……〉

〈어…… 디…… 까지…… 버티나…… 보자……〉

〈그…… 렇게…… 괴로우…… 면서…… 뭘…… 위해…… 버티냐……〉

〈누…… 구도…… 너의…… 희생을…… 몰…… 라 줄…… 텐데……〉

〈……너…… 하…… 나로…… 이…… 사회…… 가…… 바뀔…… 거라…… 생각…… 하…… 니……〉

〈오만…… 한…… 놈…… 힘…… 센…… 놈이…… 이기는…… 것이…… 당연…… 해……〉

〈넌…… 결코…… 사…… 회…… 를…… 바꿀…… 수…… 없어……〉

〈사람…… 들…… 은…… 이제…… 불합…… 리에…… 만성이…… 됐어……〉

〈자…… 기들이…… 어떻게…… 희생됐…… 는지…… 쉽게…… 망각…… 해……〉

〈그저…… 제…… 살길에만…… 바둥…… 거리지……〉

〈결…… 코…… 이렇게…… 사회는…… 바뀌…… 지…… 않아……〉

〈나…… 는…… 이런…… 사회…… 에서…… 영원히…… 너희…… 들 위에…… 군림할…… 수…… 있어……〉

〈너…… 희…… 들…… 의 고통…… 을…… 즐기…… 면서……〉

〈지독…… 한…… 놈……〉

〈……뻔한…… 결말…… 에…… 네…… 생명……까지…… 바칠래……〉

〈으…… 윽……〉

〈……여기…… 까…… 지도…… 버티다니……〉

〈……아…… 악……〉

이때부터는 모래판 위에 도저히 알아볼 수 없는 것들만 써졌어. 준석 씨는 한참동안을 요동치더니, 다시 잠잠해졌어. 그 무당은 옆에서 뭔가를 중얼거리면서 그냥 앉아있는 거야. 나는 덜컥 겁이 났어. 그런데 이번에는 준석 씨 온몸에서 땀이 나는 거야. 그것도 비 오듯이. 나는 손수건으로 땀을 닦아냈어. 손수건으로는 어림없었어. 그러더니 또 격렬한 경련이 반복되었어.

이윽고 모래판은 잠잠해졌어. 몇 시간동안인지 기억도 안 나. 준석 씨는 경련과 땀 흘리는 것을 계속 반복했어. 나는 두려움과 준석 씨 걱정 때문에 아무 생각도 못하고 계속 땀만 닦아내고 준석 씨 손을 붙잡고만 있었어.

그런데 갑자기 모든 움직임이 멈추더니 준석 씨 몸이 차가워지는 거야. 나는 너무 놀랐어. 준석 씨가 죽은 줄 알았거든. 그때 준석 씨를 살펴보던 무당이 말하더라.

'이제 고비입니다. 이 고비만 넘기면 그놈은 자기가 진 것을 깨닫고 사라질 것입니다. 제발 준석 씨 힘내요!'

나는 준석 씨가 마치 듣고 있는 것처럼 계속해서 소리쳤어.

그때부터의 시간은 정말 길게 느껴졌어.

시간이 얼마나 지났을까……

눈물은 마르지도 않더라.

싸늘해지기만 하던 준석 씨 손에 드디어 온기가 돌기 시작했어.

그 무당은 창백했던 준석 씨 얼굴에 다시 혈색이 돌자 기쁜 듯이 말했어.

'준석 씨가 이겼나 봐요. 그놈은 이제 없어요. 그놈의 기운이 방안에서 사라졌어요. 역시 준석 씨 대단한 사람이군요. 이제 눈만 뜨면 돼요.'

나는 하늘을 날아갈 것처럼 기뻤어.

모든 신에게 감사드렸지. 하지만 결국은 부질없는 것이었지만……. 처음에는 모든 것이 순조로웠어. 무당은 준석 씨에게 박혀있던 수백 개의 침을 다 뽑고, 준석 씨의 혈을 집기 시작했어. 온몸에 동여맨 밧줄도 풀었어. 준석 씨는 금방이라도 눈을 뜰 것 같은 기세였어. 나는 준석 씨가 빨리 정신을 차리고 나를 안아주길 원했어.

그런데 갑자기 잠자듯이 조용히 누워있던 준석 씨가 신음소리를 내면서 몸을 움직이는 거야. 숨이 답답한 것처럼 가슴을 쥐어뜯으면서…… 나는 너무 놀랐어. 그 무당도 당황한 듯이 준석 씨의 가슴을 문질렀어.

나에게는 그 모든 사건이 꿈처럼 느껴졌어. 나는 너무 놀라 움직일 수도 없었고, 한마디도 할 수 없었어. 무당의 필사적인 노력에도 불구하고 준석 씨의 몸부림은 점점 줄어들더니 이내 전혀 움직이지 않게 되었어.

나는 준석 씨 손만 꽉 쥐고 가만히 있었어. 갑자기 내 손을 쥐고 있던 준석 씨 손에 힘이 들어가는 것을 느꼈어. 내 손을 꽉 쥐는 거야. 마치 놓고 싶지 않다는 것처럼…… 너무 두려워서 준석 씨의 얼굴을 볼 수가 없었어. 그냥 그대로 있고 싶었어. 그런데 괴로운 듯한 그 무당의 목소리가 들려왔어.

'이럴 수가…… 이런 일이…… 준석 씨가…… 미안합니다……'

그 목소리는 이내 흐느낌으로 바뀌었어.

나는 이윽고 준석 씨의 손을 놓고 그의 얼굴을 바라보았어. 준석 씨는 놀란 듯한 눈으로 뚫어지게 천장을 바라보고 있는 거야. 나는 그의 눈을 가만히 감겨주었어. 이상하지. 준석 씨가 그의 삶을 끝마친 것을 알게 되자 내게는 슬픔의 감정보다 그를 편안하게 해주고 싶은 생각이 먼저 들었어.

나는 그의 머리를 내 품에 꼭 안았어. 그는 그때도 아직 따뜻했어. 옆에서 그 무당은 고개를 숙이고 있었어. 그 후의 모든 것은 슬로우비디오처럼 기억 나. 구급차가 온 것도…… 병원 응급실에서의 일들도. 준석 씨의 장례식도……"

주연이 누나는 그 긴 얘기를 마치고 결국 울음을 다시 터뜨렸다. 얘기하는 동안 여러 번이나 참아왔던 울음이지만 결국은 참을 수 없었나 보다. 나는 멍하니 있을 수밖에 없었다. 정말 믿을 수 없는 얘기였다. 준석이 형의 죽음이 그런 식이었다니…… 앞으로 얼마나 많은 일을 할 사람인데…….

누나가 울음을 그치는 것을 기다렸다.

"미안해…… 다시는 이렇게 울지 않기로 결심했는데. 그 무당은 나중에 나에게 이렇게 말하고 사라졌어.

'준석 씨는 절대로 그놈에게 진 것은 아닐 것입니다. 아무래도 육신을 떠났던 준석 씨의 영혼이 돌아올 때 무슨 잘못이 생겨 이렇게 된 것 같아요…… 용서해주세요…… 전부 제 잘못입니

다…… 제 실수이고요…… 준석 씨는 그놈에게 이겼습니다. 질리가 없죠. 그 사람이……'

그 후론 그 사람은 볼 수도 없었어. 준석 씨를 땅에 묻을 때 언뜻 본 것 같은데, 너무 경황이 없어서 잘 모르겠어…… 여하튼 준석 씨는 그렇게 갔어. 너무나 허무하게…… 어떻게 보면 귀신이 끌고 갔는지도 모르지. 나는 준석 씨의 죽음이 믿기지 않았어.

하지만, 하지만 말야…… 준석 씨가 그렇게 죽었다면 준석 씨가 자기의 목숨까지 바쳐 이루려 했던 그 작은 진리가 정말 이루어졌나 알고 싶었어. 그것이 안 되었다면 얼마나 허무한 희생이야. 그 무당은 그렇게 말했지만, 그 후에 사라져 어떻게 되었는지는 전혀 모르고. 그래서 확실히 준석 씨의 죽음에 대해 알고 싶어서 심령학 공부한다던 네 친구를 만나고 싶었던 거고……"

나는 그제서야 왜 주연이 누나가 그렇게 윤석이를 만나고 싶어 했는지 알았다. 하지만 윤석이는 일본에 가 있고 연락도 끊겨 별다른 방법이 없었다. 그러나 안타까워하는 주연이 누나의 눈을 보는 순간 뭔가 해야 하겠다는 생각이 들었다. 문득 윤석이가 옛날에 주었던 명함이 생각났다. 거기에는 무슨 심령학 연구회라고 하며 사무실 전화번호가 적혀 있었던 것이 기억이 났다. 그쪽에 전화를 걸어보면 뭔가 알 수 있을 것 같았다.

주연이 누나에게 그 얘기를 하고 그쪽과 연락이 되면 같이 찾아가 보자고 약속했다. 주연이 누나는 너무 고마워하면서 다시 한 번 부탁했다. 나는 주연이 누나와 헤어져 돌아오면서 이상할 정도로 준석이 형의 죽음 결과에 대해 집착하는 주연이 누나가 이

해되기 시작했다. 그렇게 사랑했던 사람의 죽음은 물론 큰 충격이었고, 누나에게는 메울 수 없는 큰 구멍이었을 것이다. 그런데 그 사랑하는 사람이 목숨을 걸고 이루려했던 신념의 산물만은 꼭 확인하고 싶었던 것 같다. 어쩌면 하나의 위안으로 삼으려는 것일지도 모른다. 자기의 상실감을 채우려는…….

준석이 형의 그 굳건했던 모습이 떠올랐다. 불의를 보고 참지 못하던 피 끓던 형의 모습이…… 나와의 마지막 술자리에서 얼큰하게 취해 비분강개해서 5·18 불기소 처분에 대해 이야기하던 형의 모습이 문득 떠올랐다.

그때쯤이면 그 악령에게 고통 받던 때였을 텐데…….

"일한아…… 우리 그렇게 한번 생각해보자. 어느 날 너희 집에 강도들이 들었어. 그런데 그 강도는 너의 집 재산만 털어간 게 아니라, 네 눈앞에서 너의 가족을 잔인하게 죽였어…… 그 강도들은 잔인한 범죄에도 불구하고, 그 재산을 가지고 오히려 주위에 존경을 받는 위치에 올랐지. 너는 고생고생 끝에 겨우 그 강도들을 잡아 경찰에 넘겼어. 그동안 너는 그 강도들에게 많이 맞기도 하고 온갖 수모는 다 겪었어. 쓸데없는 짓 한다며…… 사실 너는 그 강도들을 네 손으로 직접 처리할 수도 있었어. 하지만 법의 심판을 받게 하는 것이 옳은 것 같아, 너의 폭발하는 감정과 복수심을 삭였지. 그런데 경찰은 그 강도들을 풀어주었어. 거기다 다신 강도 죄목으로 잡을 수도 없게 만들었어. 울면서 항의하는 너에게 그 경찰을 그렇게 말했지. 그 살해와 강도질은 성공했기 때문에 체포할 수 없다, 라고.

그 얘기는 너에게 어떻게 들렸겠니? 억울하면 너도 성공적인 강도질을 해보라는 거야. 그러면 법도 너에겐 어떡할 수 없으니…… 결국 너는 어떻게 했겠니? 너는 이렇게 생각했을 거야. 이 사회에서는 성공한 강도질을 묵인하는구나. 나도 한번 해 봐야 겠구나. 그래서 너도 다른 집에 가서 강도질하고…… 그런 식으로 그 집 사람들도 강도질하고…… 그 사회에선 도덕과 정의라는 것이 사라졌겠지.

 웃기지 않니? 우리가 어렸을 때 제일 먼저 배우는 것이 뭔지 아니? 잘못하면 벌 받는 거야. 그런데 이게 뭐니. 다 큰 사람들이 하는 짓이 고작 어린애들 놀이보다 비열하고 말도 안 되고…… 더 이상 할 말 없다. 가슴이 아프고 슬프다. 도덕이고 정의고…… 그런 것은 과연 어디서 찾을 수 있을까……."

 준석이 형이 죽은 며칠 뒤, 두 전직 대통령이 구속되었다. 그들 일당이 저질렀던 추악한 범죄를 법으로 심판 받기 위해서였다. 바로 전만 하더라도 역사의 심판에 맡기자며 책임을 회피하려고 했던 현 정권의 정략적 이익을 위해서 취해진 조치였지만, 왜곡된 우리의 현대사가 어느 정도 바로 잡힐 수 있는 기회가 온 것이다. 준석이 형이 그렇게 바라던 그 장면이었다. 하지만 형은 가고, 수많은 사람들의 희생은 잊혀져가고 있었다.

 집에 돌아와 서랍을 뒤져 명함을 찾아냈다.
 그 명함에 적혀있는 데로 전화를 걸어서 윤석이 얘기를 했더니 선선히 만남에 응해주었다. 약속한 날 주연이 누나와 그 사무실을 찾아갔다. 사무실은 강남의 한 오피스텔에 위치하고 있었다.

음침한 지하실을 연상했던 나에게는 의외였으나, 문 옆에 붙어있는 '대한심령학회'라는 간판은 너무 어색해 무슨 사이비종교 사무실 문 앞에 서 있는 기분이었다.

문을 열어준 사람은 검은 뿔테 안경을 쓴 전형적인 공대생으로 보이는 젊은이였다. 그는 용건을 물어보더니 우리를 칸막이 너머에 있는 응접실로 안내하곤 이내 사라졌다.

나는 사무실을 둘러보았다. 오피스텔치곤 꽤 넓은 편이어서 책상이 대여섯 개 있었고, 구석엔 비디오와 텔레비전 그리고 컴퓨터 등 사무실 집기들이 보였다. 가장 눈에 띄는 것은 두 벽면을 빼곡이 채운 책들이었다. 세계 각국의 심령학 책들이 다 있는 것처럼 보였다. 책장을 둘러보니 온갖 종교 관련서적도 많았다.

난생 처음 들어보는 종교의 교리서들도 눈에 띄었다. 악마 숭배교들의 성경도 눈에 띄었다. 뭔가 눈에 띄는 허름한 책을 꺼내보았는데, 누더기 같은 종이에 전혀 알 수 없는 글씨와 그림이 있었다. 무슨 책인가 궁금해 하는데 뒤에서 소리가 들렸다.

"그건 인도의 리그베다입니다. 삼백 년 된 것이죠. 인도에서도 거의 구할 수 없는 것이에요. 아마 인도를 제외하고는 전 세계에서 가장 오래된 판본일 것입니다."

나는 깜짝 놀라 뒤를 돌아보았다. 주연이 누나는 벌써 일어나 그 사람에게 인사하고 있었다.

"죄송합니다. 그렇게 귀한 책인 줄 모르고, 단지 호기심에 봤습니다."

"아니에요. 보라고 놔둔 책인데요. 안녕하세요. 저 김영건이라고 합니다."

나는 책을 얼른 제자리에 놓고 그 사람에게 인사를 하고 자리에 앉았다. 그 사람은 우리에게 명함을 주었는데, 그 명함에는 심령학회장이라는 직책이 쓰여져 있는 것이었다. 이름과 직책을 보니 전에 언뜻 윤석이가 들려주었던 얘기가 생각났다. 윤석이에 말에 의하면 자기 학회는 회장이 자비를 털어 만든 것인데, 그 회장은 원래 꽤 유명한 변호사였다고 했다. 그런데 불가사의한 일로 두 딸과 부인이 비참하게 죽는 일이 생긴 이후로 심령학에 심취하게 되었고, 결국 그동안 모아두었던 막대한 재산을 털어 이 일을 시작했다고 했다.
　그 김영건이라는 사람은 40대 후반으로 보였다. 지적이면서 푸근하게 보이는 인상이었다. 전직 변호사라기보다는 학원 강사 같은 인상이었다. 밝은 표정 어딘가에 사랑하는 가족을 잃은 사람의 그늘이 약간 엿보이기도 했다.
　윤석이 얘기부터 시작했다.
　"윤석 군 친구라고 하셨죠. 그 친구 정말 대단해요. 심령학을 공부한 지 2년도 되지 않았는데, 벌써 우리학회에서 내로라 할만한 인재가 되었어요. 사시 준비했던 것 아시죠? 계속 공부했다면 정말 훌륭한 법조인이 되었을 텐데…… 이번 일본에서의 일도 대단했어요. 일본 측에서 난리가 났다는데…… 여하튼 모든 의혹을 해결하겠다고 다시 일본으로 갔죠."
　일본 일은 그 식인(食人) 사건 얘기였다. 나는 어두운 기억을 떨쳐버리고 우리가 온 자초지종을 얘기했다. 내가 얘기를 끝마치자 주연이 누나도 다시 한번 부탁했다. 우리 얘기를 다 들은 김영건이란 사람은 빈틈없는 자세로 한숨을 내쉬며 얘기를 시작했다.

"그런 일이 있었군요. 진심으로 애도합니다. 우리는 그런 일 전부 다 믿습니다. 사실 심령학 공부하는 사람들은 대부분 자기 자신이나 주변에서 그런 이상한 경험을 한 사람들이에요. 우리 학회도 다 그런 사람들이고요.

최성철 씨가 요즘 사라졌다고 들었는데 그런 일이 있었군요. 그 의식을 행했던 그 무당, 저희도 아는 사람입니다. 가끔 우리와 같이 연구도 하고, 일도 도와주곤 해요. 상당한 실력자고 의식 있는 학자인데…… 정말 서양과 동양의 주술을 통합하는 연구에는 우리나라 일인자입니다. 그런데 그런 일이 발생하다니…… 그 일 때문인지, 얼마 전부터 산에 들어가 고행을 하고 있다는 얘기는 들었습니다.

얼마 전에는 거기서 어느 군부대에 있었던 귀신 소동에 휘말려 고생했다는 소식도 들었습니다. 준석 씨 죽음이 그 사람에게 그렇게 큰 충격이었는지, 그 부대에서 있었던 일에도 끝까지 처리 안 하고 그냥 도망 쳤다더군요. 그 사람 성격에 끝까지 해결했을 텐데…… 이제는 더 이상 자기 때문에 아까운 사람들이 죽어가는 것을 참을 수 없게 된 것 같아요. 딱한 사람. 자기가 그렇게 피해 다니면, 도움이 필요한 사람은 누가 도와주나…….

얘기가 길어졌군요. 여하튼 언짢게 들리실 줄 모르지만 제가 보기에는 그 사람만의 실수는 아닌 것 같은데요……"

주연이 누나는 그 말을 듣고 단호하게 대답했다.

"저는 준석 씨 책임의 잘못이 누구에 있다는 것이 궁금한 것이 아닙니다. 저도 그 무당 분께서 준석 씨를 위하여 최선을 다했고, 그분의 잘못이 아니란 것은 알고 있습니다. 저는 다만 준석 씨가 자기의 목숨을 바친 그 결과를 알고 싶습니다. 부탁이에요. 할 수 만 있다면 제발 알려주세요."

회장은 주연이 누나의 단호하면서 애절한 부탁에 잠시 생각하더니, 뭔가 결심한 듯이 말을 했다.

"죽은 사람의 혼을 불러내는 것은 그리 쉬운 일이 아니지만, 준석 씨 경우처럼 혼이 육신을 찾지 못해 죽은 경우는 쉽게 불러낼 수 있습니다. 정 그렇게 원하신다면 해 드리죠. 소중한 분의 소중한 길의 확인을 도와드리죠."

그러더니 그는 준비에 들어갔다. 우선 아까 문 열어주던 젊은이에게 이것저것 시키더니, 커튼을 치고 방을 어둡게 만들었다. 테이블에는 검은 천이 씌워졌고, 그 위에는 이상한 종이 쪼가리와 향이 피워졌다. 그는 주변을 정리하더니, 주연이 누나에게 차근차근 의식을 설명했다.

"우선 준석 씨를 불러내기 위해서는 준석 씨가 현세에서 가장 잊지 못할 만한 그 무언가가 매개체가 돼야 합니다. 바로 주연 씨가 그 역할을 하는 것이죠. 그러니까 제 손을 꼭 쥐고 준석 씨와의 가장 아름다웠던 추억을 생각하세요…… 물론 괴롭고 슬프겠지만 노력해보세요. 가장 즐거웠던 둘만의 시간을 회상하세요. 그러면 아마 준석 씨가 제게 와서 뭔가를 들려줄 것입니다. 저를 통해 준석 씨를 가장 미련이 남는 것을 이용해 부르는 것이죠. 주연 씨와의 직접 대화는 불가능합니다. 오래는 안 걸릴 것입니다. 제가 정신 집중을 하고, 주연 씨의 회상이 강렬해질 때 준석 씨가 찾아올 것입니다. 그때 저는 제 마음속에 심어둔 질문을 하게 되는 것이죠. 이것은 대화라기보다는 답변을 듣는 형식이에요. 전혀 두려워하지 말아요. 준석 씨의 유령 같은 것은 볼 수 있는 것은 아니니까요. 자, 준비가 됐으면 시작해볼까요."

주연이 누나는 둘만의 행복했던 추억을 회상하라는 그 회장에 요구에 입술을 꽉 깨물고 울음을 참으면서, 눈을 감고 그의 손을 잡았다. 그도 지그시 눈을 감더니 가만히 명상에 들어갔다.

갑자기 방안이 너무 조용해졌다. 나는 이 진풍경과 엄숙함에 압도돼, 꼼짝도 못하고 가만히 있었다. 10분쯤 흘렀을까, 갑자기 그 회장이 고개를 몇 번 끄떡이더니 가만히 눈을 떴다. 주연이 누나의 볼에는 눈물이 소리 없이 흐르고 있었다. 회장은 주연이 누나에게 말을 시작했다.

"주연 씨, 눈을 뜨세요. 힘들었죠. 괴로웠을 것입니다. 준석 씨 왔다갔습니다. 주연 씨의 아름다운 기억이 그를 불러낸 것이죠…… 그가 느낌을 전달했습니다. 준석 씨는 확실히 승리했습니다. 자기의 신념대로 그 악귀를 굴복시켰습니다. 자기의 뜻을 이룬 것이죠. 이제 안심하세요. 아, 그리고 주연 씨께 미안하다는 느낌도 전달받았습니다. 훌륭한 분이시더군요. 준석 씨는……"

주연이 누나는 그 얘기를 듣고 봇물이 터지듯 울음을 터뜨렸.

몇 분이 지난 후, 자기를 추스린 누나는 너무 고맙다며 지갑에서 사례비를 꺼내려 했으나, 그 회장의 완강한 거절에 다시 집어넣어야 했다.

나는 누나를 집까지 바래다주고 싶었지만, 마음에 걸리는 것이 있어서 주연이 누나에게 먼저 가라고 했다. 나는 윤석이 일 때문에 더 얘기하고 가겠다고 둘러대고. 주연이 누나는 나에게도 너무 고맙다며, 못내 아쉬워하면서 사무실을 떠났다. 우리는 내일 준석이 형 묘지를 같이 찾아가기로 약속했다. 주연이 누나가 나간 후, 나는 그 회장에게 마음에 걸리던 것을 질문했다.

"실례되는 말씀 같지만…… 정말 준석이 형의 영과 대화하셨습니까? 제 짧은 지식으로는 뭔가 석연치 않은데요. 특정 영혼의 소혼이 그렇게 쉬울 리가 없을 텐데요. 그리고 회장님 본인이 영능력자라는 얘기는 처음 들었는데. 의식 또한 너무 허술하고…… 솔직히 말해주세요. 이런 사기 칠 필요까지 있었습니까?"

나의 도발적인 질문에 그 회장은 야릇한 표정으로 나를 바라보더니, 전혀 당황하지 않은 채로 내게 충격적인 대답을 했다.

"제대로 보셨군요. 완전히 쇼였습니다. 영능력자는 모르겠지만 저는 그런 일 할 수 없습니다. 또 말하신 대로 특정인물의 영을 불러낸다는 것은 거의 불가능하죠. 하지만 아시다시피 전혀 악의는 없었습니다. 주연 씨처럼 그렇게 사랑하는 사람의 신념의 승리를 확인하고 싶은 사람에게 어떻게 모른다고 할 수 있겠습니까. 그래서 그렇게 대답했습니다. 거짓말쟁이라고 비난하셔도 저는 할 말이 없군요. 하지만 저는 준석 씨의 의지를 믿으며 성철 씨 말대로 준석 씨가 이겼음을 믿어 의심치 않습니다. 우리 모두 그것을 믿고 있지 않습니까? 중요한 건, 준석 씨가 자기의 목숨을 걸고 그 소중한 원칙을 지켜내려 했다는 것입니다. 그리고 주연 씨도 그 얘기를 들을 자격이 있구요. 나는 도저히 그런 주연 씨에게 모른다고 할 수 없었습니다. 내 말을 충분히 이해해 주리라 믿습니다."

나는 그 사려 깊은 회장을 다시 살펴보았다. 나는 그를 이해할 수 있게 되었고, 더 많은 고마움을 느꼈다. 일어서는 나에게 그는 한마디 덧붙였다.

"우리 세대의 수치입니다. 준석 씨 같은 훌륭한 젊은이들의 희생으로 이 사회가 그나마 올바른 방향으로 움직이려 한다는 것은…… 너무 큰 빚을 그네들에게 진 셈이지요. 그들은 아무도 기억 못하는 곳에서 희생 받고 쓰러져가고 있습니다. 오직 정의와 도덕이라는 강한 신념밖에 없는 그네들이…… 어쩌면 준석 씨를 죽음으로 이끌어간 것은 그 고문 기술자의 악령이라기보다는 독재정권의 잔인무도한 폭압이었을지도 모르죠. 지금도 많은 사람들이 군사독재와의 투쟁의 후유증으로 희생당하고 있을 것입니다. 정말 부끄러운 일이죠."

나는 착잡한 심정으로 그 사무실을 나왔다.

버스를 기다리고 있는데, 앞에 네다섯 살짜리 귀여운 여자아이와 젊은 엄마가 앞에 서있었다. 이 귀여운 꼬마 애는 입에는 사탕을 물고 엄마의 치마를 붙잡으며 장난치고 있었다. 그러다가 입에 물고 있던 사탕을 불쑥 길거리에다 버렸다. 그때까지 자애롭던 엄마의 표정이 엄하게 바뀌더니, 그 귀여운 꼬마 애를 혼내기 시작했다.

그런 것, 특히 먹는 것은 아무데나 버리는 것이 아니라면서. 꿀밤까지 한대 얻어맞은 꼬마는 삐친 듯이 입을 내밀더니 자기가 버린 사탕을 다시 줍더니 엄마 말대로 쓰레기통에 버리는 것이었다. 그러더니 이내 다시 천진난만하게 웃으며 장난치기 시작했다. 나는 그 꼬마 애의 해맑은 미소를 보면서 준석이 형의 얼굴이 떠올랐다.

'……일한아, 잘못을 했으면 벌을 받아야 하잖아. 얼마나 당연한 진리니. 만약 잘못을 저질렀는데도 그것을 못 깨닫게 되면 다시 그 잘못을 저지르게 되는 법이야. 이런 단순한 원칙이 하나씩 지켜질 때 사회가 바로 되는 것이 아니겠니? 나는 말야 내 아들, 딸에게만큼은 올바른 사회에서 살게 하고 싶어. 너무 지나친 꿈은 아니겠지……'

눈부신 금빛 햇살이 눈이 부시게 내리쬐고 있었다…….

10년의 약속

어릴 적 아름다운 환상이 시간이 갈수록 결코 잡을 수 없는 무지개가 되었지요.
― 호철이의 이야기 중에서

　혹시나 했지만, 성희는 아직 나와 있지 않았다. 나는 희미해진 기억 속의 약속 장소인 학교 벤치에 앉아 텅 빈 운동장을 바라보았다. 어스름이 깔리기 시작한 운동장에는 지금껏 놀고 있던 아이들도 다 떠나고, 덩그러니 쓸쓸한 바람만 불고 있었다. 생각해보니 내가 이 운동장을 떠난 지도 벌써 10년째였다. 그 동안 아주 많은 일이 있었다. 아주 많은 일이…….
　하지만 이상하게도 성희와의 약속은 잊혀지지 않았다.
　성희는 초등학교 때 내 짝이었다. 우리는 3년 동안 같은 반을 했고, 나는 어린 마음에도 성희가 무척 예뻐 보였다. 비쩍 말랐지만, 키 크고 갸름한 얼굴에 왕방울처럼 큰 눈은 남자애들의 인기를 독차지하기에 충분했다. 반대로 난 항상 먼지 냄새를 풍기던 지저분한 장난꾸러기였다. 그런데도 성희는 그런 나에게 항상 호의를 베풀었다. 속으론 더할 나위 없이 좋았지만, 친구들이 놀리면 괜히 부끄러워서 남자애들이 성희에게 짓궂은 장난을 하는 데 곧잘 동참했다.

여자가 남자보다 먼저 어른이 되는 법인지, 6학년 때부터인가 성희는 이유 없이 나를 피하는 것 같았다. 같이 짝도 안 하려고 했고, 함께 집에 오는 경우도 없어졌다.

그러던 어느 날 성희는 나를 복도로 불러냈다. 슬픈 얼굴로 자기의 전학 얘기를 했다. 영문을 모르고 있는 나에게 자기는 아버지를 따라서 미국으로 떠난다고 했다. 나에게 미국은 달나라보다 더 먼 나라였다. 그때는 이유를 알 수 없는 슬픔이 치밀어 올라왔다. 평생 성희를 못 볼 것 같았다. 가슴이 터질 것만 같은 답답함이 밀려올 때, 성희는 슬픈 얼굴로 내게 새끼손가락을 내밀며 약속을 하자고 했다.

"무슨 일이 있어도 10년 뒤엔 여기서 다시 만나는 거야, 알았지?"

그 약속이 성희와 나를 이어주는 한 가닥 끈처럼 느껴졌다. 우리는 정확히 10년 후 오후 5시에 초등학교 운동장 벤치에서 만나기로 했다. 소식이 끊기거나, 어디에 있더라도 살아 있으면 꼭 나타나기로 약속했다. 우리는 새끼손가락을 걸고 엄지손가락을 맞대며 약속했다. 며칠 후 성희는 정말 미국으로 떠났다.

여자애들은 눈이 퉁퉁 붓도록 울면서 친구를 보냈고, 남자애들은 선물을 주느라 난리 법석이었다. 성희는 친구들에게 둘러싸여 눈물을 글썽거리며 떠났다.

"잘 가!"

떠나는 성희에게 내가 할 수 있는 말이란 고작 이 말밖에 없었다. 성희는 조용히 귀엣말로 '우리 약속 잊으면 안 돼' 하고선 뒤로 돌아섰다.

성희가 떠난 후, 우리는 서로 편지를 주고받느라 정신이 없었다. 하지만 그것도 잠시 뿐, 나도 새로운 동네로 이사를 가면서 성희와의 연락은 끊겼다. 잠시 서운했을 뿐이었다. 나는 입시 준비로 바쁜 중, 고등학교를 지나며 성희를 완전히 잊어갔다. 대학에 입학하고도 성희는 내 기억 저 구석으로 밀려나 있었다. 미팅이다, 동아리 활동이다, 연애다, 아르바이트다 하면서 나는 내 인생에 다시 못 올 캠퍼스 시절을 기꺼이 즐기고 있었다. 짧지만 군대도 갔다 오고 복학 준비에 바쁘던 어느 날이었다.

초등학교 동창 일한이와 술이 마시는데, 일한이가 갑자기 성희 얘기를 꺼냈다.

"너 성희 기억나니? 초등학교 때 인기 많던 애 말야. 너랑 친했잖아. 얼마 전에 나이트에서 그 애 봤다. 엄청 예뻐졌던데. 재벌 2세 같은 놈들이랑 같이 있더라. 처음에는 못 알아봤는데, 그 애가 먼저 아는 체 하더라. 네 안부도 묻던데...... 여하튼 걔 뭐 하는지 몰라도 완전히 공주던데. 남자애들이 줄줄이 따라다니더라고."

연락처도 못 받았다는 일한이의 얘기는 그게 다였지만, 내 뇌리에는 이상하게도 성희라는 이름이 다시 강하게 자리 잡게 되었다. 그리고 그 우스꽝스러운 약속도 다시 떠올랐다. 그 애가 그 약속을 기억할 리는 없을 텐데도, 괜히 그 약속 장소를 가면 성희를 다시 만날 수 있을 것 같았다. 그 후 얼마 후에 나도 우연히 성희를 만날 수가 있었다. 아니, 솔직히 말하면 나 혼자 먼발치서 보게 된 것뿐이었다.

갑자기 일기예보에도 없던 비가 마구 쏟아져 내리던 어느 날이었다. 우산을 안 가지고 나온 나는, 비를 전부 맞으면서 버스 정류장으로 뛰어갔다. 기다리는 버스가 좀처럼 오지 않아 난처해하고 있는데, 길 건너편 고급 외제 승용차가 서는 것을 보았다. 운전사가 얼른 내려 우산을 펴고 뒷문을 여는데, 언뜻 보이는 예쁜 여자가 성희 같았다. 운전사는 고귀한 분을 모신다는 것처럼 조심조심 우산을 받치고 성희를 따라갔다.

나는 조금 망설이다가 '성희야' 하고 크게 불렀다. 소리를 듣고 고개를 돌리는 것을 보니 정말 성희 같았다. 초등학교 때보다 훨씬 예뻐졌지만 성희의 모습이 남아있는 듯했다. 먼발치서 본 그 애의 모습은 나와 딴 세상에 사는 귀족 같았다.

성희는 고개를 돌렸지만, 길 건너편에 있는 나를 발견하지 못한 것 같았다. 다시 불러볼까 했지만, 성희의 모습을 보니 비까지 맞은 내 초라한 모습이 떠올랐다. 불러봐 봤자, 성희가 나를 못 알아보든지 아니면 추레한 내 모습에 실망하든지 둘 중에 하나일 것이라는 생각이 들자 부를 수가 없었다.

다시 부르는 소리가 없자 성희는 고개를 돌리고, 운전사와 함께 가던 길로 갔다. 나는 내리는 비를 하염없이 맞으며 길 건너 저편으로 사라지는 성희의 뒷모습만 멍하니 바라보고 있었다. 성희를 혼자만이라도 보게 돼서 다행이다 싶었다. 아니, 솔직히 말하면, 멋지게 변한 성희의 모습에 기쁘기보다는 성희가 저 멀리 내 손이 닿을 수 없는 곳으로 가버린 것 같아 허전했다.

　그 날 느꼈던 성희의 모습을 떠올리면, 성희는 결코 이런 자리에 나올 애가 아니라는 생각이 들었다. 그렇게 멋지게 변한 성희가 나 같이 보잘 것 없는 놈을 기억해 줄 리가 없었다. 하지만 오늘의 약속은 내가 성희를 볼 수 있는 마지막 기회나 다름없었다. 지금은 수준이 다른 삶을 살고 있다고 해도 그 약속 장소에서 만나면 옛날로 돌아갈 것만 같았다. 그런 헛된 희망을 품고 오늘만을 기다렸다.

　옛 생각을 하다 보니 벌써 6시가 넘었다. 운동장에는 아무도 없었다.

　'역시 나만의 착각이었구나. 이제부터 어디로 가서, 무엇을 해야 하나.'

　그때였다. 인기척도 없이 뒤에서 그 목소리가 들렸다.

　"너, 호철이 맞지? 나야, 성희."

　뒤를 돌아보았다. 새하얀 투피스에 정말 공주처럼 예뻐진 성희였다. 아무런 기척 없이 나타나서 좀 놀랐지만, 옛날 느낌 그대로의 성희였다.

　"안 올 줄 알았는데…… 호철이 너도 완전히 어른이구나."

　너무나 반갑고 할 말이 많아 우리들은 시간이 가는 줄도 모르고 얘기를 나눴다. 역시 성희네는 미국으로 가서 커다란 성공을 하고 돌아왔다고 했다. 공부도 잘했는지 나는 엄두도 못내는 좋은 학교를 다니고 있었다. 성희네 학교에 비하면 내가 다니는 학교는 삼류에 불과했다. 성희가 학교에 대해 물어볼 때, 부끄러워 차마 대답할 수가 없을 정도였다.

"어? 학교? 그냥 별로 좋지 않은 데 다녀."

성희는 내가 상상했던 것보다 훨씬 훌륭하게 되어 있었다. 얘기하면 할수록 점점 초라해지는 내 자신을 발견할 수 있었다. 바보같이…… 괜한 걸 기대하고…….

그러다 보니, 나는 내 얘기는 제대로 하지 못하고 성희의 말만 듣게 되었다. 그래도 한 가지 위안을 가진 점은 성희가 아직까지도 날 잊지 않고, 10년의 약속을 지켜주었다는 점이었다. 아직은 나를 친구로 생각하는 듯한 마음, 바로 그것이었다. 물론 그것도 이것이 마지막일지는 모르지만…….

나는 성희의 얘기를 들으며 한심한 내 처지를 비관하느라, 성희의 얼굴도 제대로 보질 못했다. 그녀의 슬픔을…….

열심히 말을 하던 성희는 다음 약속이라도 잡혀있는지 갑자기 자리에서 벌떡 일어났다.

"어머, 벌써 시간이 이렇게 됐구나. 호철아, 나 이제 가야 할 시간이야. 휴우…… 이렇게 만난 것만으로도 나는 행복해. 너는 행복하게 살아줘. 자, 그럼…… 안녕……."

나는 갑자기 서두르는 성희의 모습에 잠시 어리둥절했다. 마치 성희가 초라한 내 모습에 실망하고 자리를 일찍 뜨려는 것 같았다. 하지만 성희의 눈시울에는 이해할 수 없는 눈물이 고여 있었다. 나는 깜짝 놀라 무슨 일이냐며 성희를 잡았다. 성희는 아무 말 없이 울기만 하다가 떠나려 했다. 하지만, 나로서는 도저히 성희를 이렇게 보낼 수 없었다. 이렇게 떠나보내면 앞으로는 성희를 못 볼 것 같았다.

한참을 실랑이하던 끝에 성희는 눈물을 떨어뜨리며 얘기를 했다.

"너 죽은 사람의 소원 얘기 아니? 사람이 죽으면 살아생전에 못 이뤘던 소원을 이룰 수 있는 기회가 딱 한 번 주어진대. 그런데 말야, 그 소원을 이루면 이 세상에선 더 이상 지낼 수 없게 된대. 저 세상으로 떠나야 된다나. 죽은 자에게 당분간만 시간을 허용하는 셈이지. 산 자와 죽은 자가 계속해서 같이 살 수는 없으니까. 네가 믿진 않겠지만……

하지만 말야, 내가 오늘 너를 만나러 온 것은 나의 마지막 소원이었어. 나는 이미 일 년 전에 죽었어. 하지만 난 내 인생에서 가장 순수하고 아름답던 시절을 함께 했던 널 꼭 다시 만나고 싶었어. 그런데 이제 시간이 다 되었어. 저 세상으로 돌아갈 때가 된 거지. 좋은 추억으로 나를 기억해줘. 안녕…… 내 가장 소중한 기억, 호철아……"

나는 성희의 말에 너무 충격이 컸는지 머릿속이 멍해졌다. 그럼 눈앞에 있는 것은 성희의 유령이란 말인가. 매우 슬프고 놀랄 일이었다. 하지만 난 가슴 깊은 곳에서 기쁨과 함께 새로운 희망이 샘솟았다. 난 떠나려는 성희의 손을 꼬옥 잡았다. 차가워야 될 유령의 손이 따뜻하게 느껴졌다.

"성희야. 이제 우리 함께 있을 시간은 많아. 같이 가자. 이렇게 될 줄은 몰랐는데, 하늘이 도우셨나보다. 하하! 실은 성희야, 나 여기 오다가 교통사고 났어. 그것도 아주 대형 사고로. 그래서 나도 너를 만나는 것에 그 한 가지 소원을 썼어. 죽은 사람의 그 한 가지 소원을……"

편지

> 군대는 사람을 단순하게 만든다곤 하지.
> 그리고 단순한 사람은 단순한 사랑을 하게 되지…….
> ─ 종호의 편지에서

오늘도 여지없이 현주 씨의 전화가 왔다.

이번 달에만 벌써 다섯 번째였다.

"일한 씨, 제발 도와주세요. 제발. 오늘도 나타났어요! 어떻게 좀 해주세요! 그냥 울기만하고 내 앞에 있었어요…… 어떻게 할 수가 없었어요. 무서워 죽겠어요! 제발 도와주세요…… 제발!"

나는 이번에도 차가운 목소리로 그건 나랑 관계없는 일이고, 믿을 수도 없는 일이라며 매정하게 전화를 끊었다. 하지만 마음속에는 아직 찜찜함이 남아있었다.

그것이 사실이라면 얼마나 놀라고 무서웠을까…….

솔직히 믿을 수 없는 일이지만, 현주 씨가 양심에 가책을 받아 헛것을 보고 있는 것인지도 몰랐다. 여하튼 좀 괴기한 일이 현주 씨 주변에서 일어나고 있는 것 같았다. 그런데 정말 현주 씨 앞에 나타난 거라면 왜 지금 나타났을까, 라는 의문도 들었다.

그 일이 일어난 것은 벌써 5년 전인데……

나는 담배를 하나 꺼내 물고, 책상서랍을 열고 5년 전 종호로부터 받은 잊을 수 없는 편지를 꺼내보았다.

일한에게

벗이여.
잘 지내고 있니?

지금쯤 너는 도서관에서 대부분의 시간을 보내고 있겠구나. 네가 미국 가는 바람에 몇 번의 휴가 때도 얼굴 못 보고…… 논산에서 퇴소할 때 보고 꽤 오래간만이지? 미국은 잘 갔다 왔냐? 많은 것 구경하고 왔겠구나. 나는 이제 벌써 상병이다. 아니 벌써는 아니구나. 나에게는 어쩌면 길기도 한 시간이었으니까.

여하튼 이제 곧 끝날 시간이지. 나 역시 군인들 누구나 다 그렇듯이 집단 속에 말살되어가는 개인이 되어 가고 있다. 남들보다 편한 부대에 편한 보직이라 육체적인 괴로움은 없지만, 정신적인 스트레스는 받고 있다. 흔히들 그러잖아, 군대에서는 몸으로 때우는 것이 장땡이라고. 그래야 말년도 피고, 신경 쓸 일 없다고. 나는 그 반대다. 몸은 편한데 신경 쓸 일은 한두 가지가 아냐. 그건 그렇고, 갑자기 이런 편지 받아서 당황했겠구나. 나로서는 이럴 수밖에 없더구나. 너라면 이해해 주리라 생각했어.

어디서부터 시작할까.

나의 보잘것없는 가족사부터 얘기해 보자. 그래야 나란 인간이 현주에게 저지른 가슴 아픈 실수가 이해가 될 거야. 우리 부모님들은 할머니 할아버지의 반대를 무릅쓰고 결혼하셨어. 특히 외갓집의 반대가 심했대. 이유는, 너도 알고 있었는지 모르겠지만 아버지의 학력 때문이었어. 어머니는 대학생, 아버지는 가난한 집의 장남인 기술자. 결국 결혼은 하셨지만 두 분의 출발은 순탄치 않으셨어. 외갓집과는 거의 의절하고, 두 분은 맨손에서 시작하셨지. 더구나 아버지에겐 홀어머니와 학생이었던 두 분의 삼촌이 계셨으니 더욱 힘든 생활이었대. 그때 계속해서 나와 내 동생이 태어나고, 변변한 집 한 채 없는 우리 집에는 우리들마저 큰 짐이 되었어. 더구나 우리가 학교 갈 나이가 되자 문제는 더 심각해졌어. 아버지의 작은 공장이 울산에 있었기 때문에, 학교가 문제가 된 거야. 교육에 콤플렉스를 가질 수밖에 없었던 두 분은 우리에게 좋은 교육을 제공하기 위해 우리를 왕래가 거의 없던 먼 친척집에 보냈어.

그때 아버지와 어머니는 그 먼 친척 어른에게 거의 애원하다시피 했어. 그 장면은 어린 나에게도 큰 충격이었어. 그 친척 집은 알다시피 너희 동네 —지금은 우리 동네가 되었지만— 였고.

그렇게 해서 나는 너희들의 세계에 편입한 거야. 초등학교에서 평생의 소중한 친구가 될 너희들을 만나고 나의 인생은 완전히 바뀌었지. 중학교 때부터 아버지의 사업이 번창해 박정한 친척집이 아닌, 진짜 우리 집에서 살기 시작했어. 그때까지, 너희들은 잘 모르겠지만 나는 너희들과 놀기가 매우 불편했어. 너희들은 유복한 환경에서 자라나 돈 쓰는 데 대범하더구나. 나는 거의 남의 집 같은 데 얹혀사는데다가, 그 친척에 대한 부모님의 이유 모를 적대감으로 용돈은 항상 모자랄 수밖에 없었어. 아마 부모님이 그 친척에게 나와 동생 때문에 애원했다는 것에 대한 감정의 앙금이 남아서였겠지.

그런데 너희들은 나의 형편을 아는지 모르는지, 나 대신 이것저것 많이 돈을 내주더구나. 어린 마음에 나는 그런 일에 대해 고마움보다 창피함밖에 못 느꼈어. 그래도 친구는 너희들밖에 없었으니. 그래서 그 이후에 우리 집 형편이 좀 피었을 때, 내가 그렇게 너희들에게 많은 것을 베풀려고 노력한 거야.

어머니도 어린 시절에 고생한 내가 불쌍하다면서 용돈도 듬뿍 주시고 사고 싶은 것 다 사게 하셨지. 그러면서 우리는 커갔지. 나에게는 그때부터 돈이나 학벌 때문에 받는 콤플렉스로 남에게 절대로 상처 안 주리라 결심했다. 그런데 이렇게 될 줄이야.

현주를 만난 것 대학교 1학년 때의 평범한 미팅에서였어. 3대3 미팅이고 재수할 때 친구가 시켜주었던 것이라 이상하게도 기대가 안 가는 미팅이었어. 그런데, 현주가 앉아있는 거야. 첫인상은 참 예쁘다는 것이었어. 나머지 같이 나간 친구들은 여자 사귀려고 나간 미팅이 아니고 하루 재미있게 보내기 위해서 나간 것이기 때문에, 나는 그 분위기에 휩쓸려 현주와는 제대로 말 한번 못했지. 전화번호도 못 물어봤어. 그냥 헤어졌지만, 나는 현주와 다시 만나고 싶었다. 그런데 같이 나간 친구가 집에 돌아오는 길에 이렇게 말하더구나.

'역시 대학도 안 다니는 애들이라 한 번 놀긴 재미있더라. 그렇

지만 솔직히 저런 애들 어떻게 사귀니……'

무심코 뱉었던 그 자식의 말은 나에게 또 하나의 상처가 되었다. 그래서 난 그들에게 현주를 다시 만날 생각이라는 것을 말하지 않았어. 솔직히 그 자식들의 손가락질도 두려웠고.

여하튼 난 현주를 만나기 시작했다. 물론 나도 첫 연애였지만, 현주는 남자를 만난다는 자체가 처음이었는지 매우 어색해 하더구나. 나는 그런 현주를 볼 때마다 점점 빠져 들어가는 것을 느꼈어. 보면 볼수록 더욱더 잘 해주고 싶어졌어. 나는 나의 생활 전부를 현주에게 바치고 있었다. 현주는 부담스러워 하면서도 나를 받아들이기 시작했어. 너나 다른 친구들이 배낭여행을 떠날 때도, 나는 현주와 한 달 남짓의 헤어짐이 두려워 여행을 포기했지.

그해 9월쯤이었을 거야. 내가 처음 너에게 현주와의 관계를 얘기해 주었을 때가. 너는 처음엔 놀라더니, 이내 축하해 주더구나. 얼마나 고마웠던지. 현주의 학벌에도 그리 신경 안 쓰고, 오히려 부러워해주는 너를 보고 이유 모를 자신감까지 느꼈었지. 하지만 이 말 기억나니? 그날 헤어질 때 내가 너에게 한 말.

'다른 애들에게는 얘기하지 마라. 걔들은 내가 현주 안 사귀는 것으로 알고 있어.'

사실 그때까지는 현주와의 관계를 친구들에게 공개할 자신이 없었어. 초등학교 때부터 친구인 너희들에게 먼저 현주를 보여줬어야 했는데. 너희들은 나에 대해서 너 잘 알고, 나를 이해해 줄 놈들이었는데…… 나는 그때 큰 실수를 한 것 같다.

너희들에게 자연스럽게 현주를 소개시켜 주었어야 하는데, 너희들보다 먼저 소위 잘나가는 친구들인 중, 고등학교 때 친구들에게 소개시켜주는 우를 범했어. 아마 그런 잠재의식이 있었을 거야. 너희들은 이해해 주겠지만, 잘 나가고 잘 노는 이쪽 친구들에게 먼저 승인을 받아야 할 것 같은.

아무튼 처음에는 현주도 그 친구들과 잘 어울렸어. 사실 나도 그런 친구들과 어울리는 것이 더욱 재미있었고. 그러나 뼈저린 실수는 그네들을 만날 때마다 현주가 가슴에 큰 상처를 받는 것을 못 알아차린 것이지. 너도 알다시피 그 친구들은 다 부잣집 애들이고, 잘 노는 애들이잖아. 성격도 호방하고 다 좋은데, 그 자식들은 남들이 다 자기들처럼 여유 있는 줄 알고 있는 것이 흠이라면 흠이야. 그래서 그 애들의 거침없는 행동이 현주에게는 상처였나 봐.

현주는 그 애들이랑 만나는 것을 꺼려했지. 눈치 없는 나는 현주에게 옹졸한 자신감을 주겠다는 듯 더욱 그 애들과 만나는 기회를 만들었어. 나중에 현주가 편지에 썼어. 자기는 그때 정말 괴로웠다고. 오빠는 만나고 싶지만, 그 사람들과의 자리는 부담스러웠다고.

한번은 이런 일이 있었어.

압구정동에 새로운 패밀리 레스토랑이 처음 생기는 날, 나는 현주와 내 친구들과 그 여자 친구들과 함께 거기에 식사하러 간 적이 있어. 현주를 제외한 거기 있던 애들은(나를 포함해서) 자기가 원하는 음식을 알아서 시켰어. 그런데 현주만은 우물쭈물 거리더라. 그런 데가 처음이니 당연하겠지. 곁에 있던 우리들도 별로 아무렇지도 않게 생각하고, 결국 내가 현주 것도 주문해 주었어. 어떻게 생각해보면 아무렇지도 않은 일이었지만, 그동안 비슷한 일로 상처 받아왔던 현주에게는 그게 크나큰 모욕이었나 봐.

그래도 식사할 동안 아무 내색도 않고 잘 어울리더구나. 그런데 집에 데려다 주고 차에서 내리려 하는 순간, 현주가 입술을 꽉 깨물더니 나에게 그만 만나자고 하더구나. 그때의 기분이란…… 눈에 아무것도 안보이더구나. 간신히 이유를 물었을 때 현주가 대답했어.

'오빠와 저는 사는 세계가 다른 것 같아요……'

처음 그 말을 들었을 때, 나는 제대로 이해 못하고 현주가 다른 남자가 생긴 것으로 단정했어. 거기까지 생각이 미치자 분노가 느껴지더라. 그래서 내가 준 편지, 선물, 반지 다 가져오라고 하고서 차를 돌렸지. 그때 나는 현주의 눈에 맺혀오는 눈물을 봤지만 모른 척했어. 그 눈물의 의미도 생각하지 않고. 돌아오는 차에서 정말 미칠 것만 같더라. 그 괴로움은 술로 밖에 잊을 수 없을 것 같았어. 이틀 동안 아무 것도 안 먹고 술만 마셨다. 술 먹다 오바이트하고 쓰러지고, 또 깨면 술 먹고. 그때 우연히 너로부터 전화가 왔지.

기억나지. 스마일에서 쫓겨나갈 때까지 술 마시며 하던 대화가. 너는 역시 나에게 큰 힘이 되어주더구나. 그때 네가 이렇게 말했지.

'종호야, 현주와 이런 식으로 헤어질 자신이 있으면 헤어져도 될 것 같아. 그 정답은 네가 잘 알겠지. 그래, 아마 헤어져도 넌 다른 사람을 만날 수는 있을 테지. 하지만 이런 식으로 이별한 현주에 대한 그리움은 평생 너를 괴롭힐 걸. 아마 현실이라는 벽이 너희들 관계를 가로막고 있겠지. 그리고 결과에 대한 불확실로 괴로워하고 있을 거야.

하지만 생각해 봐라. 흔히들 인생이라고 하면, 사람들은 대부분 30대까지의 생을 빼고 그 나머지 이후의 삶을 말하지. 지금 현실에서는 그 젊은 인생기간은 그 나머지 삶을 영위하기 위해 필요한 능력을 비축하는 데 쓰이는 땔감과 같이 생각한다. 그래서 우리 젊은이들에게 이런 질문이 자주 던져지지. 너 나중에 뭐하고 살래? 마치 지금 이 순간의 삶은 안중에도 없다는 듯이. 우리 모두도 은연중에 이런 생각에 빠져 있는 것 같아. 물론 인간의 진정한 수명을 65살로 생각하면, 30세 이후의 비중이 훨씬 많은 부분을 차지하고 있는 것이 사실이야.

또한 태어난 후 10세까지의 생활은 삶이 아니라 생존에 가깝기 때문에 더욱 그렇지. 하지만 인생에서 가장 큰 정력과 삶의 의욕을 느끼며 살아갈 수 있은 것은 20대의 짧은 시간일 수 있어.

너는 그 중요한 시기의 일부분을 현주와 함께 보냈어. 어쩌면 현주를 위해 썼다고도 할 수 있지. 현주도 마찬가지이고. 인간의 삶은 목표가 중요한 것이 아니라 그 과정이 훨씬 중요하고 가치 있는 것이다. 물론 현실이라는 안경을 쓰고 보면 답답한 공상일 수도 있지.

하지만, 아무리 일등만을 기억한다고 하는 냉혹한 세상이지만, 결과야 어떻든 인생은 그 결과를 위해 노력했던 과정이라는 거야. 어떻게 보면 그 과정은 더 중요한 삶일 것 같아. 너는 결과에만 집착해 현주와의 만남과 사귐이라는 소중한 과정을 잃어버리는 것 같고, 이대로 떠나버리기엔 둘이 같이 보낸 시간이 너무 헛돼 보이는구나. 무슨 수를 쓰든 잘 해봐라. 어쩌면 내가 너희들의

사귐에 너무 많은 의미를 부여하는지도 모르겠다. 평범한 사귐일 수도 있는데……'

  스스로 생각해도 현주와의 이런 허무한 이별을 도저히 못할 것 같더라. 그래서 현주네 집 앞에서 하루 종일 기다렸지. 겨울인데도 차에 들어가지도 않고 일부러 추위에 떨었어. 너희들은 나중에 미쳤다고 놀렸지만 나는 그렇게 해서라도 현주의 얼굴을 보고 싶더라. 현주는 환한 눈물로 나를 반기었고, 나는 그때 이후로 현주를 절대로 잃지 않으리라 결심했지.

  그러나 행복한 시간은 오래가지 않더구나. 나는 현역으로 군대를 가야했고, 현주는 벌써 취직을 하게 되었지. 우리 둘의 신분의 변화는 학생 때의 만남과는 커다란 차이점을 느끼게 하더라. 사회생활을 하게 된 현주는 학생 때와는 또 다른 부담을 내게서 느끼기 시작하더구나. 나는 그러면 그럴수록 이러한 부담과 주변의 시선을 싸워 이기려는 의지로 남보란 듯이 현주에게 최선을 다했어.

  갑자기 현주에게 준 그 반지가 기억난다. 우연히도 사귄지 오백일째 되던 날이 크리스마스였잖아. 그래서 이제까지와는 좀 다른 의미 있는 선물을 하기 위해 너를 불러내 선물을 같이 고르던 기억이 나.

  너는 크리스마스 때 남의 여자 친구 선물 골라줘야 하냐고 투덜거렸지. 그 반지를 선물했을 때 감동하던 현주의 모습이 눈에 선한데…….

  현주는 자아가 매우 강한 애였어. 그만큼 자기의 모자란 것에 대한 자존심도 강했고. 처음엔 나와의 만남을 그리 부담스럽게 생각하지 않고 나의 애정표시도 아주 기쁘게 받아 들였어. 그런데 시간이 흐르면서 우리의 사이가 점점 깊어지자 그 애 마음속에는 많은 부담과 갈등이 느껴졌던 것 같아.

'이러다가 큰 상처 입는 것은 아닌가' 라는 생각을 가진 것 같았어. 물론 나는 그런 불신을 없애려 최선을 다했지만, 현주는 더 괴로워하더구나. 사회생활을 하게 되면서 그것이 더욱더 심해졌어. 그런 갈등이 심화되니 나 역시 더욱 괴로워지더라.

입영날짜는 다가오고 거의 미쳐가는 것 같았다. 그때 한번 스스로를 되돌아보았다. 내가 진정으로 현주를 사랑하는 것일까, 현주와의 관계 자체를 하나의 고난으로 설정하고 그것을 극복하려도 하는 아집이 아닐까 하고도. 하지만 그것은 아니었어. 현주를 하루 안 보고는 살 수 있었어. 하지만 현주의 마음이 내 곁을 떠난다는 것은 상상을 못하겠더라. 현주는 힘든 결심을 한 것 같았어. 입영 전날 나에게 솔직히 말하더라.

'오빠, 기다릴게요. 노력할거야. 하지만, 하지만 말야. 오빠 만약에 내가 오빠 곁을 떠난다 하더라도, 그것은 오빠가 싫어서가 아냐. 어쩔 수 없어서야. 나는 이제 오빠 외에는 어떤 사람도 마음에 못 담을 것 같아.'

그 말에 우리 처음으로 서로의 눈물을 맛보았다. 유치하지. 훈련소 퇴소식 때 너희들과 같이 논산에 온 현주의 밝은 모습을 보고 난 얼마나 기뻤는지 모른다. 아무리 힘들어도 세상이 전부 내 것 같더라. 역시 군대가 사람을 단순하게 만드나 봐. 그리고 단순한 사람은 단순한 사랑을 하게 되고. 나는 훈련의 모든 시간을 현주 생각하면서 보냈어. 그리고 하반기 훈련 석 달 동안 현주에게

서 온 편지 50통은 우리 중대 기록이었지.
 군대 들어오기 전보다 더 행복하더구나. 그러나 단순한 사고는 현주의 복잡한 사회생활을 감안 못 하게 되더라. 내가 생각하는 것만큼 현주도 나를 생각해 주겠지라는 기대에, 바쁜 현주는 힘들기 시작했을 거야. 자대 배치 받고도 시간나면 전화에 매일 편지를 써 댔으니. 지금 생각하면 불길한 종말을 애써 회피하려는 최후의 발악 또는 아집의 산물로 생각되어지는구나. 여하튼 그러한 나의 광기에 현주는 두려움마저 느끼는 듯하더구나.
 한 달에 한 번씩 있던 외박에서도 처음 두세 번은 현주와 보낼 수 있었다. 하지만 어느 날부터인가 회사일 핑계에, 몸 아프다는 핑계에…… 만날 수가 없더라. 현주를 못 만나고 들어오다가 부대 정문에서 흐르는 눈물을 참은 적이 한두 번이 아니다. 정말 군대에서 한 사람만을 생각한다는 것은 할 일이 못 되더라.
 불길한 예감에 사로잡히고 있던 어느 날, 현주가 면회를 왔더구나. 외박이 일주일도 안 남았을 때라 나는 순간적으로 올 것이 왔구나 하고 느꼈어. 그 잔인한 파국의 예감을…….
 울리는 가슴을 억누르고 면회소로 갔을 때, 현주는 가만히 앉아 저쪽을 보고 있더구나. 갑자기 현주를 품에 안고 싶은 충동이 들었어. 내 인기척을 느꼈는지 가만히 나를 뒤돌아보더라. 약간 야위었지만 여전히 현주는 아름다웠어. 현주는 차분히 나의 생활과 건강에 대해서 묻더니 미리 여러 번 준비했던 것처럼 차분하지만 단호하게 얘기를 꺼내더라.
 '지금 오빠에게 이런 말을 한다는 것이 오빠에게 얼마나 큰 충격과 아픔을 줄 것이라는 것은 알아요. 하지만 이런 식으로 계속해서 오빠를 괴롭게 하는 것은 더욱 나쁜 짓인 것 같아요. 사실 저는 오빠와 처음 만났을 때부터 우리 둘은 어울리지 않는다고 생각했어요. 하지만 오빠는 저에게 너무 좋은 사람이었어요. 그때는 오빠와 만나지 못한다는 것을 생각도 못했어요. 하지만…… 제가 아무리 생각해도 우리는 여기서 정리하는 것이 서로에게 아름다운 추억이 될 수가 있을 것 같아요……'

여기까지 연극배우가 대사를 읊듯이 말하던 현주는 내게 기대 울기 시작하더라. 나는 아무 생각도 안 나고 아무 말도 할 수가 없었어. 주변에 면회 온 가족들의 이상한 시선도 아랑곳하지 않고, 우리는 아무 말도 하지 않고 흐느끼기만 했어. 면회시간이 다 될 때까지 나는 아무 말도 현주에게 할 수가 없었어. 마음속에서는 수많은 말들이 소용돌이치고 있었지만 아무것도 얘기할 수 없더구나. 현주는 그런 나를 이해한다는 듯이 바라보며, 내 손을 꼭 잡더니 그러더구나.

'오빠, 저 용서해달라고는 하지 않겠어요. 대신 오빠는 아무 일 없이 잘 생활해야 돼요. 이 말 제대로 들릴지 모르겠지만…… 오빨 잊지 못할 거예요……'

현주가 사라지는 것을 보고 나는 말없이 내무반에 들어왔어. 그 뒤의 군대생활은 기억이 잘 안 난다. 그래서 군대가 좋은 것인지도 모르지. 아무 생각 없이도 잘 생활할 수 있으니까.

그 주에 외박 나오자마자 나는 자동적으로 현주 집으로 찾아갔다. 현주를 기다렸어. 결국 집 앞에서 만났어. 현주는 또 울더구나. 그러곤 아무 말 없이 '안녕히 가세요 오빠' 라고 말하고는 들어가더구나. 그러더니 안 나오더라.

그때 나는 알았어. 이제 현주를 잡을 수 없다는 것을. 삶이란 이런 걸까, 일한아. 끊임없이 희망을 품고 또 좌절하고. 이젠 정말로 다신 만나지 못한다니 가슴이…… 우연히 길거리에서는 만날 수 있을까? 그녀가 다른 남자를 사귀어도 미울 것 같지가 않다. 이상하지? 나는 딴 사람에게 죽을 때까지 내 마음을 주지 못할 것 같아…… 이제 나에게는 그녀가 함께 만들어준 아름다운 추억이라는 휴식처가 있다. 비록 지금은 주인도 떠나고 아무도 없지만 나는 자주 거기로 떠날 생각이야. 우리가 술 마실 때, 젊은 객기로 외우던 이 시 구절이 생각난다.

> ……어제 밤의 숙취로 고통 받을 때,
> 그대는 어제 술자리의 그 환희를 생각하랴
> 아니면 오늘의 이 고통에 집착하랴……

나도 뭔지 모르겠다.
이런 아픔은 시간이 최고의 약이라고 하잖아. 하지만 내가 1년, 아니 5년이 지나면 현주를 잊어버릴 수가 있을까. 아마 잊지 못할 것 같아. 5년이 지나도, 현주를 잊지 못하고 계속 현주를 따라다닐 것 같아. 그러면 현주는 괴로울 거야. 그러지 말아야 하는데…… 그런데 현주 앞에서 영원히 사라질 수 없을 것 같아. 애써도 안 될 것 같아…… 그래서 이 방법을 택할 수밖에 없는 것 같다. 원래 글이라는 것이 감정을 증폭시킨다고 하잖아. 나 역시 예외는 아니었나 보다. 나도 모르는 소리 잔뜩 써놓고 횡설수설 하다니…… 그래도 친구라는 것은 좋은 거라고 생각한다. 다 지나가도 남는 건 친구밖에 없다더니. 너희들을 이제 못 볼 생각을 하니 눈물이 나려 한다.

  다시 한번 부모님 모습이 떠오르니 가슴이 저려오는구나. 내가 없더라도 우리 부모님도 자주 찾아봐 줘…… 내 선택이 옳지 않더라도 아무 희망이 없는 지금으로서는 이렇게 되는 것이 나은 일인 것 같아. 나약하다 비난해도 할 말이 없다. 나에겐 이제 강인함이든 나약함이든 아무런 의미가 없으니까…… 이 편지를 부치고 나는 초소 근무를 올라갈 거야. 실탄이 든 K—2를 들고…… 아무도 나를 막지는 못할 거야. 이렇게 하면 나의 고통도 끝나고, 내가 현주 앞에 나타나 현주를 괴롭게 하는 일도 없어질 것 같아. 너는 어떻게 생각할지 몰라도 나로서는 최선의 선택이야. 긴 헛소리 들어줘서 고맙다.

  임마, 너도 과거에 집착하지 말고 빨리 네 인연을 만나라.

  그럼 잘 있어라. 언젠가 볼 수 있겠지……

  너의 보잘 것 없는 친구

  종호가……

  p.s. 시간이 있으면, 현주의 행복을 지켜봐줘…… 그리고 내가 잠든 곳에 와서 현주의 행복한 것 좀 얘기해줘라.

  내가 종호로부터 이 편지를 받은 것은 그 자식이 자기 입에다 총구를 대고 방아쇠를 당긴 지 일주일 후였다. 종호의 장례식이 끝나고 그 못난 놈의 재를 한강에 뿌린 뒤였다.

  그 자식이 그렇게 사랑한 현주 씨는 그 일이 있은 지 두 달도 안

돼서, 회사에서 좋은 사람을 만나 행복한 살림을 차렸다는 소식을 들었다. 종호가 군대 가자마자 만나기 시작했다고 했다. 그렇게들 시간이 지나면 다들 잘 사는데…….

바보 같은 놈!

그렇게 가더니, 아쉬운지 현주 씨 앞에 나타나기 시작한 것이다. 한 달 전에 현주 씨에게서 첫 전화가 왔다. 나는 처음에 누군지 몰라 어리둥절해 했는데, 숨넘어가는 소리로 종호 얘기를 꺼내더니 도저히 믿을 수 없는 얘기를 했다. 그렇게 자살했던 종호가 며칠 전부터 현주 씨 앞에 나타난다는 것이었다. 처음엔 꿈인 줄 알았지만, 혼자 있을 때면 낮에도 눈앞에 나타나 아무 말도 없이 슬픈 눈으로 바라만 본다는 것이었다. 그러다가 누구라도 옆에 나타나면 사라진다는 것이었다. 병원을 아무리 가 봐도 의학적으로는 아무런 이상이 없다는 것이다.

현주 씨는 나와 종호가 절친한 친구 사이니 뭔가를 알 것이고, 자기를 도울 수 있을 것 같아 수소문해서 연락했다는 것이다. 무서워서 죽겠다는 거였다. 이렇게 계속되면, 자기는 미치거나 아니면 죽어버릴 것 같다고 했다. 그런 처절한 애원에도 불구하고 나는 종호의 비참한 최후가 생각나 매정하게 현주 씨를 대했다. 그런데도 너무 무서우니 자기를 살려달라고 울면서 호소했다.

갈등을 했지만 현주 씨를 만나보기로 했다. 종호가 그렇게 된 것에 대해 잘못도 분명히 있지만, 현주 씨도 나름대로 선택할 권리가 있다는 것을 생각해보았다. 하지만 무엇을, 어떻게 도와야 할지 막막했다. 여하튼 현주 씨를 만나 종호의 편지를 보여주기로 했다.

5년 만에 만난 현주 씨는 어엿한 가정주부였다.

이 일만 없으면 더할 나위 없게 행복하게 지낸다고 했다. 얼마나 시달렸는지 그냥 보기에도 얼굴이 초췌하고 창백해 보였다. 어색한 분위기 속에서 나는 종호의 마지막 편지를 건네주었다. 편지를 읽으면서, 주위에 시선에도 아랑곳하지 않고 현주 씨는 계속 울었다.

"이제야 소용없겠지만…… 흐흑…… 종호 씨가…… 못난…… 저를 이렇게…… 생각해줄지 몰랐어요…… 흐흑. 단지 나는…… 종호 씨가…… 내가…… 딴 사람…… 만나는 것…… 알면…… 흐흑. 마음 상해서…… 괴로울까 봐…… 숨긴 것인데…… 흐흑. 종호 씨, 나를 용서해줘요…… 제발……"

한참을 괴로워하다가 정신을 추스른 현주 씨는 내게 종호의 재가 뿌려진 곳으로 데려다달라고 했다. 우리는 종호가 뿌려진 북한강가로 갔다. 거기서 현주 씨는 강을 바라보고 한참을 서 있었다. 내가 보기에는 그저 눈물만 흘리면서 흐르는 강을 보고 있는 것 같았다. 하지만 뭔가 진실 된 분위기가 풍겼다. 한참을 그렇게 서 있던 현주 씨는 집으로 가자고 했다. 이제 세 살인 첫애가 엄마를 찾을 때가 됐다며.

기분이 어떠냐는 내 물음에 현주 씨가 답했다.

"그냥…… 내 솔직한 마음을 얘기 했어요. 용서도 구하고요. 괜히 마음이 편해지네요."

그로부터 한 달 뒤에 현주 씨로부터 다시 전화가 왔다.

북한강에 갔다 온 뒤로 종호가 보이지 않는다는 거였다. 마음도 편하고 다시 행복한 생활로 돌아왔다고 했다. 실제로 그러고 있는지는 잘 모르지만, 앞으로 시간 있을 때면 자기 애도 데리고 종호가 뿌려진 곳을 가겠다고 했다.

종호에게 자기가 살고 있는 모습을 보여주며 이해를 구하겠다는 얘기였다. 사실 나로서는 모두 믿기지 않는 얘기였다. 단지 결혼생활에 지치고 싫증이 나 옛날 생각하다가 양심에 가책을 받아 잠시 헛것을 본 것이고, 북한강에 갔다 온 후 자책감도 사라지고 마음이 편해져 정상으로 돌아온 것만 같았다. 하지만 솔직히 말하면 그때 그 강가에서 나도 강바람과 함께 종호의 목소리를 들은 것 같았다. 헛것이었을지도 모르지만……

"……일한아, 지금까지 내가 뭐 한 거냐? 못 잊는다고 나타나면 안 되는 거였는데…… 현주 안에 남아있는 아름다운 추억으로 족해야겠지…… 그렇지?"

세상에서 가장 행복한 만남
슈퍼맨이었던 사나이

모두가 미쳤다고 비웃던 남자,
그가 당신의 마음을 두드립니다!

| 황정민 · 전지현 주연 |